区块风波

魏审磨

著

江苏凤凰文艺出版社
JIANGSU PHOENIX LITERATURE AND ART PUBLISHING, LTD

善良是精神世界的太阳

雨果《笑面人》

目 录

第一部分 替罪羊

第二部分 委托人

第三部分　矿工

第四部分　管理员

第一部分

》》替罪羊

序　章：两次立功

“您好，北京市110指挥中心。”

“110啊，我不想活了。”

1.

“你真的不吃点？”

阉林看了一眼田抽，懒散地摇摇头。作为一名自己开店的创业者，阉林早已习惯了每天睡到中午。现在是早上七点，阉林两只眼睛被眼屎糊得睁不开，根本没有闲心吃早饭。

田抽见阉林没有进食的雅兴，便自顾自吃了起来。他左手拿着麦当劳的猪柳蛋堡，右手托着肯德基的皮蛋瘦肉粥，开口说道：“吃个早饭真费劲，为什么这两家不能互相学习借鉴一下呢？”

阉林尊重两家餐厅选择自己的发展道路，不会像田抽一样陷入是“麦当劳应该卖粥”还是“肯德基应该卖猪柳蛋”的思考。此时此刻对于阉林来说，只要田抽不要就这个无聊的问题麻烦自己就好，因此只是点点头敷衍了一下。

坐在快餐店坚硬的塑料椅上，困意重新占据阉林的大脑，险些仰在凳子上睡过去。等他突然发现自己并不是置身于自家的床上并猛然再次睁眼时，发现田抽正在用深邃的目光打量着自己。

作为多年的好友，阉林知道，田抽正在通过纷乱的现象，大胆揣测自己的本质。

或者用他自己的话说，田抽此时正在“推理”着阉林。

“你……”

“你别说话！”（好的，及时拦住了），阉林不悦道，“大早上的把我叫起来，就是在这儿看你吃饭？”

“当然不是啦，”田抽用纸巾擦擦手，从兜里掏出手机，“你看看这个。”

阉林拿过手机，念道：“北京市公安局提醒您，年关将至，入室及公共场所盗窃案件频发，请您注意保管好……”

“不是这个骚扰短信，后面那条。”

阉林本想掰扯一下公安局发的短信算不算骚扰短信这个问题，转念一想还是作罢了，直接打开了后面那条信息，发现内容留的是一个地址，来自一个未保存的普通手机号码。

“这是什么？”

“客户发给我的。”

“客户？”阉林诧异道，“你连工作都没有，哪来的什么客户？”

“我怎么就没有工作了？”田抽反问道。

过了几秒阉林才想起来，田抽应该指的是他自己刚刚成立的所谓的侦探事务所。

“这个女子昨天给我打来电话，说在电线杆上看了我贴的小广告。她感觉最近自己被人跟踪了，似乎是要对她图谋不轨。当然了，我并没有太当回事。这女子说话神神叨叨，怕是喝多了，并且身处一个喧闹的环境周围，大概是工体三里屯附近。夜店妹，独居，酗酒，总之可以判断她脑子不太正常。”

“不用这么麻烦，她能从电线杆的小广告上找到你，靠这一点就够了。”

田抽不理会阉林的揶揄，继续说道：“不过今天一早，我又收到这条短信，地址都主动发给我了，还是去看看吧。毕竟开市大吉嘛，不能这么轻易地放过第一笔生意。”

阉林问：“那这关我什么事？”

田抽站起身拿起大衣，说道：“但凡优秀的侦探，身边总有一个得力伙伴，比如华生之于福尔摩斯，石冈和己之于御手洗洁，我自然也不能例外，思来想去，觉得你比较合适。”

“我哪里合适了？”

“你有车。”

2.

车还没开到地方，阉林就已察觉到了一丝异样。

这里不算繁华，周边大多都是老楼，在马路两侧孤零零地立着。按理说，周末早上这条路应该非常通畅才是，然而他们现在却在离目的地一两公里的地方就被堵在车流里龟速前行。

阉林无聊地打开车内收音机，女主持人开始播报新闻。

“原××市××局局长司徒××涉嫌徇私舞弊、贪污受贿、滥用职权一案今日将一审开庭。根据记者在检察机关的了解，此人多年以来利用职务之便，贪污受贿金额达到五千余万元，另有其他多项违法犯罪行为。检察机关在接受采访时表示，‘打老虎’的工作还将持续开展，党风廉政建设和反腐败斗争无禁区、全覆盖、零容忍的……”

田抽切到其他频道，音箱里响起流行歌曲。

阉林开口道：“你怎么不关心国家大事呢？”

“听了难受，这么多钱也不说分我一点。”田抽答道。

话音刚落，前方突然出现几个警察，正指挥车辆往回掉头。

阉林的心里咯噔一下，难不成真出了什么事了？话说回来，一个大姑娘，要是被歹人盯上了，入室抢劫啊杀人强奸之类的，也都算可以忍受，最多是劫财后劫色，先奸后杀，但是不管这哪一件拿出来，也都应该归属于入室犯罪吧，怎么也不至于净街才对，总不可能在马路上表演行凶吧？

田抽没有说话，双手交叉放在腿上低着头，眼观鼻，鼻观心，仿佛什么都没发生一般。

这时车已经开到警察跟前，阉林摇下车窗，西北风飕飕钻进来，跟车内的空调暖风形成强烈的对流，他似乎听见田抽放了个屁。

“警察同志，前头这是怎么了？”

“前面有个要跳楼自杀的，这条路太窄，为了救援所以封路了，你们掉头绕道吧。”警察说着皱了皱眉，问道，“你这车里什么味儿，这么臭？”

阉林无言以对，转头去用责备的目光瞪了一眼田抽，心想你把人警察同志熏坏了可怎么办。不料这一回头不要紧，田抽这孙子听了警察的话，竟以迅雷不及掩耳之势，打开车门向前猛跑了出去，连车门都没关，现在好了，搞得两头进风。

阉林一人在驾驶席上茫然，忽然感觉自己肚子也有点不舒服。

警察看愣了，半晌说道："你看，你这哥们儿也受不了了吧。"

阉林谢过了警察的提示，在对方狐疑的目光下，把车调头停在路边，往前面现场跑去。大约跑了不到一公里，恰好在快要喘不过气来的时候，他终于到了现场。

只见路边一座七八层高的居民楼楼顶，有个人影贴边坐在楼沿，下面已经围上了隔离带，大充气垫已经铺好，周围拉着隔离带，警车消防车严阵以待，里三层外三层的群众们给楼围了一个密不透风。

阉林观察四周，没法确定这栋楼就是他们要找的那个。上面要跳楼的那位，明显是个男的，可田抽说的委托人是个女的，应该是个误会吧。

那大哥在上面坐着，还不怎么老实，一边喊着"没学历没事业没钱没女人没脸回家过年"之类的话，一边还四下看来看去，时不时回头喊一句"你们别过来"。

不过现在阉林没有心思管他，先找到田抽要紧。

在人群里挤了半天，阉林终于发现了田抽的踪影，不知道这位仁兄从哪弄来副望远镜，正仰头观察。

阉林赶忙凑上去，问道："你这望远镜哪弄来的？"

这时田抽身旁边探出个小伙子，答道："是我的。"

阉林看他面生，对他点点头算是打招呼。

"工装迷彩裤，专业冲锋衣，国家地理专业摄像包，百分之百的户外爱好者。另外他眼眶和额头的微小肤色差，可以推断是长期使用望远镜观察的结果。结合今天的天气以及地理位置，必定是去十三陵观鸟的爱好者无疑。"田抽自顾自地说着，"因此他身上一定有专业望远镜。"

"事实上，"还没等阉林对田抽的推理回报以点评，那哥们开口道，"他是从我手里把望远镜抢走的。"

阉林点了点头，深深为此人的高素质所折服，本想替田抽对他说声抱歉，却听田抽"嗯？"了一声，把望远镜放了下来，扭过头去看了看马路对面的楼，然后举起望远镜两头来回看。

阉林摸不着头脑，旁边那哥们儿也不知所措。就在此时，楼顶上传来喊声，大家都吓了一跳，循声一看正是那轻生男子喊出来的，大家以为要跳了，也整齐划一地发出惊呼，遥遥对应，蔚为壮观。谁知道天不遂人愿，那人喊完后，身形稍稍一晃，似乎受到惊吓一般，不过很快又恢复正常，并没有纵身一跃的意思，下面的人群中又响起一片叹息。

于是大家纷纷议论起来，大意是说，刚才稍微刮点风，就给他吓得直叫唤，又谈什么跳楼呢？估计是没戏了，散了吧。

不知道是不是听到了群众的呼声，田抽也放下望远镜，把它静静地塞回那哥们儿手里，皱眉头不语。

阉林刚要问一句什么情况，谁知田抽跟上了弦一样，抽出身往人群不太密集的一处所在挤过去。阉林只好对观鸟小哥苦笑着点点头，算是道歉。

小哥说道："有病得抓紧治啊。"

"是是。"

阉林转身，见田抽走到三两个六七十岁大妈身旁，和气地问道："大妈，这人因为什么要跳楼？"

"嗨，不就是那点事么。现在年轻人太冲动，有点不顺心就想不开，现在的孩子啊，完了！"

说完这话，旁边几位也纷纷点头，表示赞同。

"那是谁报的警啊？"

"他自己报的啊，"大妈回答，"一开始这人就在房顶上坐着，后来见围了不少人，我眼睁睁看他掏出手机打电话，哭着喊着跟人110说要跳楼。"

田抽听完点点头，与大妈道别，直奔马路对面而去。阉林一头雾水地跟上去，边走边问他："你怎么知道这几个大妈清楚的？"

"从她颧骨皮肤的皴红程度、跺脚频率，还有脚下瓜子皮数量来看，这几位在这儿站了起码一小时了。"

这几位大妈真他妈是条汉子！阉林不禁回头，瞻仰了一下她们的仪容仪表。在看热闹这件事上，大妈们表现出来的毅力和决心，令人不得不暗挑大拇哥。

3.

阉林随田抽穿过已经被封闭的马路，扭身走进了马路边一栋住宅板楼的四号楼门，阉林进去时瞟了一眼楼牌号和楼门号，发现就是之前短信里看到的地址。

也许是朝向问题，从门外往里走，门洞里黑黢黢的，完全没有光亮，周围弥漫着一丝诡异的氛围。

阉林打了个哆嗦，刚要往里走，突然听到一声大喊："要有光！"

于是便有了光。

所以说声控灯这种东西，是为了满足人的上帝欲设计的？但不管怎样，田抽这种行为也过于渎神了，阉林不禁在胸前画个十字，暗道我主耶和华慈悲为怀。

随着咚咚咚咚上楼的脚步声，二人在五楼停下，短信内的那个地址还挺好记的，五楼501号。

这个板楼设计比较大众化，楼门同一层只有左右两户，从道理讲肯定是501和502了。

"开门哪！开门哪！我知道你在家！"

阉林才刚站稳，气还没喘匀，田抽突然咣咣咣敲起房门，吓了阉林一大跳，赶忙上前拍了拍田抽的后背说："不是，你稍微轻点……"

"开门哪！开门哪！别躲在里面不出声！"

田抽的呼喊间不容发，不只阉林的声音被完全覆盖，这个分贝数大概能把整个楼所有楼层的感应灯都喊亮了。

"再不出来我叫警察了，看你个小丫挺的不还钱能躲到什么时候！"

怎么变讨债了？这情节发展越发出乎阉林的预料，搞不清田抽葫芦里卖的什么药。

这时候，隔壁门开了一条缝，一个男人探出身来。

“吵什么吵啊，大早晨的，让不让人睡觉了！”

“哎呀大哥，太好了。”田抽做出一副见到上帝的表情，似乎是忘了刚才是谁一直在扮演上帝，“劳驾问问，您这邻居在不在家。丫欠我两万一直不还，打听好几天，才知道他流窜到这了。您说说，这都快过年了，我们全家老小指着这钱买年货呢，换成您您能不急么？”

“他啊，一看就不是什么好鸟。不过我也有一阵没见这人了，闹不好已经跑路了。我劝你也别折腾了，就算把警察叫来，也就是一个空屋子，你还是想想别的办法吧。”那人开始劝解起田抽来，语气却显得格外冷淡。

“哎呀，我的命可真苦啊……”田抽作痛苦万分状，双手扒着防盗门把手，使劲摇了好几下。

阎林看看田抽，又看看门缝里那大哥。大哥冲阎林使个眼色，意思让他管管田抽。阎林也觉得这个场面有些尴尬，外头的热闹还没完事，别这边又热闹起来，再把那几位大妈给累着，站一上午，怪不容易的。

于是阎林上前拉拉田抽，说道：“大哥说的是啊，既然家里没人，你在这儿闹也没用，咱们还是听大哥的，先回去吧。”

田抽眼睛在阎林和大哥之间游离了一下，最后回头注视了一会儿紧闭的这扇门，狠狠叹了一口气，开口道：“得了，算我倒霉，对不住啊大哥。”

说罢，田抽抢先一步下楼，阎林跟大哥作了个揖，追了下去。

出了楼门，田抽沿着墙根走，到拐角处一闪身没影了。阎林赶忙追上，不料被一只胳膊拦住。阎林吓了一跳，定睛一看正是田抽。

不等阎林发怒，田抽把他拉到一边，二人贴着墙根一动不动。田抽一脸严肃，沉默不语，阎林不禁开口道："我说大哥啊，您到底划的到底是哪套拳？地址上写着501么，你那玩命敲502是什么路线？还有501那房主，你不说委托人是个女的么？您是不是让人给耍了？"

正说着，马路对面忽然传来一阵哗然。二人循声望去，见楼顶上要跳楼的男人突然不见了，几个人头从护栏后面冒出来，再往后就什么都看不到了，估计是楼顶上的警察看到那人离开屋顶边缘，一拥而上先给拿下，以免他又反悔吧。

下面看热闹的人见状，呜呜嚷嚷地散了，唯有几个大妈站着不动，怕是还没尽兴，大概是想等着看警察把人带下来，反正都是面露不悦，应该是没看过瘾，脑海中设想的大戏没有演成。

阎林回头看田抽，见他依旧盯着楼门口，对跳楼的事毫无兴趣。

想到刚才他跟窜天猴似的从车里跳出去看跳楼，连车门都不关，阎林就气不打一处来，说道："大哥您倒是给句话啊？"

"别吵，"田抽压低声音，怕被人听到一般，"要来了。"

阎林觉得药确实该来了，不然会耽误田抽治疗，同时跟着田抽把头探出拐角暗中观察。不一会儿，门洞里走出一个男人，背着大书包，左右望望，见四下无人，一溜小跑溜走了。

看那人已走远，田抽一蹿而上。阎林抱怨了句"我这是造的什么孽"，只得赶紧跟上，随田抽进楼。

这回田抽没扮演上帝，反而是蹑手蹑脚地，生怕这个世界有了光一般地来到五层。阉林十分纳闷，从早上开始，他就不明白田抽葫芦里卖的是什么药，又找不到机会问，光顾着跑来跑去了。

又来到502号门前，田抽看了看门把手，又看看地面，露出了诡异的欣慰笑容。

“怎么回……”

阉林刚要开口，田抽做个噤声的手势，指了指地面。阉林俯身一看，地上有一个小白片，看样子应该是从餐巾纸上撕下的纸屑。

田抽从兜里掏出一张纸巾，上面明晃晃还印着一个大大的M，边上有一小块缺失。阉林摸不着头脑，田抽也不容他细问，拉着他走到楼下。

这时马路对面的警车消防车已经开走，纷乱的局面归于平静，道路也恢复畅通了。

“到底是怎么回事，餐巾纸又是什么意思？”

“刚才我临走前，最后拉门把手的时候，在兜里撕了一点纸巾塞在门把手缝隙里，现在它掉地上了，说明有人开过门。”

“你意思是刚才屋里有人？”阉林问，“还真有人欠你钱？”

“欠我钱？我也得借啊。”田抽一脸无奈地回答。

“那能是谁？”阉林刚问完，突然回过味来，说，“刚才出门那男的？他是谁啊，也不是501那大哥呀。”

“他是谁我不知道，不过他是干什么的，我心里倒是有数。”田抽笑答道，“你还记得早上我手机里的短信吗？”

“那不是对门大哥的地址么。”

“不是那个，第一个。”

“第一个……”阎林想起那个“骚扰短信”，恍然大悟道，“那人是小偷？”

4.

“502的房主不在家，里面那个是小偷，而且他还有同伙。”田抽掏出一根金桥点燃，猛嘬一口，继续说道，“就是那个跳楼的。”

“跟跳楼有什么关系？”阎林问。

“根据大妈的说法，那人是自己爬到楼顶自己报警的，你说一个真打算自杀的人为什么要报警，还打不打算成功了，这不是成心扰乱公众治安么？”田抽边抽边说，“而且我用望远镜看到，这个男的眼睛一直也没有向楼下看过，却一直往对面楼瞟，这不符合一个赴死之人的心态，所以他只是通过跳楼吸引人的注意力，对面他的同伙正在盗窃，互相打暗号沟通，正好被我用望远镜看见了。而从那人最后的目光落脚点来看，正是四门的五楼。五楼一共有两家住户，其中501那家窗帘一直拉着，什么都看不到，而502则是一览无余的。既然他们能把阵势搞这么大，目标显然不止一家，怕是已经扫荡过很多家。我怕他们转移，才急着去502堵门。现在看样子，他们是害怕收手了。”

田抽的分析，阎林初听起来感觉不可思议，但细想一下，又合情合理，越说越像真事一般。想到这时小偷已经逃之夭夭，阎林赶紧说道：“那你还在这儿扯什么闲天呢？还不赶紧追小偷去？”

“慌什么，”田抽悠悠答道，“他跑了，他同伙跑得了么？跳楼自杀未遂属于扰乱公共治安，起码拘留五天。到时候跟警察一说，还愁审不出来，你以为警察审犯人是好玩的？”

“不是，”阎林更困惑了，“那咱们还在这站着干吗？赶紧去派出所说明情况呀。”

“你怎么还没明白呢，我都说了，五天以内那人跑不了。”

“那咱们在这儿也没什么可干的啊？”

“有的是可干的。那人跑不了，有个人可是说跑就跑了。”田抽说完，从兜里掏出手机，拨出一个号码。

“110吗，××路3号楼4门501室里有情况，请派人来看一下，我就在楼门口守着，千万要尽快派人来。”

5.

之间那“门缝大哥”，被警察从楼门押出来。尽管头被押着，他还是用余光看到了二人。

田抽招招手，跟他打了个招呼。

警车响着警笛驶上马路，围观群众渐渐散去。这时旁边突然传来一个声音道：“哟，小伙子，又是你们俩，也跑这儿看热闹来了？”

阎林转头一看，果不其然正是那几位大妈。阎林心里纳闷，也没见她们挎包拎袋，究竟是哪来的这取之不尽用之不竭的瓜子的？

田抽没搭理大妈，阎林为了避免尴尬，只好笑着点点头，算是回应。她们看二人不爱聊，也就转身走了，一边走一边用兼备着小声嘀咕的语气和毫不避人的音量说道：“年纪轻轻的，正经事不干，四处看热闹，现在的孩子啊，真的是完了！”

过了一会儿，一名女警带着一个女人从楼里走出来。阎林这时才恍然大悟，这位应该就是向田抽打电话求助的夜店妹了吧。

此时她没化妆，脸色十分憔悴，实在很难想象她在夜店叱咤全场的样子。

警察让二人随警车到分局了解情况做笔录，阎林说他的车就停在附近，可以自己开过去。警察看过二人的身份证，留下了联系方式，便握握手说一会儿见。

行车的过程中，阎林问道："你怎么就能断定，那姑娘是被大哥绑架的呢，毕竟你只接了一个电话和一条短信。如果那大哥就是房主本人，你要怎么收场？”

“你还记得跳楼那哥们儿中间突然喊了一声么，当时大家以为是那人出了什么事，但是就我观察所得，他本人并没有遇到什么意外情况，所以不是因为害怕坠楼，而是看到了意料之外的东西。他喊完后，我特意回头去看，502没有异样，反倒是501紧闭的窗帘有摆动。由此我推断，他在观察502时，无意间发现了501的内情。大概是那绑匪把姑娘绑在了卧室，结果趁他不注意的时候，女性用什么方式挣脱了约束，打开了窗帘企图呼救，但是瞬间即被绑匪发现并拉了回来，这个画面恰好被紧盯着隔壁窗户的小偷帮手看在眼里，所以他才喊了一句。不过他也心虚，毕竟自己同伙就在隔壁，如果这时候呼救，他朋友可能也跑不掉了，因此很快就恢复了正常。

“本来我也是推测，所以才到502门口大喊大叫，威胁说要报警。501绑匪当然怕警察来，才被我引蛇出洞。而且，如果他真是房主，自然清楚自己邻居是什么人。但实际上，他只是就着我的话顺坡下驴。502门前的脚垫不怎么干净，有不少泥土附着，但是痕迹不新也不潮湿。这说明两点，一是小偷很专业，在鞋底下了功夫；另一点就是502一直有人出入，不可能是许久都未曾露面的老赖住所。”

“原来是这样，”阉林听完说道，“不过这绑架和盗窃门挨着门，也太巧了。”

“唉，谁说不是呢。”田抽叹口气，“要是肯德基和麦当劳也很巧的离这么近就好了。”

阉林懒得理他，许久，田抽说道：“你这病需要治，不能觉得没事。”

阉林听了一愣，心说我还没说你有病呢，你倒反咬一口，回道：“我有什么病？”

“你睡了一整宿，早上不饿，这是消化不良，坐在椅子上来回换姿势，这是臀部不健。上午我在车里放了个屁，俗语说臭屁不响响屁不臭，所以熏到警察的是你的口臭。综合以上几点，你怕是长痔疮了。”

“我去你大爷的。”

第一章：开张营业

“哎呀不对，这俩人可别是跑了吧。”

1.

来到公安分局，天已晌午。

“是这儿么？”阉林站在门口，问田抽道。

田抽往里看看，答道：“没错了，你看那辆车。刚才送那女的过来的就是它。”

院里停了一排公安涂装新款北汽绅宝D50，不光长得一模一样，停靠间距也几乎等宽，要不是上面的警灯，还以为4S店在搞卖车活动，就差一排红丝绸了。

“你记人家车牌子了？”阉林问。

田抽点头道，“也不是特意记的，刚才多看两眼，下意识地就记下了。怎么说呢，职业素养吧。”

还职业素养，要不要脸啊！不过阉林没工夫跟他较劲，由于一上午都在乱跑，阉林此时饿得半死。下车之后他发现路边有卖馅饼的小门脸，顺手买了俩，咬了一口发现是韭菜鸡蛋馅的。

“刚得罪完交警还不罢休，现在又来祸害公安干警了啊。”田抽掩鼻道。

阎林本想反驳他压根就没有口臭，更别提什么痔疮。只是饼在嘴里不得不嚼，只好作罢。

进屋后，二人表明来意，在大厅等了一会儿，楼上下来一个便衣警察，看到他们似乎松了一口气，把他们领到楼上房间里。

房间里已有两个便衣警察等候，见二人进门，也是露出如释重负般的神情。

看到他们这副样子，田抽倒笑了。

“你乐什么？”阎林小声问道。

“这你还看不出来？咱俩被当成嫌疑人了。”

阎林听了心里咯噔一下，仔细一想确实如此。若非是凭借田抽那点——当然，这里的用词有待商榷——推理能耐，一般人怎么可能在毫不确定的情况下报警呢？总觉得要么是同伙反目，要么就是有其他阴谋。怪不得此时分局刑警们个个如释重负，在他们眼中，他和田抽两个人，就是险些被放虎归山的凶嫌。

阎林后悔刚才在车里没有跟田抽串供，万一说出什么令人怀疑的话，难道真要蹲两天看守所？

“这位同志，请你跟我来吧。”阎林正在思考这大冬天的看守所的被子如果太薄要怎么办的时候，屋里的一位便衣开口了，指了指阎林。田抽的话言犹在耳：“你以为警察审犯人是好玩的？”

从现在局面看，一定非常不好玩。

在警察压迫性的目光下，阉林不由自主迈开步子跟了过去。临出门前，他看了一眼田抽，发现他压根没往自己这边瞧。

要是今天能平安地走出这栋楼，今后睡觉一定要把手机关上，阉林心中暗暗立誓。

2.

“所以说，发现受害人被绑架，你们完全是猜咯？”刑警同志用“猜”字形容田抽的“推理”，并在结尾加个“咯”以表示不屑。阉林不知道话该怎么接，再说，这事本来就跟他没什么关系，自己充其量也就是一个司机。

于是阉林耸耸肩，表示不置可否。

刑警们交换了一下眼神，拿过笔录单子交给阉林，说道：“你看一下，没问题的话就在下面签字。”

阉林接过笔录，准备拿过来的时候发现对方的手并没有松开，他的目光沿着那只略显粗糙的手往上看去，最终定格在对方的脸上。

阉林抬头，见刑警脸上写满怀疑，心中顿时产生一种深深的无助感。有生以来第一次，他觉得自己离“坏人”这个身份是如此之近。此时，他只能寄希望于另一个房间里的田抽，愿他能拿出令警方信服的说法。当然，阉林对此并不抱太大的希望。

阉林把自己的名字缓缓签下。

“严林，”警方叫了一声他的名字，“把你的电话、住址还有工作地址在这儿登记一下。”

3.

从分局走出来时，阉林惊魂未定，为还能看到今天的太阳窃喜。

然而与其形成鲜明反差的是田抽，他大步往车子走去，看着手机一言不发。刷朋友圈也得有时有晌啊！阉林跟在田抽身后，心中暗骂。

阉林一路紧随田抽，谁知没走几步，田抽突然停下，阉林以为他又想起什么歪的斜的，走上前一看，才发现他被一女的拦住了。

这不是被绑架的那姑娘吗？阉林上下打量了一番，现在她不怎么狼狈了，仔细看看其实长相还算可以。

“就是你吧。”那姑娘没头没尾地冒出来这么一句，然而田抽并没有答话。

“不错呀，私家侦探，有点功底。”姑娘说着，上上下下打量田抽，可田抽双眼直直看着前方，对她视而不见。

姑娘觉得不对劲，扭脸见到阉林，问道：“难不成是你？”

“不，是他。”阉林答道。我是司机。后半句话阉林憋在嘴里没说，先把自己择干净。

“他是聋哑人？不对啊，我们还通过电话呢，难不成电话是你接的？”

拿我按导盲犬看待啊！阉林心中暗骂，连连摇头道：“不，也是他。”

“这倒怪了。”姑娘又打量了一番田抽，不知道该说点什么。

“请问您有何指教？”

田抽忽然开口了，把二人都吓了一跳。

姑娘回过神来，略显傲气地问道："我说大侦探，你不是不接我的单子吗？怎么又跑来我家了？"

"我去观鸟，路过。"

姑娘转头来看阎林，阎林心说就算是明摆着找借口也应该稍微负点责任吧，他回忆了一下围观群众里那位望远镜大哥，再看看田抽，怎么也不像个观鸟爱好者，毕竟他并没有传说中的"眼眶上部和额头明显的肤色差"，因此摇了摇头表示否认。

"算了，还是开门见山吧，"姑娘说道，"既然你来了，就是接受委托，咱能不能把合同签了？"

"难不成你还要继续委托我？"田抽说道。

"是啊！"姑娘突然间激动起来，"难道你不觉得我现在处境很危险吗？我刚从绑架犯手里逃出来，还不知道未来有什么危险等着我。作为一名肩负爱与正义、光荣与梦想、使命与召唤、命令与征服……"

就在阎林觉得她马上就要说出"龙与地下城"时，她结束了自己的排比："……的侦探，你忍心看到这一幕发生吗？"

见田抽没有反应，姑娘上前半步，看着田抽的眼睛，说道："签合同吧！我聘你做我的安全顾问，期限三个月，这段时间内负责保障我的人身安全，待遇按你广告上的数翻倍，如何？"

就在阎林认为田抽即将话也不说地转身离开时，他听到此人的口中悠悠传来两个字："成交。"

"痛快！认识一下，我叫周可。"

姑娘伸出右手，阎林见她手腕内侧有一只小猫文身，呈白、黄、棕三色。从学术上讲，毛色为三色的一定是母猫。

“田秦。”

阄林决定不自报家门，默默看着周可离开。

回到车上，阄林握着方向盘，诸多未解问题萦绕在脑海，但是其中有一个最为急迫，于是他转过头问田抽：“去哪？”

田抽没有回答，点亮手机屏幕，拿给阄林看：北京市公安局海淀分局万柳派出所，导航路径已经规划完毕，预计通行时间26分钟。

“什么意思？”

“你要不要回去分局那个小屋里一趟？”田抽反问。

“我好不容易出来，为什么要回去？”阄林问道。

“我怀疑你把脑子落在那儿了。”

阄林刚要发怒，却想起早上的事，才明白还有两个小偷等着他们去收服，连忙把车开出了停车位。

“没丢就好，不能翻来覆去地熏警察同志了。”田抽点点头，晃晃手机说道，“需要么？”

阄林也点了点头。

手机传来机械的女性声音：“开始导航。”

4.

车子在派出所附近停好，阄林干的第一件事，便是在小卖部买了一条口香糖。

派出所内与公安分局截然不同，一来门脸小些，二来满是各种闲杂人等。十来平米的接待厅乱哄哄的，接待台的民警正跟一名男性费力地解释着什么。另外一名则在接电话，他面前站着四五个人，身上都挂着彩。

阉林一时有些不知所措，田抽则像个木头人一般笔直地站着，丝毫没有找人询问的意思。

阉林和田抽对视了一下，田抽努努嘴，意思是这种小事他怎么可能去干，不然要你阉林干什么？难不成真只是个司机作用？

希望摆脱司机称谓的阉林振作起来，此时他正好看到一名民警，拿着资料从屋里走出，于是赶紧上前询问。

“跳楼自杀？”民警先是愣了一下，然后转头去问一直打电话的那名民警，“刚才有送来过跳楼自杀的人么？”

接待民警忙着打电话，没有回答。

民警挠挠头，问道：“您二位是他家人？”

“不是，怎么说呢……”阉林绞尽脑汁，不知道该怎么形容这件事情，结果话没说完，那位民警竟然走开了，回头说：“你问那个打电话的。”

我可不想蹭一身血啊，阉林心里想着，但还是鼓足勇气走上前。田抽没有挪动身体，像个局外人一般，默默注视着大厅内芸芸众生。

过了一小会儿，阉林走回田抽身边，还不等他开口，田抽先发话道：“是那个穿蓝色篮球鞋的吧？”

“说什么呢？”阉林听得云里雾里，转头顺田抽视线看过去，在那几个身上挂彩的人之间，有个人穿一双蓝色的篮球鞋。一双复刻的蓝喷，市面价大约一千八，一般穿这种鞋出来逛悠的，不是高中生就是烧包。

“是他先动的手。”田抽说道。

“你说什么呢，我连这几个人怎么回事都不知道。”

田抽露出不可思议的表情：“你在他们中间站半天，都干什么了？”

“我能干什么？我不是在问小偷吗？难不成还要百忙之中关心一下他们？”

田抽摇摇头，说道：“算了，说正事，小偷呢？”

“走了。”

“走了？”田抽露出惊讶的表情。

难以置信的表情让阉林竟然有一丝暗爽，啊哈，今天终于有一件事不在你预料之中了。

“嗯，警察说虽然按理说应该行政拘留，但毕竟年关将至，派出所事多，对这种一时看不开的失足青年，就得饶人处且饶人，批评教育一番后还是把他给放了。”

“现在派出所民警都这么好糊弄？”田抽依旧无法理解。

“你也不能这么说，”阉林试图换位思考，“人家民警说了，那自杀的人还掏出张火车票，说已经定好下礼拜五回宝鸡老家，只是头天晚上女朋友突然提分手，搞得他有点抑郁，这才干了傻事。你看说得多么在情在理，谁听了不动容？”

田抽叹了口气，很难判断是不是动容。

“后来跟他提了个醒，”阉林继续说，“说他可能是小偷，不知道人家有没有听进去。”

田抽一听，倒吸了一口冷气，拉着阉林就往门外头跑。阉林有点茫然，等到停住脚步，问道：“怎么了？你跑什么？”

田抽回答：“你傻啊，还想再让人审一次吗。”

5.

赵文乘6路公交，在虎坊桥站下车，避开换乘地铁的人群，一头扎进魏染胡同。北面与魏染胡同平行的是红线胡同，与之垂直交接的分别是梁家园胡同、前孙公园胡同，还有后孙公园胡同与之垂直相接。

就在这一片平房区内，曾经有许多让她和朋友们流连忘返的所在：西草厂街的小音像店时不时冒出令人惊喜的内容，他们在这里几乎集齐了彩虹乐队的所有专辑；椿树胡同的爆肚满，一盘仅需六块钱，小料随意摆放在桌上，就算添上十碗，老板也不会有任何不满；前孙胡同的万智牌店老板人称老杨，除了负责把田抽寄放在店里的万智牌代理出售，还时常用不大热情的口气，问同来的赵文吃不吃西瓜，或饺子，或馅饼或冰棍。

她知道老杨只是客气一下，所以每次都说不用。

还有游走于胡同中，神龙见首不见尾的鸡蛋灌饼、铁板鱿鱼和烤羊肉串。赵文人生中的第一串羊宝和羊鞭就献给了这里。

诸如此类的记忆很多，如今在这些胡同里已没了踪影，曾经如强力胶般黏合在一起的朋友们如今天各一方，交往只限于微信群。

当然，这里也有一个例外。

田抽，这个不知何时冒出来的外号，如今替代了田秦这个名字。赵文在心里默算了一下，从初中到现在，已经过了十六年。

十六年，赵文暗自心惊，从豆蔻年华到奋勇奔三。十六年对一个女人来说意味着什么，对于一个男人来说又意味着什么，答案不言而喻。

只可惜，对于赵文和田抽而言，这十六年意味着零。

零，空空如也，Nothing，这是赵文对于这十六年的总结。

赵文就这么走着，忽然想起三天以来，田抽毫无音讯，感觉自己一肚子气无处释放。相较于十六年这漫长而又转瞬即逝的时光，三天的失联又算得了什么？

十六年，唰，过去了，赵文似乎可以听到光阴流逝的声音。

赵文有些后悔，自己当年就不该跟田抽跑到那里，后悔自己在这么冷的天，坐半个小时没空调的公交车来琉璃厂，后悔自己当年为什么不试试，哪怕就试一次，对老杨说：好啊，那我吃点。

赵文沉浸于无尽的悔恨之中，一抬头，“严林焗瓷金缮作坊”到了。

赵文无数次吐槽过阉林的店名，一般这种传统工艺店，都有个高古的名字，比如堂、居、阁、斋之类，要是现代一点的，也应该叫个××工作室。结果严林两边都不占，用途写得这么明显不说，还偏偏要叫什么“作坊”，好像什么不法窝点，赵文生怕哪天在法制节目里看到他的店被城管端了。

店门开着，赵文迈过门槛踏进去，瞧见阉林正在工作台上焗一把茶杯。赵文四下看看，抓起桌子上一块小瓷片扔过去，正中阉林后脑。

“哎哟！”阉林吃痛，一抬头看到赵文，连忙停下电钻的脚踏板，放下瓷杯和钻头站起身，掸掸身上的瓷粉，说道，“敢情是文兄啊！什么风把您老吹来了？”

十六年了，赵文可以什么都不记得，唯独这件事她打死也不会忘。由于打小性格洒脱，行事泼辣，赵文在小伙伴之间有了“文哥”的称谓，以表敬意。结果上了初中认识田抽后，这响当当的江湖尊称，竟然被他脱口而出的一句“文兄”给硬生生推翻。

对于十三四岁刚进入青春期的少女来说，这个词隐含的寓意她必然知道，却难以启齿；对于十三四岁刚进入青春期的少男来说，这个词隐含的寓意田抽也必然知道，却假装糊涂；对于十三四岁刚进入青春期的广大少男少女来说，这个词隐含的寓意大家必然都知道，于是“文兄”这个称呼得以流传至今。

“田抽呢。”赵文环视一圈，问道。

“田抽？”阉林愣了一下，似乎对这个名字感到陌生，“我不知道。”

“你多久没和他联系了？”赵文直奔主题。

阉林眼角不自觉上扬。文兄之前看过一篇文章，说眼角上扬很有可能是代表对方正在说谎。具体是什么内容，她已经想不起来了，不过无所谓，反正本来就不知道真假。

“三天了。”阉林回忆起来了。

“三天没一点音讯，”赵文略显激动，“你就不担心？”

“像他那种人，这不很正常吗？”阉林反问。

于是赵文被问住了。

过了一会儿，阉林察觉到赵文有点语塞，便开口道：“你找他有事？”

赵文略显惆怅地摇摇头。她确实没什么事，如果真有事，十六年的时间，早就说了，何必等到现在？

阉林见状，掏出手机来拨了田抽的电话，不过一会听筒传来“对不起，您拨打的用户暂时无法接通，请稍后再拨”的声音。阉林放下手机，开口道：“至少没关机嘛。”

随后他靠在桌子上看着赵文，赵文也看了一眼阉林，她从他眼里看到一个词，叫欲言又止。

阉林从来都是个立场不坚定的人。

赵文开口道：“你肯定知道他在哪儿。”

阉林点点头，又摇摇头，思量片刻后，说道：“我只知道他这两天在干什么，以及他有可能在哪。”

赵文此刻发挥出她强大的女性第六感，立即接话道：“是不是和女人有关系？”

阉林一愣，摇摇头，但又点点头。

“你丫给我直说！”这次赵文丧失了耐心。

正当阉林欲说还休之时，一个声音从门口传来，打断二人的对话。

“请问严林先生在吗？”

阉林和赵文同时往门口一望，由于南方的逆光，他们看不清来人的样貌，只看出是个中等身材的男性，身形并不熟悉，怕是个陌生人。当然，这从对方开口的语气也可以分辨出来。

阉林上前一步，说道：“我就是严林，您哪位？”

对方也往前一步，错开门口的阳光。阉林这时看清了他的面目，用尽可能礼貌的目光上下打量一番，确认自己果然不认识他。

陌生人和阉林展开对话，赵文在一旁不明就里地听着，他们一会儿说小偷，一会儿又是绑架，还有跳楼自杀什么的。等她把整个过程捋顺，才知道原来阉林和田抽前几天解决了一桩绑架案，还捎带发现了个小偷二人组，而此时此刻站在眼前的这个人就是失窃的房主。当她把事情搞清楚的时候，二人的对话也基本上达到了尾声。

“不好意思，我了解的也就是这些，不知道能不能给您帮上忙。”阉林说道：“您丢的东西很贵重吗？”

那人不置可否，只是回答说：“不提也罢，不过还是多谢，起码算是提供了点线索。”

“话说回来，您去派出所报案时，那警察是什么反应，我挺好奇的。”阉林问道，“您是不知道，当时我跟警察说这事，人家好像压根就不相信能有这回事。”

“还好吧，”那人回答，“当时警察刚解决完一个斗殴纠纷，所以没太跟我细说。”

“穿蓝色运动鞋的人先动手的么？”阉林冷不防冒出这么一句，那人被问得一愣，随即摇摇头，表示没在意这个。

“估计人家一开始没想到真的有盗窃案发生吧，后来给我录口供时，他们才恍然大悟般想起来。警察找到当时你留的联系方式，也就是这个地址，还有电话，说会找你核实这件事。”

可是并没有来核实啊，阉林心想。

“可是并没有吧？”那人把阉林的心里话说出来了，随即笑道：

“年关将至，盗窃案件太多了，一个小派出所哪儿顾得过来？所以今天我管他们要了你联系方式，想了想还是觉得登门拜访比较好。”又说了些闲话后，那人便离开了，没留下联系方式，甚至连名字都没有说，估计是觉得希望渺茫吧。

阉林从身后掏出两罐红牛，递给赵文一罐，自己打开喝了几大口。

“所以说，”赵文没有喝，“田抽这几天应该和那个委托人，周什么来着？”

“可。”

“嗯，可，跟她在一起？”

阉林点点头。

“你知道她家对吧？带我去看看。”赵文说罢，忽然感觉自己似乎并没有资格用这种语气说这句话，那瞬间自己好像一个要去小三家闹事的原配一样，作为根红苗正的正室夫人，她不能趾高气扬且怒发冲冠，但是却必须说得字字利如刀割，于无声处听惊雷。因此反刍这短短一句话的时候，赵文被自己的语气吓到了，她不知道自己当时的表情是什么样子。

阉林咽了口吐沫，下意识拿起红牛一饮而尽。

6.

阉林一路都在胆战心惊，不时瞟两眼副驾驶座上的赵文，看她是否处于情绪失控的边缘。

然而赵文情绪很平静，并且越来越平静，不过这才更可怕。

赵文一路上确实在平复心情，经过反思，她觉得自己不该对这个委托人报以如此大的敌意。他们之间可能完全没有发生任何事，只是单纯的雇佣关系。在这十六年内，她和田抽也并没有任何实质性关系，而田抽也从未和其他女性产生过哪怕一丝难以捉摸的关系。

这是赵文最后的救命稻草。

于是她告诉自己，即使心里有一万头草泥马，也要努力保持平静。而且，救命稻草这个词，显得过于丧失尊严和理性，它让这十六年的时光显得可笑，绝对不能这么想。

“其实田抽这个人，眼里压根就没有什么男人女人之分，”阉林试图劝解一下赵文，“他的世界其实很，嗯，幼稚。”

赵文笑了，的确，田抽这个人幼稚得要死。

“到了。”阉林开口道。

二人下车上楼，一气呵成。期间阉林打算讲讲田抽“要有光”的故事，活跃下气氛，后来想想还是算了，对于田抽来说，这种事不算稀奇。

来到五楼，二人站在501门前，阉林看了一眼赵文，以征求同意。赵文想了想，慎重地点点头。

“叮咚”一声门铃，五层有了光，然而门内并没有任何反应。阉林一鼓作气，连按三下，还是没反应。

阉林转头问赵文：“你试试？”

赵文心想，我试还能有什么不一样？结果她还是试了一下，当然，没有任何反应。

就在此时，楼下传来脚步声，还不只一个人。不一会儿，一个西装革履外套羽绒服的人上前，后面跟着一男一女。

不需要田抽出马，谁都能推理得出，这是个中介带着看房子的。

阎林和赵文有点尴尬，那三个人看到他俩，也有点尴尬。随后最尴尬的事情发生了，三个人停在了同一层。

好在最最尴尬的事没有发生，他们站在了502门前。

阎林和赵文二人四目对视，彼此都想到了同一个问题。502号，今天来的那人，不就是住502吗？

“大哥大姐，咱们先把鞋套套上。”中介小哥拿出鞋套递给二人，然后掏出钥匙打开502的房门，继续说道：“这套房子户型周正，房主一直在出租，结果几个租客都不靠谱，没住多久就要退租，房主挺头疼的，这不昨天才找到我们，说干脆卖了得了，您二位是第一个看这房的。”

“听说这块是海淀实验的学区房啊。”女子开口，显然她对此十分关心。

“这个……”中介警觉地看了一眼阎林和赵文，说道：“现在不让提学区这些了，来二位赶紧先进屋吧，咱一边看房一边细聊。”

说罢他引二人进门，自己殿后，对阎林和赵文陪了个笑脸，二人也笑了笑回应。

“咔哒”一声，房门关闭，赵文开口道：“这什么情况？”

“我哪知道。”阎林也是一脸困惑，世界变化太快了。他想了想说道，“也许是因为遭窃，那哥们儿心灰意冷，退租回老家了？不过这事也不能赖房子风水不好吧？”

另一面，501迟迟不开门，阎林趴在门上听了许久，也没听出个所以然。于是事情陷入僵局，二人大眼瞪小眼，毫无办法。阉林拿出手机拨了田抽电话，依旧无人接听。

“算了，回去吧。”赵文说道。

阉林正巴不得呢，立马点头往楼下走。

然而又一个上楼的脚步声出现，这次是一个人。二人都不自觉地停下脚步，等待脚步声的主人出现。

很快，一个人影出现在楼道拐角处。

第二章：疑云迭起

“对不起，您所拨打的用户已关机。”

1.

“你大爷的！为什么不接电话！”赵文瞬间暴起，要不是阉林拦着，她早就冲下去上演“鲁提辖拳打镇关西”了。阉林脑海中此刻满是赵文骑在田抽身上把他按倒在地，然后一边打一边说“你这厮诈死，洒家再打”的画面。

阉林也很想知道，田抽到底干什么去了。但凭对他多年的了解，阉林知道现在还不是时候。

田抽也确实眼里就像没有他们二人一般，丝毫不理会赵文的责问，跑上楼绕开二人，翻开防盗门前的脚垫，从中拿出一把钥匙，打开了501的大门。

“你看！丫连钥匙在哪都知道！”最终，赵文还是没能抑制住心中的不忿，大声嚷嚷起来。

为了避免惊动周边，比如隔壁看房的二人，阉林赶紧拉着赵文进了501，然后赶紧把门关上。

屋里的布置比赵文想象之中要简单许多，几乎看不出是个女人的居所。从沙发布和窗帘，再到床单被罩，都是普通的纯色。各种家具的搭配也毫无风格可言，一看就知道是租的房子。

不过从卧室和洗手间来看，赵文没有嗅出任何同居的迹象，这是个好事。

另一边，在一眼就能几乎览尽整个户型的情况下，田抽还是默默把全屋搜了个遍，客厅茶几上的细碎物品也没放过，最终一屁股坐在沙发上，长叹一声。

赵文见田抽举止异常，刚想问一句是什么情况，却听卧室里阉林“咦”了一声，似乎发现了什么东西。田抽也是一愣，大概并不会想到基本置身事外的阉林还能有什么收获。于是这一天第一次，田抽和赵文的目光出现了对视，赵文看着田抽的眼睛，发觉从16年前到现在，他的眼神没有任何改变，依旧充满纯真和倔强，丝毫没有因年龄的增长和世事的变迁而有所动摇，这也是她这么多年来一直还对他怀有期望的原因。

目光交错一瞬间，田抽从沙发上站起，跟赵文前后脚走进卧室，发现阉林正对着书桌上一台外形奇特的电脑主机发愣。

之所以说外形奇特，是因为无论从哪个角度上看，它都不像电脑机箱，然而旁却连着显示器。

“这玩意……”阉林回头看看俩人。

田抽开口道：“这应该是台电脑吧？可能是新款的游戏机箱？我记得游戏机箱外形都比较激进。”

“这可不是什么普通机箱。”阉林摇摇头。

田抽对阉林的否认似乎有些慌乱，可能他已经习惯了对一切事物盖棺定论，猛然间竟然有人质疑他，这让他有些站不稳脚跟。关键是他确实并没有考虑过弄清这个东西的原本功能，这让他有些心虚，田抽尽量做出若无其事的语气问道：“你还能知道这是什么？”

“我还真知道。”

阉林上前拍拍机箱，彻底击碎了田抽的幻想。

2.

“比特币是个什么玩意？”

听完阉林的介绍，赵文开口问道。然后她发现田抽其实也想问，只是听到自己说话，给生生憋回去了，然后做出了非常僵硬的无动于衷的姿态，整个身体都在散发着不懂装懂的味道，于是赵文笑了。

“怎么形容呢，”阉林沉吟道，“得先给你们普及个概念，就是所谓‘老式的交易中心’，例如银行、交易所，甚至包括马云的支付宝等等。在传统的交易中心下，我要买你的东西，或者你要把东西卖给别人，这些金钱往来都由交易中心统一记录和确认，以保证交易的安全性和不可抵赖性。这个你们能明白吗？”

赵文连忙问道：“那我去菜市场买菜，也没看见有谁在旁边记录啊。”

赵文注意到田抽不屑地白了自己一眼，而阉林却很高兴的样子，这让赵文有点窃喜。阉林点头道：“你说得很对，这是传统交易中心的一个弊端。因为过于中心化，它无法对每一笔交易都予以确认，只能在最大限度上保证参与者的财产安全，真正对交易负责的还是买卖双方自己，所以说，中心化交易一个最大的问题，就是信任问题，如果买卖双方没有互信，交易中心又不值得信赖，那么交易就很难完成。

“一个交易中心，需要说服大家在这里交易是安全的，既要保证公平，也要保证安全，让交易情况和资产情况除了本人之外，谁也无法篡改。这种事，除非是政府或者超级寡头才能做到，对于一般人来说，几乎是不可能的。”

见赵文点头，阉林继续开口道：“现在我们该说比特币交易了。它的特点叫‘去中心化’，即没有交易中心，反过来说，每个参与者都是交易中心，通过强大的数据网来保证交易稳固。”

赵文面露不解，于是阉林继续解释道：“咱举个例子，比方说，咱们一共三个人，按比特币交易原理，三人之间每当有交易发生，我们每个人都拿本记下来，比如‘今天下午1点20分，赵文用5块钱买了严林的一双袜子，所以赵文的资金减5块，严林加5块’。于是每个人的本子上都记录了相同账目。以后无论发生什么交易，咱们都一起记录。如果有人偷偷给自己加钱，等对账的时候一比较，就会露出马脚。通过这个方式，交易者就达到了抛弃交易中心的目的，这就是比特币的基本交易原理。”

“可万一你和田抽联手来偷偷改，我不就吃亏了？”赵文说完，田抽突然发出一声冷笑，给她气得不行。

“你说得很对。但你想想，如果不是三个人，而是三十人、三百人、三万人，你觉得还有办法拉那么多同伙跟你一起改账本吗？”

赵文有些上道了，起身来到客厅里找水喝，发现饮水机旁有很多纸杯，从旁边摞着的一堆一次性纸杯中掏出两个，接了两杯温水进屋，一杯递给阉林，一杯自己喝着。喝到一半赵文有点纳闷，周可家经常来客人吗？为啥准备这么多一次性纸杯？

阉林则继续讲解道：“现在去中心化问题解决了，但还有两个问题，一是怎么让人同时按一个模板修改账本，保证账本的统一；另一个就是，虽然大家都知道账本越多越保险，但如何说服大家一起跟着记账呢？”

赵文喝着水，听到阉林的发问不禁一愣，心说确实是啊，这两个问题如果不解释清楚的话，这看上去很美的交易方式不就成了吹牛了吗？

于是赵文放下水杯问：“是啊，怎么办呢？”

“第一个问题我不打算讲。”见赵文拿起杯子作势欲泼，阉林闪避了一下，用安抚的语气说，“因为这是技术层面的问题，太专业了，说了你们也听不懂，反正肯定能办到就是了。”

“嗯，反正肯定能办到，那第二个问题呢，怎么让大伙都争先恐后地记账？”

不等阉林开口，田抽抢答道：“这里就要提到区块链的概念了。区块链是比特币交易账本的形态，当比特币交易发生时，交易方需要拿出一部分比特币，作为交易手续费。而第一个在账本上完成记录，并通知给其他所有人的，就会得到这笔手续费。新生成的交易记录被称为‘区块’，整个账本，由一个个连续的‘区块’构成，因此被称为‘区块链’。”

赵文和阉林吓了一跳，才发现田抽一直在偷偷拿手机去百度。赵文不禁在心里暗骂田抽死要面子，不知道好好听就是了，非要搞得自己很懂的样子。

阉林虽然也恼田抽不好好听讲自己说话就先翻课本，不过还是点点头说道："抛去一些技术问题，区块链就是这么一回事。谁先记账谁拿手续费，手慢的就跟着别人记账，然后使一个暗劲，盯着后面的交易，争取先记上。这就是比特币交易能吸引人们来参与的办法。"

"矿工。"田抽拿起周可放在桌子上没喝完的那杯水，一口喝掉。

"是的，这就是人们对那些争先恐后记账的参与者们的称呼。他们的工作更像是挖矿，得到那从虚无中凭空产生的比特币。"

"所以？这些事到底跟此时此刻有什么关系？"

赵文抢过田抽手里的纸杯，把它捏成一团。

"这玩意儿，"阉林指了指桌上那个奇怪的电脑主机，"就是业内俗称的'挖矿机'，专门用来挖比特币，和一般的主机相比构造不太一样。而我们田大侦探的委托人周女士，便是个不折不扣的'矿工'。"

"原来是这样，不过我还有个问题。"田抽问道，赵文心说你问什么问题，你不是早都偷偷查完了么，有本事接着查去啊，有本事啥也别问啊。

"你是怎么知道这些事？"

田抽问完，赵文"噗"的乐了，敢情这位爷还是没过去自己比阉林后知后觉这一关。

“区区不才，曾经干过几年这档子事。”阉林微微欠身，有些不好意思地答道。

这一刻，他终于从一名司机的身份中升华了。

3.

任赵文如何展开想象的翅膀，也绝对不会想到，阉林竟然是一个隐形小富翁。

据阉林所说，他当年在美国读大学时，无意间和同学一起加入了一个比特币矿池，当时比特币还没流行起来，他通过挖矿获得了不少比特币。当时比特币行情价是一块比特币折合大约三十美元。而现在呢，赵文赶紧查了一下，四千美元换一块钱比特币！赵文换算了一下，保守点讲，如果阉林手上有一百块比特币的话，他通过抛售比特币所获得的金钱就是惊人的……阉林连忙表示，他抛售的时候比特币远没有现在这么值钱，但已经没人听他解释了。

赵文没算出来。

不过这不影响太多，赵文斜着眼打量阉林，怪不得这孙子留学归来以后，也不见找什么正经工作，竟然在琉璃厂租一个店面搞他的什么焗瓷手艺，一天到晚不见有活也不会倒闭。敢情肚里有粮心里不慌啊，赵文决定从此对阉林另眼相看。

一不小心露富，阉林感觉自己的地位有点微妙，连忙转移话题说道：“话说回来，咱们仨在这科普了半天，有什么意义？周可是个矿工又怎样？”

赵文听了也是醒过味来，转向田抽问道：“就是啊，你这着急忙慌地进人家大姑娘闺房，是干什么呢？”

田抽不回话，只是低头闭眼，双手交叉跟入定一样。过了许久，他抬头睁眼，问阉林道：“用这台挖矿机，有办法在区块链上找到关于周可的一些线索吗？”

阉林想了想，答道：“只要能知道周可的比特币钱包地址，理论上就可以追踪区块链上所有相关记录，不过这台机器上的数据是如何加密的还不清楚，我需要把它抬回去看看，实在不行还得求助美国的大神同学。”

“这又不是你的东西，”赵文插嘴道，“哪是说搬就……”

“搬！”田抽大手一挥，阉林三下五除二地把矿机上的线都拆掉了。

“你经人同意了么你就搬？”赵文矛头直指田抽。

“为了委托人的安全，职责之内，搬走，撤离！”田抽说完往屋外走去，打开大门第一个离开了周可家，阉林搬着主机，吭哧吭哧地跟着。

赵文看着阉林的背影，心想明明这么有钱一个人，干点什么不好，偏偏想不开在田抽后面被当傻小子，还一点不带有怨言。

后来赵文也想通了，有钱人就是跟一般人不一样。

4.

阉林对电脑主机破解速度之快，让田抽和赵文着实吃了一惊。正当二人准备赞扬一下他的技术时，阉林却表示，这个周可对自己的设备几乎毫不设防，钱包地址和私钥就大剌剌地用记事本记在桌面上，根本没有加密。阉林知道绝大部分女生在使用电脑时都很有可能干出这样的蠢事，所以第一步就是查看桌面上的文件，果不其然地就这么顺利地获取到了一切想要的东西。

旗开得胜的阉林顿时充满干劲，娴熟地打开一个英文应用，飞快地敲打键盘搜索。

没过几分钟，阉林又“咦”了一声，二人顿时凑到电脑屏幕前。

“很奇怪啊。”阉林自言自语道。

“怎么了？”

“你看。”阉林指着一堆代码让田抽看。田抽不好意思说自己看不懂，但是确实看不懂，一时间有些僵持。

田抽回过头叫赵文过来，说道：“你来看看这个。”

赵文走过去，一边走一边琢磨自己为什么要听他的，然后没好气地看看屏幕说道：“这是什么玩意儿？”

“忘了解释。”阉林站起身来使自己面对赵文，在转身的过程中他似乎看到田抽嘴角露出了一丝不易察觉的微笑，不过既然是“似乎”，又“不易察觉”，因此他并没有当回事。“看这两段，1月15号，周可的钱包地址有一笔交易，卖出了5个比特币。1月24号，也就是上周五，又跟同一个人买回了5个比特币。”

“也就是说，周可在10天之内，相当于什么都没干？”赵文总结了一下。

“不止如此，这个过程她还损失了一笔手续费，价值大约是……”阉林回头看看屏幕，“两百多块钱吧。”

“手续费和交易时间还有关系？”赵文问道。

"我的文兄啊，你刚才有没有好好听我说，"阉林有点不耐烦，"所有比特币交易，都需要矿工来打包成新的区块，或者用我们的话说，需要矿工们争先恐后地去记第一笔账。可矿工们压根不知道他们的这次记账，能不能成为更快的那一个。所以他们会选那些更值得冒风险的，也就是手续费更高的那些交易去确认。"

赵文咂嘴点点头，并不是她听懂了，而是为了让阉林赶紧闭嘴不要再继续解释下去了，"你继续说吧。"

这时田抽突然开口："你能不能查到她的交易对象是谁？"

"几乎不可能。"阉林答道。

"线索还是太少，"田抽皱眉道，"咱们再往深查查吧，要争取把跟这个钱包地址相关的交易都挖出来。"

阉林迟疑片刻，缓缓开口道："你能不能先说说，咱们现在到底在干什么？"

田抽闻言，看看阉林，又看看赵文，沉默几秒后，他坐了下来，开始讲述他这几天的事情。

5.

简单地说，周可失踪了。

刚接受委托时，我自认为很了解自己的委托人，可随着接触加深，我发现这个女人和我所预计的有很大不同。

首先，虽然她确实每天出入夜店，但她不是那种夜店女王，顶多只是静静坐在角落喝酒。一开始怀疑，她是因为有我在场，所以表现尽量克制一些，但是很可惜的是，在随她出入夜店的几天里，我没看到她和任何人有过什么交流。

那她来夜店做什么呢？这是第一个疑问。

关于绑架案，自从委托开始后，周可再没提起，我也不方便主动提起此事。当时周可好像已经把这件事抛在脑后，连案件细节也只说记不清，我便以为这是她行走江湖遇到的恩怨罢了。可我并不认为人们对曾经发生过的意外或者痛苦抱以无所谓的态度是一件反常的事，因为对于大多数人来说，只有保持着这种态度才能够让自己继续生活，继续热爱生活，但是这种人绝大多数都有一个共同的特征，那就是他们在假装。没有伤痛不会留下疤痕，也没有过去会被真的遗忘，但是周可在叙述过程时，冷静得有些不自然，在她眼里看不到任何情感，完全是轻描淡写。

她到底因为什么被绑架？这是第二个疑问。

这几天周可但凡出门，都会提前联系我接她。第一天站在她家门口我就注意到，脚垫下面有块硬物，差不多是一把钥匙。你们也看到了，周可家里完全不像是有女孩的样子，再加上那个挖矿机，她整个人变得更加难以捉摸。不拘小节、视安全感如无物的一个女人，连家门钥匙都藏得如此随意，她聘一个私人侦探目的是什么？

这是第三个疑问。

当然，出于职责所限，我没有权利问太多，该做的只有保障她的安全。

可惜我还是失职了。

今早接到周可的电话，她说有急事要出门，等不得我去接她，我们约在东四那边碰头。当时我也没想太多，等我到了约定地点，发现并没有她的身影。女人嘛，一般说好的时间大概要按延后两个小时左右当真，这事我还是有点谱的（说这话的时候田抽看了一眼赵文，赵文没搭理他）。结果后来过了两小时，我还是没有等到她。于是我拨通她的电话，却发现她手机已经关机。

在确定周可已经消失后，我有点后悔，希望她只是因为手机没电而已，因此无法联系我，在办完事之后默默回家，像之前那样轻描淡写地告诉我，这是一个小失误。

可作为收人钱财的小侦探，我唯一能做的就是亲自去周可家看看，然后就碰到了你们。

一开始我还以为被耍了，想着是不是周可联合你们来玩我，当然了，我知道你们没有那么无聊。

总之，周可失踪了，现在我毫无头绪，可作为私人侦探我必须要找到她，所以就拜托你了。

6.

田抽看着阉林，说出了承上启下，继往开来的最后一句。

阉林点点头，看看赵文，开口道："行，前因后果我们都弄明白了，你们俩也别在我这儿耗着了，回去等吧。今天怕是拿不出什么有价值的线索了，等电话吧。"

说罢，阉林看着田抽，朝赵文的方向努努嘴。

"有话说话，"田抽说道，"你中风了？"

"你怎么老是咒我得病？"阉林不悦道："你把文兄送回去吧，我要开始干活了，不送你俩了。"

“用不着他送，我自己能走。”赵文正色道，然而却站着不动。

阉林心想，田抽是不可能主动要求送赵文的，另一方面，赵文又是个好面子的，究竟是谁战胜谁，他翘首以待。

于是阉林也不管他们，转头去摆弄电脑，嘴里哼唱着：“送吧，送吧，不然多尴尬啊……送战友，踏征程，默默无语两眼泪，耳边响起驼铃声……送你送到小村外，有句话儿要交代……长亭外，古道边，芳草碧连天……”

大概在唱到第五首歌的时候，阉林听见田抽开口道：“走吧，反正也顺路。”

赵文反而没再作声，温顺地跟在田抽后面，出了阉林店门。

7.

从阉林店里出来，田抽和赵文穿起了胡同。虽然已过去多年，但是田抽和赵文一样，对这片胡同的熟悉程度，如同从自家的卧室走到厕所，即使不开灯，也不会碰到任何障碍物。

深冬时分，不到六点天已变黑，恰好到了放学的时间。虽然临近寒假，但还有一个物种会每天按时上学放学，叫作高三学生。附近两所中学的学生们三五成群地在路上出现，大部分都骑着自行车。掩映在厚厚的冬装下的，是和十几年前几乎一模一样的校服。

虽然田抽和赵文不是这两所学校的学生，不过非常相近的地理位置导致他们之间也十分熟悉，一眼就能认出谁来自哪个校门。学生们一个个从田抽和赵文眼前穿梭而过，脸上满是重获自由的欣喜之情。

“让一下，让一下。”

赵文听到后面传来声音，猛地拉了一把田抽，闪到胡同墙根。只见两对少年少女骑着自行车，在不算宽敞的胡同里并排前行。

即使胡同有人，也无法阻拦他们并肩而行的坚持。

四人已过，赵文准备继续走，脑海中的回忆不请自来。

那并非是冬日，反而临近夏天，赵文和田抽骑车在胡同间穿过（只可惜是一前一后），半路田抽突然刹车，对赵文说了一句："我去老杨那看一眼，你先往前骑着。"

赵文早已习惯田抽的突然起意，反正路线早已烂熟于心，她不怕田抽找不到，于是放慢速度，慢悠悠往前骑着。

没出去多远，身后忽然传来一阵急促的车铃声，以及"让开点，让开点"的吆喝声。

赵文没多想，稍稍往边上靠了靠。很快，三五辆自行车擦着她疾驰而过。赵文吓了一跳，差点撞上右边墙根。她抬眼看去，正是熟悉的邻校校服。

几辆车在她面前停住，恰好卡住她的去向。

赵文停车，几个学生从车上下来，从他们眼神里，她看到了自己恐惧表情的反射。

"我说同学，交通规则学没学过？堵着道不让后面人过，忒缺德了吧。"为首男生一开口，马上赢得同行人的应和。

赵文愣在原地，不知该说什么好，她本想说声对不起，话却堵在嗓子眼里。

就在此时，另一个男生已走到她面前，已经越过了赵文可接受的陌生人之间的安全距离，赵文本能地感到危险临近，试图躲避，却没有躲开，等到赵文反应过来，后脑勺袭来一阵疼痛，扎着马尾的头发突然散开，头发挡住视线，眼前一切都显得凌乱。

男生嘴上骂道："跟你丫说话呢！听见没有！"

赵文听见了（当然的），但是她无法应答，眼泪从眼眶中流出，顺着脸颊滑落。但除此之外，她什么都感觉不到。

出乎意料的是，预测即将到来的第二次冲击并没有如约而至，世界仿佛静止了一般。她抬起头，拨开遮挡住视线的杂乱头发，隔着一层滤镜般的泪眼，发现身边多了一个人，抓住了那个男生抬起的手臂。

是田抽。

不需要擦干眼泪，她也能知道。

后面发生了什么，赵文已没有印象。等到她站起身时，几个学生都已不见，只有田抽站在她面前，手向她伸着，手掌摊开。

赵文发现，他手心放着一个粉色头绳。她接过头绳，把马尾重新扎起来。

"你怎么不喊我呢？"田抽看着她问道。赵文没有回答，只是她低着头，不愿让田抽看到她乱糟糟的脸。

"你没事吧？"田抽又问。

赵文依旧不回答，她本想扑到田抽身上，抱着他继续哭一会儿，不过她意志战胜了本能。

"你怎么了？"田抽又问。

赵文心说你怎么那么烦呢，问什么问。

"你怎么了？"田抽还问。

赵文猛地清醒过来，发现自己靠在墙根，夏日短袖校服变回了羽绒服，身旁还是田抽，不过变老了。

“没怎么，接着走吧。”赵文回答。恐怕你早已经忘了吧，她心想。

于是二人一前一后，继续前行。胡同里已亮起路灯，二人的影子在地上拉长。赵文低头看着田抽的影子逐渐拉长，变淡，最后消失，又在下一个路灯下再次出现。

田抽的影子始终在靠近赵文的脚步，可两人之间的距离，一直没有变化。

最后两个人还是坐6路车走了，临近车站的时候赵文想起来这里通地铁这回事，可田抽面向公交车站的脚步过于坚定，她找不到机会喊住他。

看来田抽对于这里的印象，也还停留在过去啊。

8.

“过来吧，有猛料。”

第二天临近午饭时间，阉林打来电话。

第三章：私有区块

当互不了解的双方产生了合作动机，双方必须有说服力地向对方表达善意。在还未产生互信的状态下，为了尽可能打消对方的疑虑，还必须尽可能地附上对己方不利的代价，以取信于对方。只有当双方有充分的把握和信任时，双方的合作才可以成功。

——不利条件原理

“将欲取之，必先予之。”

——《老子》

1.

田抽来到阉林店前，发现大门紧闭，挂着“今日歇业”的牌子。

他有点纳闷，上前叩打了几下门扉，里面并没有动静。他又敲了两下，贴在玻璃门上往里看去，只见阉林“唰”的从后屋跳出来，把田抽吓了一跳。

阉林来到门口，三下五除二打开门锁，先不让田抽进屋，而是探出身去打探周围，见没什么可疑人物，才急忙把田抽拽进去，一闪身又把大门锁上。

“天王盖地虎？”田抽觉得有点像特务接头，对了一下暗号。

“盖个屁啊盖。”阎林拽着田抽往里屋走。

田抽一边心说不知道谁把气氛搞成这样的，一边观察阎林，发现他虽然面色暗沉，黑眼圈明显，目光却灼灼有神，动作也比平时略显矫健。田抽心里不禁琢磨，阎林在美帝国主义留学多年，受过开放思想洗礼，怕不是在滥用什么化学制剂吧？

但作为多年的朋友，若阎林真是个瘾君子，肯定逃不过田抽的法眼，再者说，光天化日朗朗乾坤，这实在是有点太张扬了。

于是田抽认定，阎林肯定是在网上看见什么不干净的东西了。

来到里屋，阎林坐在电脑前，把田抽让在另一把椅子上。二人坐定，阎林却不说话了，两只眼睛只是放光，东看西看，也不知道在瞧什么，过了好一会儿才开口道：“哎呀，这个事，咱从哪说起呢？”

“按时间顺序吧。”田抽说。

“好，”阎林双手在牛仔裤上搓了搓，“就按时间顺序说。”

阎林从桌子底下掏出两罐红牛，递给田抽一罐。田抽拿了，但是没有打开，直接放在一边。阎林自己开了一罐，一口气喝下去一多半，开口说道：“昨天我彻底检查了周可的交易记录，除了咱们说的那笔交易外，没发现明显异常。周可有挖矿记录，但并不是一个勤恳的矿工，比特币交易也很少，更像是个票友，普普通通的，都没什么参考价值。”

“那你兴奋什么呢？”田抽指出。

“你听我说完。”阉林打开红牛，一个扬脖，田抽根据声音推断他把这罐喝干了。田抽发现，阉林眼里除了兴奋，似乎还掺杂一些惊恐。

为什么阉林会感到害怕？

“你到底还发现了什么？”

田抽把自己桌上那罐红牛的易拉环打开，递给阉林，阉林接了，但是并没有马上喝，听到田抽的问话，咽了口吐沫，开口道：“后来我找美国朋友帮忙，破解了周可挖矿机的内容，发现她的另一个地址，指向一个私有链，”阉林看了一眼田抽，“你不用问我私有链是什么，我马上给你解释。”

阉林果然马上开始解释：“昨天我们讲述的比特币交易，矿工确认并生成区块，再把它加入区块链中，这是比特币交易的流程，形成的区块链，叫作比特币交易的公有区块链。而区块链技术不单可以应用于比特币交易，它可以替代其他中心化交易市场。可根据现有情况，完全去中心化肯定很难达成的。银行转账能完全去中心化吗？国家肯定也不干啊。所以还会存在核心交易节点，用术语说，就是带有管理员权限的区块链，它称之为私有区块链。”

阉林一直盯着田抽，此时他显得淡定了不少：“以上这些，你能理解吧？”

田抽点点头，示意阉林继续。

“然后周可参与了一个私有链。”阉林喝了一口红牛，喉结一上一下，“但这个私有链不是银行转账用的。怎么说呢，非常……私人，如果我没有周可的钱包地址和机器，在网络上根本发现不了。而且这里的信息，乍一看完全没有实际意义，更像是某种类似游戏性质的小玩意。就类似于花钱给小行星命名这种——‘只需一顿饭的价格，就能在网络世界镌刻下永恒的爱情宣言！’我连广告词都帮他们想好了。毕竟区块链这种东西，最大优点就是‘不可抵赖’。”

“这个私有链应该也不是搞无厘头小浪漫用的。”田抽推测道。

“当然不是，”阉林继续说，“我用自己的机器生成一个钱包地址，加入了这个区块链，并得到管理员允许，拿到了这个区块链上的全部信息。”

“嗯，所以它是干什么用的？”

阉林拿起了红牛，一口气喝了个底朝天，又从桌子下面掏出一瓶，刚要打开，却被田抽一把抢走了。田抽把红牛放在自己手边，示意阉林别喝了，他怕阉林大脑充血，油尽灯枯。

“你准备好说了吗？”田抽又问。

阉林点点头，说：“你知道便利屋吗？”

阉林先说了个引子。

便利屋、真幌站前三部曲、万事屋、银魂。田抽搜索脑内知识库，找到了这些关键字，缓缓开口道：“为他人提供各种帮助的场所？”

“不错，”阉林答道，“这个私有链就是个网上的便利屋。它的逻辑是，委托人像发布比特币交易那样，在上面发布委托消息。矿工不是通过确认交易获取手续费，而是通过接单的方式。你确认了这笔交易，把它写进区块链，那么这项委托就视为由你来完成。而手续费就是完成委托的收入。”

“这不挺积极向上的嘛，”田抽说道，“用自己的辛勤劳动换取报酬，看着客户心满意足的样子，还是挺有成就感的。反正小说动漫里都这么演，但是……”

但是。

田抽忽然感到很困惑，明明挺好的事，为什么要用区块链这种古怪的形式实现？互联网，看得见摸不着；私有区块，难以察觉；委托人，矿工，互不相识……种种的关键字纷纷贴在田抽脑海中的白板上。如果是一件好事，为什么要费尽周折，搞得这么隐蔽？

田抽想起自己老姨说过的一句话：秋裤套秋裤，必定有缘故。

“但是这个便利屋所提供的帮助，怕是什么不太见得光的东西吧？”田抽得出结论，把它抛给阉林。

“绝对不是。”阉林坚定地回答。

“所以它是什么？”

“你自己看，按理区块链上所有交易记录都应用加密算法存放，不过实在的这个加密算法还是相当简单，就算不告诉我秘钥，对于我这样的二把刀都并不算难破解。这就已经相当出乎意料了，但是很可惜的是这个私有区块连这样的锻炼机会都不给我，然而管理员把获取算法秘钥的方法写在第一个区块，唯一一个没加密的区块里，叫作《使用须知》。”阉林一边操作电脑一边说，“这个区块链对于矿工的管理和准入简直太宽松了，尤其是跟它里面的内容相比，我甚至于一度怀疑它的真实性，直到我百度了一些东西才敢相信，你自己看看吧。”

说完，阉林把屏幕转向田抽一点，把鼠标交给他。田抽接过鼠标，浏览阉林翻译好的交易记录，一个个词汇、短语和句子映入眼帘。

田抽此时已经有了些心理准备，可它们还是显得有点唐突，难怪阉林一直都是这副神情。

“这是在干什么？”田抽嘴上这样说，心里已经有了答案。

阉林已经把刚才田抽拿走的那罐红牛拿在手里，田抽听到了易拉环被打开的声音，但是视线依旧停留在显示器上，他觉得阉林不会因为一宿没睡觉加上连喝三罐红牛而对身体造成太大的伤害，和眼前这些比起来，多喝两罐红牛的确不算什么。

阉林喝了几口，回答道：“如你所见，这个私有链提供的都是犯罪服务，金钱、暴力、性服务、枪支弹药、人口买卖，等等等等。还有一些名词高级到我压根就没听过，靠百度才有了解，真是残暴，太残暴了。总而言之，怎么讲，实在是大开眼界。”

“那这个私有区块链……”田抽想找个概念总结眼前的一切，结果穷尽了他九年义务制教育加上七年高等教育的所学所得，没找到一个合适的词。“到底算是什么东西？”

阉林看着田抽，答道：“我怎么知道？”

说罢阉林干笑两声，大概是想缓和一下凝重的气氛，但显然失败了。

冬日正午，琉璃厂古玩街一处小门脸，上挂“严林焗瓷金缮作坊”的招牌，由于并未开张营业，来来往往的行人们都没有发觉房内的里间有两个青年对着电脑屏幕发愣。

对于路人来说，小店的大门关了，老板又混日子了。可对田抽和阉林来说，一个新世界的大门却打开了，里面形势严峻。

2.

阉林坐在电脑面前，把玩桌上六个空红牛易拉罐（阉林喝了三个，田抽后来也喝了三个）。阉林把它们摞成金字塔型，并仔细修正间距。

田抽在屋里来回踱步，嘴里嘟囔着“不对劲”。

田抽踱到外屋，又踱回来。

“不对劲。”

田抽站住，发现阉林正看着他，便问道：“你说说，是哪里不对劲？”

“你这么走来走去不对劲。”阉林答道。

感谢你的提醒！田抽重新坐下，盯着阉林的红牛宝塔，说道：“这个区块链的规则不对劲。”

“洗耳恭听。”

“按刚才说的，这个私有链上的双方是委托人和矿工，一边负责发布委托，另一边负责接单，而他们之间的金钱结算，却不在这个区块链上，而是……”

“比特币公有区块链，没错。”阉林点头，“对一个私有链来说，想承担结算功能确实很难。可以这么理解，这个私有链相当于淘宝，负责交易，比特币公有链是支付宝，负责算钱。”

漂亮。对这个恰当的类比，田抽给了阉林一个赞许的眼神。

一个神奇的犯罪交易市场，一个更加神奇的交易规则，独立于比特币公有链，却又依附于它。这样不光给自己的系统减轻负担，同时还增加了资金的安全性，甚至于对于外人来说，想查明参与者实际身份难上加难。仔细想想这个点子相当有创意的，这种创意之高明，就像……

就像天生为犯罪做准备的。

“但还是有严重的问题。”田抽开口道，“根据须知里讲，发布委托时，委托人附上自己的钱包地址和交易费用。矿工接单时，公有链上交易达成，比特币从委托人钱包转移到矿工钱包。为防止矿工拿钱不干活，他必须在公有链上生成一笔反向的意向交易，一旦出现违约，委托人就可以根据反向交易的地址确认交易，这样一来钱就又回去了。”

“是啊，问题在于什么？”

“问题在于，委托人违约怎么办？他完全可以等到矿工把活办了以后，把钱拿回来。”

阉林分辨道：“但是须知里讲了……”

“须知里讲了，”田抽抢先道，“如果委托人违约，私有链管理员将会‘不惜一切代价，穷尽任何方法，令委托人承担相应惩罚’。”

“是，原话是这么说的。”阉林问，“你觉得，这种规则过于依赖管理员的介入，搞不好管理员每天都会忙于追债？”

“不会吗？”田抽反问，“如果是我，面对这虚无缥缈的网络，‘相应的惩罚’是虚的，我更在意手里的钱。”

“可实际情况不是你想的那样，这个私有区块链成立已经三年多了，一共的交易数是414笔，而触发违约，导致管理员出面的记录只有……”阎林转身面对电脑，翻阅屏幕上的资料，“一笔。”

成立三年多，竟然这么久了！田抽在心里惊叹。完成的414笔交易，背后代表的可能是414次犯罪行为。它深深隐藏在互联网内，与比特币交易公有区块交织在一起，即使有人揭发，得到的也不过是一堆零散的交易记录和虚无缥缈的地址，几乎没有任何可追查的线索。

田抽胡乱地揉了两把脸，这还不是它真正的可怕之处，而真正的可怕之处在于，虽然信任机制看起来如此脆弱，整个系统却强有力地运行着，违约率连0.25%都没有达到。

“不利条件原理。”田抽思索片刻，说道。

阎林没听清楚：“什么玩意？”

“为了展现诚意和自信，特意将对自己不利的条件强加于自身，使对手产生敬畏和信任，从而促成稳定的结连关系。”田抽说道，“对有犯罪意图的委托人来说，这种方式能缓解他们因罪恶感引发的紧张情绪和抵触心理。也正因为这种方式，委托达成之后，他们会因心中残存的一丝人性或者敬畏，格外感激矿工。”

“再丧尽天良的人，到了某些时候，也得积点德。”阎林点点头。

虽然想通了私有链的运行规则，但田抽依旧愁眉不展，因为那一笔违约记录。显然，区区这一笔，就是那一笔。

“那一笔违约记录，就是周可的那笔。”田抽抬头道。

从时间和交易流水上看，周可在比特币公有链上的两次反向交易，与私有链上的委托完全吻合。也就是说，周可先在私有链上发起委托，并与矿工达成交易，随后又行使退款权利，从矿工手里把费用拿了回来。

根据公告，违约人是周可，也就是说矿工完成了她的委托，她反而又把钱要了回来，形成了违约。那么这之后周可被绑架的事，也就说得通了。

以此推断，绑架周可的，就是私有区块链的管理员。

3.

《夜店流连遇“痴汉”，警方提醒单身女性出行需谨慎》

（本报讯）

日前，我市海淀公安分局根据群众举报，快速响应，多警联动，成功破获一起入室绑架案，犯罪嫌疑人刘某（男，29岁）落网。

本报记者获悉，本案受害人周某（女，26岁）因经常独自出没酒吧、夜店等娱乐场所，被嫌疑人刘某盯上。屡次搭讪不成后，刘某心生歹念，连续三天跟踪周某，在确认其独居后，于1月28日早5时许跟踪周某归家，尾随其入室实施绑架。

根据受害人叙述，之前她已有所察觉，但由于缺少安全意识，没有第一时间选择报警，而是求助于所谓“私人侦探”。好在“私人侦探”田某对形势认识较为清醒，于案发第一时间报警电话说明情况。海淀分局刑警及时响应，果断选择破门营救，当场制伏犯罪嫌疑人，成功解救了人质，在案件性质进一步恶化前阻止了犯罪，挽救了受害者的人身和财产安全。

海淀公安分局民警通过记者提醒广大市民，尤其是独自出行的青年女性，应提高安全意识，尽量不要在夜间独自外出。在夜店、酒吧、KTV等公众场所，不要对陌生人透露私人信息，对于来路不明的食物、饮料等一定要拒绝接受，切忌酒醉，时刻保证神志清醒。

遇到危险时，请第一时间联系警方，不要轻信没有相关资质的私人侦探、保镖等。

据了解，由于警方解救及时，周某尚未遭受任何伤害，情绪也较为稳定，目前已回家静养。对于田某无证经营及私自张贴小广告的行为，鉴于其未造成恶劣影响，并且有一定的立功表现，警方对其进行了批评教育。而犯罪嫌疑人刘某对作案事实供认不讳，目前案件还在进一步审理之中。

4.

总之，周可还是失踪了，一切线索的矛头，都指向区块链管理员。

田抽和阉林想不出第二个让周可失踪的理由，经历了一次失败的绑架后，从未失手（当然，也从未出手）过的管理员怎会就此罢休？一旦周可逃脱了制裁，成为第一个逃脱违约惩罚的委托人，那么第二个、第三个违约人就会接踵而至，这个私有区块链离崩盘也就不远了。

况且管理员中的一位还遭受了牢狱之灾，他们肯定咽不下这口气。

现在田抽失去了所有线索，所以他必须要先搞明白，周可到底在这里做过什么。

“周可在私有链上的委托记录，能查到吗？”

“喏，这就是。”阉林对着屏幕弹了弹，液晶泛起微小的涟漪，随阉林手指离开转瞬即逝。

跟其他413笔委托相比，周可的委托乏善可陈，只是要租一间房子。可如果委托跟犯罪完全不挂钩，事态也不可能发展到如此地步。周可到底在干什么？

田抽沉思片刻，开口道：“问你一个问题。”

“什么？”

“你再搞一个新的地址，加入这个区块链，技术上应该没难度吧？”

“别说技术上了，从任何角度上讲这事都易如反掌，我马上就可以……”然而话音未落，阉林脸色突然严肃起来，他站起身，碰倒了几乎完美的红牛金字塔。易拉罐摔落在地上，声音充斥整着个小屋。

“你想干什么？”阉林问。

第四章：正面交锋

“实践是检验真理的唯一标准。”

——《光明日报》，1978年5月11日特约评论员文章

1.

“好了，委托已发出。”阉林敲下回车键，用最快的方式远离电脑屏幕，整个身子往后靠到椅背上，双脚一蹬，在反作用力和椅子轮的作用下向后滑去，最终撞在后面墙上停住。

“内容填的都一样吗？”田抽凑到屏幕前问道。

阉林仰靠在椅子上，发现天花板有一道裂痕，从东北角穿过吊灯，顺着墙面，最终消失在柜子后面，不知所终。

大厦将倾。

阉林知道自己接触了不该碰触的领域，可如今为时已晚。他对田抽说：“你刚才不是都查过了么。”

“可看着跟周可的委托完全不一样啊。”

“这是密文，我给你调整一下。”

阉林坐直身子，见田抽撅着屁股趴在电脑桌前，屏幕光亮罩住他的脑袋，好像要把田抽吸入一般。阉林揉揉眼睛，对田抽说："加密因子和时间戳不一样，内容自然会相去千里。"

说着阉林双脚蹬地，连人带椅滑到田抽身边，右手在键盘上按了个组合键，切到一个文本文档上。

"这是明文，你自己再对一遍。"阉林说："你要质疑加密过程，那我也没办法了。"

田抽没有质疑，一声不响地阅览文档，内容是：

"需要马连道格调小区，或依莲轩小区安全屋一间，面积不小于六十平米，要求厨卫设施齐全，厨房水盆须配有最大功率垃圾处理器。时间：2月3日0时至2月5日24时，共三整天。"

委托内容简单又具体，至于什么垃圾处理器，田抽和阉林都不知道是什么。

根据历史上有过记录的区块信息，这个所谓的"安全屋"，大概是指既不用担心来源，也不会暴露自身信息，并能在有效期内随意使用的空置房屋。

阉林还通过钱包地址发现，这几年在北京提供安全屋的，基本都是同一个矿工。

如此专业的安全屋提供者，交付的房屋遍布京城各处，而且每次都不一样。哪怕是再有钱的土豪，也不可能有这么多房吧？再说了，要真是自己的房子，怎么可能给陌生人胡造？人家在里面杀人放火你都不知道。

"周可要安全屋做什么呢？"

田抽没有回答，阉林也没盼着他回答。田抽对此毫不知情，在相处的几天里，周可没有使用这个安全屋的迹象。问题是，迄今为止的所有发现，没有指向任何明确的结果。换句话说，他们不但没做成任何事，反把自己拽进了深不见底的奇怪漩涡。

2.

阉林放弃了对区块链的思索，“安全屋”这三个字，在他脑海里打开了一扇小门。

童年时代，十几岁男孩子间，流行一种可以打塑料弹的气枪。根据大小和力道的不同，价格自然有高有低。最便宜的两块一把，子弹出膛就是歪的，逆风的话甚至都可能打到自己，几乎没有人用。

在实战中，最便宜也要五块钱一把。弹道基本不会跑偏，弹夹量也说得过去，一次大概十发左右，性价比最高。

不过子弹再多，也总有打光的时候。没人会在枪林弹雨中，从裤兜里掏出那一把彩色小圆球来装弹。于是一处替换子弹和休整的地方应运而生，被称之为“安全屋”。

当时附近最负盛名的“安全屋”是花园附近的一个小凉亭。里面乘凉的大人们很多，没谁敢在大人面前堂而皇之地互射，除非屁股不打算要了。第二个原因是——相对应的——客观原因，就是那个小花园真的很适合枪战，而小凉亭则是唯一的地标性建筑。

枪战游戏好玩又刺激，但随之而来的是危险。阉林记得，自己有一次几乎被子弹打中眼睛。

即使已经过去了将近二十年，当时的画面在脑海里依旧清晰。那是一场遭遇战，阉林从花园一处豁口走出，与敌人撞个正着。两个人犹豫片刻，选择最惨烈的搏斗方法：迎面互射。二人边射边向对方跑去，口中呼喊着意义不明的音节（唯一的解释是为了壮胆）。

阉林记得那一发子弹，是绿色的，也可能是红色的……算了，他承认自己记不清。

那一发子弹从枪口喷出，在空中划出一道诡异弧线。现在想来，要么是对方的枪质量差，枪膛不够光滑，子弹旋转不规则，要么就是起风了。但归根结底，阉林运气太差了，那枚子弹最终向他右眼飘来。他能看到视线之内的那个圆形物体越来越近，万幸的是，动物本能救了他一命，在那个小圆球开始失焦的瞬间，他闭上眼睛，子弹正好打到眼皮上。

阉林还记得那种疼痛感，自己流下伤心的泪水（是应激反应，绝不是疼哭了），敌人吓傻了，扔掉枪撒腿就跑。

回家后，阉林骗父母说，那是搬马扎时磕到的，这谁能信呢？阉林自然挨了一顿揍。

从此以后，阉林意识到，这项游戏实际上很危险。当然，如果不危险，又何谈“安全”屋呢？

既然有安全屋的存在，与之对应的就必然有危险的存在。有人在做危险的事，相应的，才会需要“安全屋”。这个看似温暖，实则不祥的名字就像一则告示，提示他们：你们做的事，可能有危险。

也可能是相当危险。

那么，周可到底做了什么危险的事情，以至于需要在区块链上寻求安全屋呢？

“现在就是守株待兔了。”田抽开口，把阎林的思绪拉回现实。

田抽的思路是：既然没有线索，便只有投石问路，用与周可一模一样的委托，来试探对方反应。如果对方有最起码的警觉，发现这个委托和周可的相类似，他们必然会有所行动。

这种类似于盲人摸象般的办法，阎林不置可否，但还是帮他做了。

就像儿时一样，即便眼皮上留着疤，他还是毅然决然地投入到了下一场战斗当中。

3.

“田抽快看，你丫上报纸了！”

赵文一下班就直奔阎林店里，手里举着《北京晚报》，眼中异常兴奋。

然而她发现田抽和阎林两个人端坐在里屋，一言不发。

“田某，快讲讲你是怎么被批评教育的！”赵文走到田抽旁边，老干部般拍拍他肩膀。田抽抬头，并未回答，而是绕过赵文，侧身看了看墙上的挂钟。

他在看时间。

赵文转脸看看阎林，他也盯着挂钟不放。

赵文转过脸去也看了看挂钟（一点也不好看），下午五点十三，赵文搞不清楚他们在干吗。

“走吧。”阎林开口。田抽跟着点点头。

“干什么去？”赵文问。看得出来，他们要出门，还是卡着时间。

“办点事。”阉林答道。

扯犊子吧！赵文之前听人说过，男人之间，如果一个人问了“干什么去”，另一个人基本都会说“办点事”，其中十有九是去上厕所。总结一下，两个男人相遇，一个问“干什么去”，一个答“去办点事”，翻译过来就是一个闲得难受，一个憋尿憋得难受。

“上哪啊，我跟你们一块去呗？”赵文决定将他们一军。

阉林看一眼田抽，见他没有回应，想了一下说道：“上厕所，你跟着？”

我说什么来着！赵文暗笑道，心里刚亮起一盏灯，旋即又熄灭了。

问题是谁上厕所还选良辰吉时啊。

阉林从抽屉里拿出店门钥匙，正好压住那份报纸。他看了眼新闻，轻声读了读，也笑了。他在桌子上敲了两下，示意赵文一会儿自己锁门，然后他拍拍田抽肩膀，说道：“走吧田某。”

两个人从赵文身旁经过，她突然觉得气氛不对，感觉他们要做什么不好的事情。

赵文拉了田抽一下，田抽回头看了她一眼，眼神严肃认真，这些年来实在是少有。赵文自认为是田抽的知己，虽然大多数情况下，她不清楚，也不屑于清楚田抽脑子里在想什么（但是总归是非常幼稚的东西），而田抽呢，她认为他压根就没有打算了解过自己（以及全部女性）。不过这一次，她看懂了田抽的眼神。田抽在告诉她：不要跟来。

赵文坐在椅子上，默默看着二人离开。

街门打开，日落余晖照进房间，寒风打在报纸上，使它翘起了一角。

4.

从琉璃厂到马连道，距离并不算远，可接单的矿工却把交货地点定在安定门附近的永恒胡同。阉林心里盘算了一下，从发布委托到接单，总共过去了六个多小时。

在六个小时之内，接收委托，寻找房屋，下手交货，放置在离实际目的地十几公里远的其他地方，怎么想都觉得有些不可思议。

“只有两种可能，”在副驾驶的田抽开口道，“要么是他有囤货，说给就给。至于第二种情况嘛……”

田抽沉吟片刻，说道：“他压根就没打算接单。”

“怎么可能呢，那他不就违约……”

等一等。

阉林突然想到，这非但不是不可能，反而相当可能。既然他们仿照周可的委托投石问路，其目的就是把区块链背后的人引出来。而那个人（那些人），也一定会把他当作周可的同谋，因此田抽和他早在店里的时候，就已经把此次会面定义成了一次挑衅。既然如此，有没有货还有意义么?

“关键是，提供安全屋的矿工，跟管理员之间是不是一伙的。”阉林说道。

田抽笑笑：“只能做最坏的打算了。”

两个人手无寸铁，没做任何准备，就去迎接未知的敌人。如此漫不经心，竟然还好意思说做最坏的打算？当然，如果事态真往最坏的方向发展，那么大概他们怎么准备都没意义。

阉林好不容易在北二环辅路上找到一个停车位，二人沿着胡同往里走。此时天已经完全变黑，由于正赶上下班时间，胡同里往来的人还不算少。但是越往深处走，除了两边露出的点点灯光，路上的生气逐渐稀薄，连气温都显得比大路上低了不少。二环上的车水马龙逐渐远去，取而代之的是墙内若有似无的对话和电视声。

阉林心里暗自庆幸，这些声音提醒他，自己还没从文明世界里脱离出来，而人以及世界上其他动物，正是因为存在真切的五感，才能让自己确信，关于自己的一切，包括这副皮囊都是真实存在的。

刚才说的有误，阉林心想，动物是没有工夫思考这些所谓“哲学问题”的。

二人在一个拐角停住脚步，顺着路灯昏黄灯光望去，墙上钉着一个路牌：永恒胡同。

根据矿工的描述，前方大概一百米左右有一个卫生站，安全屋的钥匙在门口两个垃圾桶的中缝。由于路灯不够亮，二人在胡同口看不清目的地。田抽和阉林交换了一下眼神，一起继续往前走去。

走了几十米，前方渐渐出现两个垃圾桶，旁边正是座灯光昏暗的小院。

“似乎来早了。”阉林看看表，离约定的时间还有大概二十分钟，他不禁感慨北京路况，你以为出来得早，永远会堵到你怀疑人生，你以为出来得晚，闹不好会给你个意外惊喜。

“我先过去看看吧，你在这儿等我。”田抽开口道，“如果有什么情况，你就赶紧跑。”

“那我打一开始甭来不就得了？”阉林有些气愤，都到这会儿了，田抽还说这些不着边际的话。

田抽沉吟片刻，说道：“那你也得在这儿等我，好歹有个照应，一会儿如果有什么异常我就跑，你见机行事。”

阉林点点头，看着田抽往前走去，背影逐渐和墙根融为一体。

话说回来，见机行事，到底是怎么行事？

阉林突然慌了，他在后面跟着田抽，又不敢走得太近，以免破坏了“接应”的作战计划，但又不敢站在原地不动。终于，离垃圾桶还有二十多米的时候，阉林站住不动了。

田抽还在往前走，除他之外，阉林没有发现任何踪迹。

那后方呢？阉林听到了脚步声。

阉林不敢用力回头，以免显得太过突兀，露出破绽。于是他装作不太认识路一般，仰头四处看门牌号，念念有词地转过身来。

一个男人，正朝自己走来。

一个人。

男人。

成年男人。

大黑天的！一个成年男人！在胡同里！走路！

非常可疑啊！

阉林感觉自己浑身发热（或者是发冷，很难界定），肾上腺素开始发挥作用。他不自觉地停住脚步，继续装作认门牌的样子，然后迎着那人慢慢走去。

接近后，阉林发现对方也在看他，用一种说不上来的表情，看得阉林心里发毛。他为什么要注意我？我这么普通的一个人，在胡同里，走路，有什么可值得注意的？

阉林突然发现这句话有点熟悉，但现在已经顾不上太多了，两人已非常接近，就要擦肩而过。阉林已经做好准备，一旦情况有变，马上就会……见机行事。

然而情况有变，就在两人交错的瞬间，那人突然转变方向，向阉林而来。

好了，现在该怎么见机行事？阉林站定身子，不敢与那人有目光接触，百忙之中回了一下头，见田抽已蹲在两个垃圾桶之间，似乎没发现什么异常。

阉林把头回过来，令他更没想到的一幕发生了。

刚才那个人消失了。

怎么可能？两秒钟前他明明冲着我过来，怎么转眼就……

阉林正琢磨着，听到不远传来开门声。他循声望去，右手边院子开了一扇小门，一个女人声音传来："哟，今儿回来够早的，赶紧洗手吃饭吧。"

然后男人进屋，并把门带上了。

敢情人家到家了。

阉林突然放松下来，仔细回味，觉得自己刚才简直生硬得要死，如果他自己是犯罪分子，看到有这么个人贼眉鼠眼走过来，应该早就沉不住气了吧？

正在阉林思维沟通全身通畅之时，突然身后飘来一个声音，苍凉而坚定，似从虚空中发出。

“小伙子。”

阉林浑身一激灵，他并未察觉到身边有人，难不成……

“没带纸吧？”那声音又发出这四个字。

阉林茫然失措，直到他转脸见到身边的这个建筑物上悬挂的一个男性小人，黑暗中一个老头，身着橙色保洁制服，一边掏烟卷一边直勾勾望着他。

“我看你愁眉苦脸，在这儿转悠半天了。”

阉林感觉浑身冷汗被小风吹干，后颈间传来一丝凉意。这年头时兴没事搞搞推理吗？阉林暗笑自己神经过敏，下意识地回答说：“我带了。”

“那你借我点吧，我忘带了。”

阉林被突然间的借纸行为搞得有点被动，又下意识地回答：“我不上厕所。”

“那更能借我点了。”老人很执着。

“我没带纸。”阉林只好实话实说。

老人有点生气：“那你说你带了。”

“我去你……”

阉林把差点出口的脏话往肚里咽，此时似乎不是跟这位保洁大爷争论的时候，他猛想起来，自己还有重任在肩，赶紧回头去看垃圾桶，却发现早已经没有了田抽的身影。

什么情况，他总不能是钻到垃圾桶里找钥匙吧？阉林赶忙朝垃圾桶跑去，垃圾桶里果然没人。满满的生活垃圾，如果不是寒冬腊月，估计已经臭气熏天了。

在跟保洁大爷讨论手纸这短短不到一分钟内，事态竟发生如此变化。他先往胡同右边看去，那是来时的路，如果有异常他肯定会发觉。于是他往左看去，二十米开外是胡同口，正对安定门内大街。

就在此时，胡同口突然亮起来，同时传来引擎点火声。

就是它！阉林往胡同口跑去，但还是慢了一步。他眼看一辆灰色的五菱宏光开了出去，在那辆车停靠的位置，他捡到了一样东西，田抽的手机。

还不能慌张，现在不是慌张的时候。阉林在脑海里思索此时此刻如果自己是田抽，如果自己是一个侦探，他应该做些什么。“职业素养”，这四个字突然映入阉林脑海，他意识到机会很快就要消失，于是撒腿就往前赶。

感谢首都交通，感谢红绿灯，那辆车还在目力所及的地方。他抓住田抽的手机向前跑，在红灯变绿前尽可能接近它并看清了它的车牌，然后目送它远去。

好了，然后怎么办？

阉林低头喘息，道路两旁人来人往，和胡同内形成鲜明对比。两处相隔不到五十米，环境却大相径庭。

纵横阡陌，化整为零，隔绝喧嚣，只保留生活原本的烟火气息，这大概就是胡同的魅力所在。

田抽的手机已被摔碎，三道裂痕延伸开去，贯穿整个屏幕。阉林需要尽快判断当前的情境，不管它在以多快的速度向四面八方崩裂，阉林要找到崩裂的源头在哪里

如果不知道从哪里开始，就从头开始。

阎林选择相信自己的直觉。他转身朝车跑去，同时拨通了电话，在等待对方接听的过程中他愣了一下，心想为什么要打这个电话而不是另外一个更方便一些的，但是没时间思考了，相信自己的直觉，很快，另一端传来了熟悉的声音。

“喂？”

“文兄，我需要你。”

5.

赵文放下电话，得出结论：田抽被人拐走了。她就知道要出事，从他们看表的那时候，她就知道了。

可惜赵文虽有先见之明，却未有先见之实，此刻她还躺在自己家床上，肚子上支着平板电脑看综艺节目。几个明星还在讲着乱七八糟的段子，后期配上的罐头笑声在夹缝中涌现。

赵文突然反应过来，田抽真的出事了，这一切不是幻觉，她不能继续这么躺着。

她把平板电脑甩到一旁，翻身下床换衣服。她在心里盘算：从家到格调小区，出门找一辆共享单车，骑过去要十分钟左右，应该还来得及。应不应该带上点什么趁手的兵刃？

在她金鸡独立穿裤子时，余光扫到桌上的水果刀。还是算了吧，面对一颗无毒无害的苹果，她尚且无法驾驭这把利器，更何况面对人。

老天保佑，刚下楼，赵文眼前明晃晃停放着一辆单车，还是半个小时一块钱的那种高级车。她掏出手机扫码，摄像头和网络都挺给面子，不到两秒迅速开锁，感谢高科技！

她骑上车，按脑海中预先设计的路线出发，一路傲视群雄。这车刹车已经有点不太好用了，不过冲刺的人生不需要刹车。四周的一切都慢慢变成幻影，化作组成时光隧道的像素。没有什么可以阻挡，阻挡赵文救人的步伐。

赵文很快来到阉林指定的路口，比预计时间早了一些，这让她有时间做些准备。

根据阉林的描述，田抽被一辆五菱宏光面包车掠走，五菱宏光，车牌号是京N84W90，会在这个路口左拐进入马连道路，一旦发现它立即跟上，阉林给的指示就这么多。

马连道路比较狭窄，行人和非机动车又多，单车可以跟得上汽车。现在她要做的，是打开位置共享，跟进那辆车，等阉林到来。

可是田抽到底怎么了？阉林也说不上来，赵文更不明白，在这种时候阉林为何要找自己帮忙，难道一辆共享单车能救得了他？

十分钟过去了，根据位置共享，阉林还在二环上。她不知道他和那辆五什么光还有多远。如果所料不错，大致上就是现在了，可前方左转弯待转车辆里，似乎没有一个符合描述。她突然开始怀疑，阉林让她做的事是否正确，他怎么会知道那辆车从哪里来，到哪里去？如果他心里有数的话，还要她做什么？

想到这里，她从通讯录里找到阉林的名字，准备打电话，再问个仔细。但就在点击拨打的瞬间，她发现在车队末尾，有一辆小型面包车，应该是五什么光（大概是的），车牌号却看不清。

情况不允许赵文继续往前，再离近点，她就有可能被撞死了，她突然想起来就在今年夏天，一家三口开车在这个路口调头，结果发生了重大交通事故，夫妻二人全部殒命，还撞死了一个足以在六个月内就被人忘得一干二净的网红。

赵文只有等，等到红灯变绿，转弯的车辆一个个驶过自己面前。

来了。

赵文的视力并不算好，出门匆忙，她也没有时间戴隐形眼镜。但是她不会看错，起码今天，她绝对不允许自己看走眼。

京N84W90，完全正确，虽然没有看清司机的样貌，但是管他呢，反正有人在驾驶它，而且他就是罪魁祸首。

赵文能够明显地感受到，田抽就在这辆车上，并且失去了意识，以一个非常别扭的姿态平摊在车尾。

赵文毫不犹豫跟了上去。

6.

车辆上下颠簸，田抽的意识逐渐苏醒，但却难以聚集成形。

他想睁开眼，却发现无法控制自己的眼皮，而且身体和四肢也不太听他的使唤。他想到了“鬼压床”，这种情况他曾经遇到过很多次，大部分发生在午睡时，明明已经醒来，却无法控制自己的身体，哪怕是活动一个小指节也不行，只能发出一些意义不明的哼唧声。

但是这次有一点不一样，这次头好像很疼。

但是他还是像以往一样，发出了哼唧的声音。

“你醒了。”

有人说话！

田抽大脑猛然苏醒了一些，他开始真正意识到，自己正处于什么境地。坚硬的地面，颠簸的环境，还有耳边传来的机器轰鸣。

他躺在一辆汽车里。

田抽开始试图回忆，之前究竟发生了些什么。矿工、胡同、垃圾箱。对的，他想起来了，自己在找安全屋钥匙，却怎么也找不到，就在他要再往里探一探时，后脑突然传来强烈的痛感。这就是他醒来以前的所有记忆，如果记忆没有偏差，显然自己是被袭击，然后被劫持了。

鬼压床的疑问解除了，那么，此刻的说话者，就是袭击田抽的人。

“诶而嘿（你是谁）？”

没有回答。

田抽暗自生气，怎么都到了如此关键的时候，自己竟还不能完整地说一句话，即便只有三个字。难不成自己被人打得已经失语了？

田抽没有意识到在这个危险的时刻他关注的重点有些不对，他又用尽浑身力气，重新组织自己的面部肌肉，这次效果好多了：“伊日谁？”

他听到开车那人笑了一声。可恶，他竟敢嘲笑我。

然而对方确实有嘲笑他的资本。此刻田抽双手双脚都被静电胶带缠住（这种胶带靠静电吸附，揭开不会伤皮肤，但是缠紧了以后非常难挣脱，常见于日本某一类型的影片，别问田抽怎么知道的），躺在小货车后面动弹不得，这副倒霉样子，谁见了都会嘲笑一番。

“周可在哪？” 田抽终于确认自己恢复了讲话能力，又问了另一个问题。

那人又笑了一声，开口道："你果然不是。"

不是什么？

"周可在哪？"田抽又问了一遍。

"你不必找她了，你该找的人是我。"那人答道。

好像被人当成砸场子的人了，田抽刚想辩解，却听那人"哟"了一声，念念有词道："咱们到了，还挺快啊。只是可惜你醒了。要是不醒呢，你也就少受一次苦，不过也没办法，得罪了。"

田抽一听慌了，难道他要杀人灭口？大声道："你想干什么？"

那人把车停下，熄火拔钥匙，开门下车。田抽听到驾驶位关门"嘭"的一声，然后滑动门打开"唰"的一声。冷风吹进来，田抽清醒了一些（随后他就为此感到后悔了），他想探头看下门外。

但来不及了，他感觉后脑又是一阵剧痛，世界再次归为黑暗。

7.

阎林通过位置共享，察觉到赵文正从马连道一个十字路口向南移动。

他长出一口气，面前出现一团白气，此时他才意识到，自己一直没开空调。

阎林伸手去摸空调旋钮，在手指和旋钮接触的一瞬，他忽又停住了。不光是右手，他的整个身体都似乎停住了。

他才意识到一个非常严重的问题。

之后的行动，他没有任何打算，现在自己的所作所为，基本上是在把赵文往火坑里推。

没时间管什么空调不空调了，阉林拿起支架上的手机，给赵文打电话。通过白纸坊桥洞时，他隐约看到路中间一个限速70的牌子。他顺便看了眼仪表，82了。

阉林犹豫了一下，右脚深深踩了下去，没时间管这些了。

来到马连道路口等候左转，就在不到十分钟前，那辆车跟自己走在同一车道，等待同一个红绿灯，一样在心里计算着，下一个绿灯自己会顺利左拐，还是被迫继续等待一个轮回。

阉林没时间感慨生活的机缘巧合，这不是什么“我来到你的城市，走过你来时的路”的孤单情歌。他盯着手机，赵文的坐标已经定格在格调小区门口。

她不动了，她在干什么？

阉林切换手机屏幕，食指定格赵文的名字上，突然又不敢点了。如果赵文正在尾随劫持者，又没有把手机调静音，那岂不是要暴露目标？

阉林思考片刻，用微信敲进去几个字：什么情况了？

左转绿灯亮了。阉林跟随前面的车辆缓缓前行，心中暗暗催促它快走。

绿灯变黄了，身前还有三辆车。

“快点啊大哥！黄灯不可怕！”阉林不禁叫出了声。

第一辆车过去了，第二辆车也过去了。

可惜第三辆车停住了。

阉林一脚刹车停在它后面，内心五味杂陈，想发泄却又无话可说。之前的驾车生涯里，他曾无数次因周围车辆不守规则而义愤填膺，如今轮到自己，他希望全世界都给他让路。

可惜他只是个普通人，无法凌驾于法律法规之上，而且任何人都不应该凌驾于法律之上。

但确实有人正在试图做这种事，而且还不在少数。阉林知道，世上一定有这样的人，但直到发现这个区块链，他才明白罪恶若即若离，如此远，却又这么近。

他又看一眼手机，赵文没有回复，坐标显示她一直没有动，仿佛红灯把他们都静止了。

马上要变灯了。

阉林在心里祈求，前面车的驾驶员是舒马赫，是塞纳，是……算了，这两个人一个死了，一个瘫了，爱谁谁吧，只要起步够快就可以。透过前车的后挡风玻璃，阉林依稀可以看见出驾驶员的样子。

求求你，阉林试图用脑电波交流，这并不难的，只需要一脚油门就够了（料想你这辆车这么新不应该是手动挡），很简单，踩吧踩吧！咆哮吧！

虽然没有阉林预想的顺利，但是还算是给面子。前车一动，阉林猛地把方向盘右打，闪出一个空档，然后一脚油门冲了出去。

千万，千万别出事。

阉林在心中默默祈祷。

8.

车开进小区，由于车位已满，它随意地停在了一辆路边车侧面。

赵文远远地望着，大气不敢出一口，生怕被发现。人家做贼心虚，赵文追贼心更虚。

司机下车，身体完全被车厢挡住，赵文只能从底盘和地面缝隙中看见一双鞋。车后窗贴了防窥视玻璃，再加上天色已晚，看不到那人在做什么。

于是赵文把单车停在一边，下意识地把车锁上。

共享单车传来“滴滴”两声脆响，赵文直接吓傻。她不知道该怎么办，身体完全僵直，眼睛还直勾勾盯着那辆货车，她感觉那辆车也定住了。

不对，人家本来就是定住的。

她感觉那辆车里的人也定住了，正透过玻璃用阴狠的目光和赵文对视，虽然她看不见他，但是他能看得见她。即使是数九寒天，赵文感觉还是有几颗豆大汗珠从她脑门上滑落，成为这一瞬间除了地球外，唯一还运动着的物体。

赵文其实什么都看不见，但有一瞬间，她觉得自己看穿了一切。

然后（妈的，她早该想到的），共享单车又发出了“滴滴滴”三声提示音，确认车已锁好。这三声清脆的电子音，在赵文心口上狠狠敲击了三下。

不需要做心脏起搏了，你们已经尽力了。

她不知道自己胡思乱想了多久才恢复正常，才意识到自己现在这个行为和举着“我是在跟踪你”灯箱大广告牌子基本无异，她对自己说：快，块动动脑找点什么事化解一下。结果事与愿违，她没有想到任何巧妙衔接的办法，最后反而让自己站了更久的时间。现在，她想，即使一开始对方没有注意到她，现在说什么也不可能不怀疑了。

不管怎么说，先打破尴尬的局面比较重要吧。赵文下定决心，看准左前方一个楼门，假装很坚定地往那里向前迈出一步。

“嗡嗡！”

赵文再次站定不动。

什么声音？发生了什么？

三秒钟之后，赵文意识到两件事。第一件，刚才的震动是裤兜里的手机发出的，而第二件，则是气氛被推上了尴尬的新高潮。

为什么偌大的小区，这个时候连个人影都没有？难道真的如人所说，过年前后北京城就都空了？气氛过于紧张，赵文开始怨天尤人。

事已至此，赵文决定铤而走险。我在明敌在暗，自古华山一条路，不拼不行了。赵文朝那辆车走去，绕到车子左侧，一个男人背对着蹲在车里，里面黑乎乎的什么也看不清。

“师傅，您挡着我车了。”赵文找到了一个还算合适的理由上前搭话，为表示在理，她还指了指边上那辆她自己都叫不上来什么牌子的车。

此刻她多么想让这辆车子随着自己按动开关而闪烁两下尾灯并鸣笛两声，以证明自己所言非虚，但是可惜她做不到，她开始担心对方真的要让她这么做。

很快赵文就发现自己的担心是多余的，那人一声不响，依旧背对赵文蹲在那里。

“师傅您得给我让让道啊，我要开出去。”

正所谓一不做、二不休，赵文发现所有胆怯都消失了，不再害怕这辆车和里面的人。她甚至忘了车里可能还躺着田抽，此时此刻的她真的像一个被人挡住了去路的车主，一定要讨个说法。她做了一个自己都没有想到的举动，上前一步拍了拍那人的后背。

这一拍不要紧，那人惊弓之鸟般突然转身，赵文注意到他的手里攥着一根什么东西。虽然具体说不清，但是绝对足够把她砸死。

二人目光相对，她脸上露出一丝疑惑。对方也是同样，甚至比她还要惊讶。

“哎？”

赵文事后想到自己发出的第一个声音是哎而不是啊，因此而感到非常自豪。

在时间定格的这一刹那（赵文把它形容为“在她的恐惧感和疼痛感互相比赛谁来得更早一点的关键时刻”），突然远处的另外一个声音大吼道：“你别跑！你给我站住！”

二人的注意力同时被吸引，那人反应更快一步，把赵文推在旁边的那辆“赵文的”车上，尾灯开始闪烁，发出阵阵报警声音（她刚才的愿望成真了）。

赵文后腰撞在车上，一时吃痛来不及反应。那人趁机关上后门，转身拉开前门爬上驾驶座，发动汽车就往小区大门口开去。

赵文缓过气来，跑上去追，眼看追不上，发现有个人影迎着货车逆向而来，在一人一车就要相撞时，人影往侧面一跳，闪开了。

仔细一看，赵文发现那人貌似是……阉林。

赵文飞奔过去，扶起倒在一旁草地里的阉林。很快又有一人跑了过来，喘着粗气大喊：“你小子跑什么跑！”

赵文定睛一看，来人似乎是小区保安。她不知道是什么情况，又看看阉林。阉林没理会保安，而是问赵文道：“田抽呢？”

“没看到，”赵文回答，“应该还在那车上！”

谁知道阉林如释重负地笑了笑，拉起赵文就往回走。赵文不明所以，人都跑了，田抽还在车上，有什么可笑的？难不成田抽根本没出事，这是他俩联手逗我？

然后她听到那保安大哥又对阉林喊道：“你赶紧把堵在出口那车给我挪走！”

阉林笑得更大声了。

保安显然被激怒，刚要上前动手，只听见小区出口方向又有一个人大喊：“哎你别跑啊！这儿不能停车！”

三个人来到小区出口，见一根电动栏杆横在大门中间，里面停着一辆五菱宏光，驾驶门开着。栏杆外面停着阉林的车，驾驶门也开着。

两个保安面面相觑，赵文径直拉开那辆五菱车后门爬上去。阉林跟在后面，用手机给她照亮。

在一个还未被胶带完全封住的大纸箱子里，二人见到了昏迷不醒的田抽。

第二部分

委托人

第五章：梦魇缠绕

“ Why this is hell , nor am I out of it . ”

——Christopher Marlowe

1.

他缓缓睁开眼睛，发现自己置身于陌生环境之中。

一间布置简单的屋子，一张布置简单的床，一扇布置简单的窗，一盏布置简单的吊灯。吊灯下挂着一串风铃，窗子开着，风铃被吹进来的风带动着轻轻撞击。

他先感到一丝异样。为什么没有声音？

为什么窗户开着，却没有任何声音传来？为什么风铃明明在撞击，却没有发出任何声音？

他有些纳闷，心想本该有声音才对。

于是他便听到了声音。

起初他听不大清楚那声音是什么，他的大脑还有一些混沌，或许是刚刚醒来，听觉还不敏锐，神经系统运转还不充分。但隐约之间，他听到屋外的声音，似乎有人在说话。

他被声音吸引，一步步走向房门。风铃依旧在互相撞击，没有任何声音。

来到门前，他察觉到隔壁声音变得清晰起来，听起来像是有人啜泣，却分辨不出是男是女。不是因为那声音经过了某种变声装置，也不是因为那声线太过特别，而是因为那是个小孩子的声音。

这声音他太过熟悉，六年里一直陪伴着他，每天早上准时出现在耳边，不厌其烦地呼唤着他。与此伴的还有鼻子、耳朵以及脸颊的各种触感，令他无法再次入睡，他最后只好缴枪投降，一把把那声音的来源拽到床上，并大喊出一个名字。

“希希！”

他无法控制自己，用力旋转门把手，然而门被锁住，把手纹丝不动。门另一端哭喊声更大了，他变得更加焦躁，一边大喊希希的名字，一边用身体去撞门。看似不怎么结实的木门，此刻如铜墙铁壁一般，任他如何敲打都纹丝不动。

“希希别哭，爸爸马上来救你！”

快没有时间了，希希有危险。他四下望望，想找一件趁手工具把门撬开，却发现整个四周空空如也。

他继续用身体撞门，明知道徒劳无功，但总比什么都不做来得好。不知过了多久，他发现对面喊声渐渐减弱。

“希希！希希你还在吗？”他继续呼喊，但是没有人回答他。他累了，整个人瘫坐在地上，门后已经没有任何声音。他没能救出希希，甚至都没有见到她。

天花板上的风铃依旧没有任何声音，他开始明白了，这应该是一个梦。

不，这一定是一个梦。

第一个证据：不存在没有声音的风铃。

第二个证据：希希已经死了。

他被自己吓了一跳，怎么能诅咒可爱的女儿呢？然而他很快意识到这是事实：希希已经不在人世，再也不会在每天早上叫他起床，更不会喊他“爸爸”了。

随着他的清醒，门外的声音化为乌有，只有梦境还在继续。他不明白，为什么已经意识到自己身处梦中，却不能醒来。

他缓缓起身，试图擦干眼角的泪水，却发现自己的脸是干的，好像从未哭过一般。他再次环视四周，最终把视线定格在那扇打开的窗户上。

他想起一部美国电影，除了本身很有噱头外，更重要的是，电影上映的日期，恰好是他得知自己即将成为父亲的那天。那一天他和妻子都很高兴，可以说是夫妻二人婚姻生涯以来最高兴的一天。他们一起去吃饭，妻子突然开口说：“我想看电影，特别火的那个，今天正好上映。”

他有些迟疑，认为这种刺激的悬疑类作品可能不适合孕妇观看。但在这样一个喜庆的日子，面对一个即将成为母亲的女人，不应该有任何人反对她。

所以他记得很清楚。电影里说，如果一个人要从梦境中强行醒来，有一个简单的方法，只需借助窗户和双腿即可。

他走到窗边，伸头望去，楼层高度足够让一个正常人失去生命。窗外芳草茵茵，没有任何阻拦，也不需担心砸坏别人的汽车。总之，是个非常适合跳楼的地方。

他想到这些顾虑在梦里似乎毫无意义，为什么还要想这些东西，随后他知道了，其实关于跳楼，他不止一次想过，也做过准备。在这个曾经充满欢声笑语，最终却变得冰冷空洞的家里，他不止一次站在窗边，思考用怎样的速度和角度，才能够精准无比地降落在比较空旷的地方，既不会吓到路人，更不会误伤公私财产。

然而最终他并没有付诸行动，事情不能这样结束。谋害希希生命的罪人还没有得到惩罚。

他必须让他们受到惩罚。

不过现在，这些顾虑都消失了，因为自己毕竟是在梦里，世界上应该还没有在梦里跳楼身亡的先例，说明这很安全。

他计算了一下窗台的高度，判定自己的弹跳能力足够的情况下，最后选择使用更加拉风的助跑法。他靠在窗户对面的墙上，长叹一口气。

“来吧。”他给自己打气。

他迈开双腿开始助跑，然而在梦境中，他很难发力，每一步都如同踏在棉花上一般软绵绵。他来到窗边，阳光射进他的双眼，窗外世界变成一片白茫茫。

他踏上窗台，现在只需要一次简单的蹬腿，自己就会融化在蓝天里。

“不！”

在即将离开窗台的瞬间，他听到一声大喊，随即猛然睁开双眼，疯狂地喘着粗气，花了几秒钟的时间，让自己意识到这是在一张床上。他终于醒过来了，虽然最终并没有以坠落的形式完成。

他感觉唇焦口燥，但没有起身喝水，也没有再次入睡，而是细细回味之前的梦境。

自从希希离开人世以后，同样的梦魇已经成了家常便饭，也许一生都会陪伴在他左右，时不时揭开他的纱布，看看伤口是否愈合。

如果是，就补上一刀，让他永远不能忘怀。

但这一次，更让他在意的，是醒来前的一幕。阻止自己从楼上跳下去的声音，是从心里发出的，他非常确信。

他感到悲伤，即便在梦中，即便没有任何负担和疼痛，他还是拒绝轻生，因为他害怕死亡。

他不敢承认这一点，他认为在希希走后，家庭支离破碎，对凶手的恨意，是支撑他继续留在世上的动力。

但是在心底的光明和黑暗均难以触及的一个角落，他对自己说：我不想死，更不能死。

他开始怀疑，在凶手和自己之间，他更恨的是哪一个。

2.

田抽醒来时，阉林正在床边靠墙打瞌睡。

急诊病房里人满为患，一个临时床位已经算是很奢侈了。可阉林和赵文就很惨了，床位设在过道，也没个椅子什么的可以休息。要不是旁边一位陪床大姐好心，把自己多带的一个马扎让给他们，这地方简直没法待。

阉林本来就睡得不踏实，他迷蒙地看了一眼田抽，发现他也在用同样迷蒙的目光看他。

“你可算醒了。”阉林揉了一把脸。

田抽没说话，四下望望，摸摸裹在头上的纱布。

“大夫说你问题不大，”阉林把头靠回墙上，双眼涣散地望天棚，“出血量不大，颅骨也没有损伤，就是脑震荡。”

说着阉林突然直起身，伸出两个指头冲田抽比画着说：“你看这是几？”

“我可没空给你照相。”田抽鄙视地看了一眼阉林的剪刀手。

阉林把姿势调回之前的样子，说道：“大夫说你这几天可能会头晕恶心，你要是想吐就说一声，万一吐床上，床位费还得加钱。”

田抽没答话，二人沉默许久，阉林开口道：“到底是怎么回事？”

“什么怎么回事？”

阉林猛坐起来，盯着田抽说：“你该不会失忆了吧？”

“我怎么会知道自己有没有失忆？”

田抽这句反问太有道理，阉林一时竟不知如何辩驳。

田抽自己先开口道：“其实我也不知道怎么回事，我还在翻垃圾桶呢，忽然脑后一麻，接着就没意识了。”

“一直晕到这会儿？”

“中间醒过一次，但没什么实质性发现。”田抽伸出左手，把输液滴管速度调快一些，“不过我觉得，那个袭击我的人很怪。”

“怎么说？”

“按我们之前的推断，这个人应该就是区块链管理员吧。他发现我们的委托，认定我们跟周可是一伙的，”田抽盯着点滴缓缓落下，

“这里有两个可能性，第一是他们并没有在周可身上找到他们想要的东西，第二则是他们根本没有抓到周可。”

阉林点点头，他压根没考虑田抽的推论是否正确，一切都是下意识。

“我问过他周可在哪，他却跟我说，不应该找周可，应该直接找他。我有点不明白。”

“他以为你是成心找麻烦？”阉林问。

“如果周可不在他手里，他直接否认就是了，”田抽又把点滴调快一些，“如果周可在他手里，这句话就更费解了……对了，你怎么找到我的？”

阉林不知道怎么向田抽解释这一切，单纯地说他是凭感觉蒙的，似乎有些不够庄重，最后勉强答道：“我觉得既然你要找安全屋，那他们不如就在你要的安全屋里解决你，这样比较带劲。”

“仪式感吗？不错不错，很像搞这种噱头的人想出来的主意。”田抽看看阉林，“你思路还挺活的。”

田抽说完，又把手伸向调节点滴速度的小轮子，却被突然出现的另一只手打掉。

“你直接喝得了。大夫开了两瓶，你挂完这瓶也走不了。”

赵文气呼呼地说，顺便往阉林怀里塞了一个汉堡。

“你怎么也在这儿？”田抽有些意外。

“要不是文兄，你现在可就不是在这里躺着了。”阉林指指不远处一个指示牌，上面写着“太平间 -3层”。

这时赵文突然开口：“啊呀！我想起一件事。”

阚林刚打开汉堡包装纸，张着嘴定住了，和田抽一起看着赵文。

赵文说道："袭击你那个男的，我见过。"

田抽一愣，问道："你认识？"

"不认识，"赵文回答，又看看阚林，"你也见过。"

阚林嘴里还有一大口汉堡，被突然点名有些不知所措，一边嚼汉堡，一边含混回应道："怎么还有我的事？"

"就是那天来你店里那男的，说什么自己是周可的邻居。"

"什么？"田抽猛地坐起来，把周围人注意力都吸引了过来。阚林叫他小点声，然而田抽用更加激动的语气大声道："你怎么不早讲！"

"早？早时候你还昏迷不醒呢。"

田抽再没接话，而是陷入了思考。

阚林也同样陷入沉思：如果说周可的"邻居"是袭击田抽乃至周可的"管理员"，那就意味着他早已盯上周可，他可能是之前绑架周可的第二梯队，甚至是幕后的真正黑手。

这也就意味着，从上一次绑架事件，直到那人来到阚林店里，整个过程他和田抽没有打过照面。即使他一直在关注周可，也知道这几日她和田抽往来密切，但并不清楚田抽究竟是何人。

现在情况不同了，他肯定发现赵文就是那天店里的女人，或早或晚，他也会发现田抽。

他会怎么认为？田抽是指使周可在私有区块链上作乱的元凶？田抽是周可男友？他还会继续追踪田抽吗？

阚林意识到，自己的问题问反了，他应该问，田抽还会继续追踪管理员的足迹吗？

“必须要找到他。”田抽打破沉默，回答了阉林心中的疑虑。

“可现在问题是……”阉林觉得，经过今天一事，他已经没有精力继续卷入这场无谓战争了，“他已经知道你是谁，你对他却没有任何了解。现在我们已经打草惊蛇了，你觉得还有什么办法才能找到他？”

“当然有办法。”田抽语气里透露着满满的自信，（这是阉林最讨厌他的一种语气），“我还知道两个人，比我们更了解他。”

“哪两个人？”

田抽微笑道：“你觉得他为什么会突然搬家？”

3.

他被窗外的车水马龙吵醒。

他从床上坐起来，抓起床边的手机，看了一眼时间，放心地把手机扔到床上。

屋内漆黑一片，看来房东还挺实诚，窗帘遮光效果不赖。他起身去拉窗帘，一路上踢倒好些个硬物。他并未因此停顿，知道那是地上的纸箱子，他并不准备收拾。

窗帘拉开的一刻，光线晃得他流出眼泪。屋外白茫茫一片，显然又下雪了。他曾经很喜欢下雪，雪是深冬的标志，大雪覆盖京城时，能让他回忆起儿时平房小院的生活。

希希也喜欢下雪，小孩子都喜欢雪。

大雪过后，希希总会拉他们下楼堆雪人，趁着他和妻子穿衣服的空档，自己先跑到楼外，等到他们出来时，事先埋伏在楼门一侧，把手上一大团雪扔到他们脸上。

他们早就知道希希的诡计，但从来都没说破。希希那双小手根本捧不起多少雪花，她也没有多大力气，但每次他们都会装作很痛苦的样子，假装被她攻击得狼狈不堪。他甚至会向前扑倒，在地上打滚，弄得满头都是雪，以搏女儿一笑。

所以他现在厌恶下雪。

恼人的是，在全球天气变暖，北京降雪一年比一年少的情况下，少了希希的第一个冬天，降雪量却高得惊人。老天从来都不考虑他希不希望看到这样的场面。

无论喜欢与否，该来的总会来。他走到门口，穿上外套，换上鞋子。时间差不多了，他现在的首要任务，是解决一件横生枝节的麻烦事。

为实现自己的计划，他要尽可能修正一切偏差，尽可能。

虽然可能性看起来有点低，而且偏差已经很多。

第六章：狭路相逢

“公共场合，可不能追跑打闹哇！”

——我小学老师

1.

阉林和田抽驾车直奔北京西站而去。

“你怎么就知道，他们一定坐这趟火车？”阉林问。

“从北京到宝鸡，全天一共七个车次，其中三趟高铁，两趟特快，一趟普快，再加上一趟直快列。高铁二等座价格五百多元，而三种快车硬座价格差不多一百来块。小偷不是大款，又不忙着赶时间，没道理用贵五倍的价钱买一张票。再考虑火车发车和到达的时间，差不多这趟四点发车的直快是最优选择。”

对田抽的判断，阉林不以为然，说白了不就是撞大运吗？这春运时分，能买到什么样的票，很大程度上已经不以个人意志为转移了。退一万步讲，即便田抽是对的，北京西站人来人往，找到两个小偷，无异于大海捞针。

不过更让阉林担忧的还不是这个，他问道："话说回来，干吗不报警？"

"怎么没报警，那车不是给拉走了么？"

"别打岔。"

前几天劫持案发生后，警察找上门，称是小区物业报警，要找到那辆五菱车主（不然小区出口还被堵着呢）。警察查询车牌后，发现是一辆租来的车，租车人的相关信息都是假的。警方调取监控录像，根据车牌号找到了阉林的车，于是来询问他们和五菱车主的关系。

"不认识。"田抽如此答复。

"按保安的说法，你当时昏迷在车里。"

"不是昏迷，是喝多了，"田抽脸不变色心不跳，"我就是打了个黑车而已。"

"这样啊。"警察看着田抽脑袋上的绷带，一脸狐疑。

"他俩抬我回家时，脑袋撞门上了。"田抽指指阉林和赵文，"我正好想告他俩，您这能直接立案么？"

警察冷笑两声："这事不归我们管。"

田抽一口咬定他不认识司机，也没有发生任何冲突。警方在了解情况后离开了。阉林不明白，为什么田抽冒着把他和赵文当成故意伤害的元凶的风险，也执意不向警方道明实情，可田抽一直没给出理由。

田抽开口打断阉林的回忆："前边路口把我放下。"

阉林看了一眼周围，这里是菜市口附近，离西站还有几公里。

田抽说道："先停车，一会儿走过了别怪我没提醒你。"

阉林于是开过红绿灯，把车开到辅路停了下来。

“北京西站有两种进站方式，地铁出口上来是南广场地下，坐公交或者开车的话一般会在北广场下车。根据概率学，从北广场进站的可能性非常大。”

概率学？阎林在心中暗笑，概率学没教给他，在千万人中找到两个人，可能性有多大吗？

田抽继续道：“无论走哪边，一旦他们检票进站，咱就没机会了。西站不卖站台票。所以现在，”田抽在停车前就已经解开了安全带，此时边说边拉开了副驾驶的门，“我从这儿坐地铁去南广场，你从前边直接拐上二环奔北广场，分头行动。”

说罢，田抽出门而去。

“然后呢？”过了十来秒，阎林才想起来问这件事，然而田抽已经走远了。这应该是田抽脑海中的理所当然吧。

阎林摇摇头，开车往北广场开去。

2.

来到西站北广场，虽然已在脑海里设想到了这种情况，但是当春运人潮呈现在眼前时，他还是被震撼了。他这种北京土著，若不是遇到今天这种情况，怕一辈子也不会看到眼前这种场面。

从这么多人里找到两个人，是什么难度？而且两人在不在这里，还是一个未知数。

那我来这里干什么？

这时手机响了，他见是个陌生号码，赶忙接通，电话另一端是个女人声音。他细细听着，紧皱的眉头逐渐纾解，回复道：“那就好，那就好。我相信在那里你是绝对安全的，放心吧。不过这几天暂时不要和任何人联系，也不必和我联系，等到问题处理好了我会通知你。”

对方又说了几句话，他不住点头称是，语气礼貌，甚至带着些许恭敬。然后他挂断电话，长出一口气，由于北广场人流密集导致的温度上升，甚至哈气都比其他地方的稀薄一些。

至少现在有一件事已经回到了正轨，这是否预示今天会有点好运气？

试试看吧，他向人潮拥挤处迈开步子。

3.

田抽从地铁七号线跟着人流缓缓出站，沿着扶梯上两层楼，到达了北京西站南广场。短短七个字内就包含三个方位词，足以让路痴闻风丧胆。直到此时，他才发现这件事究竟有多困难。

春运既壮观，又可怕，打乱了他所有安排。

他艰难地从电梯出口走到南广场地下一层通道的角落，向左是进站口，向右是地铁口。现在离发车还有近两个小时，如果两个小偷没有延误焦虑症，现在应该还没到达车站。他低下头，在脑海中勾勒那两个人的面庞。在天台假装自杀那位，他观察过很久，有信心从人群中一眼认出。而另一个，只有匆匆一瞥，对那人的面孔基本没有把握。

不过好在根据现在了解的情况，“跳楼男”的车票是今天没有错，至于“溜门男”……爱在不在吧。

此时电话响了，他接起来，对面是阉林的声音。

“我突然感觉，”阉林那头嘈嘈杂杂，“我可能没法认出那两个人。”

田抽问：“来之前你不是说还记着么。”

“我感觉，感觉我是记得的。但问题是现在我面前全都是人，看了一会儿我都脸盲了。现在就是我妈在人群里，我也不一定能认出来。”

“那真替你妈感到悲哀。”

田抽只想到这一句话可说，然后挂了电话。现在没有退路，没有方案B，更没有帮手，只能这样了。如果电话继续进行下去，只会让他和阉林一起失去信心，从这个乱哄哄的地方一走了之。

谢天谢地，阉林再没打过来。

田抽感觉自己站得有点久，便沿墙根一点一点向进站口踱步，以免显的不合群。其实他不用主动走，只要放弃站住不动的念头，大势所趋，他不走也得走。

边溜达边观察，他突然闻到一丝特别的味道，猛一抬头，原来是男洗手间。看到这四个字，他不由得产生尿意，又看了一眼表，过去了半个小时左右，正是关键时刻。这个厕所，上，还是不上，突然成了问题。他想了想，人不能违背自然规律，如果他真因为这一趟而错过目标，老天爷应该也会原谅他。况且即使他真错过了，自己估计一辈子也不会知道，于是他原谅了自己。

田抽进门前，回头扫视一眼四周的人群，并没有（应该是）那两个人的踪迹。

和外面的喧嚣相比，卫生间像个世外桃源一般，里面没什么人，大概匆匆赶路的归家游子们大多不会考虑在离终点还有最后一步的时候选择休整一下吧。一排小便池，只有最左边有人占着，田抽选择靠里一些，却也不是最右的一个池子开始作业。

正在解皮带的时候，电话又响了。

“怎么了？”田抽接电话，用肩膀和脸颊把手机夹住，不妨碍手上的动作。

“我好像看见了一个人。”阉林说道。

“那你太棒了，我这儿能看到一堆人。”田抽已完成了预备动作，开始正式释放，他歪斜着双眼余光，看到一左一右两个黑影出现。借姿势之便，他稍微偏了下脑袋，看到了右边这位战友。

“你等会儿，先别挂。”阉林说了这句话后，听筒里就只剩嘈杂的说话声音了。

“我就说得早点过来吧，你看火车站人这么多。”在阉林声音传进田抽耳朵时，另一个声音从他左边发出，来自另一位战友。

田抽有些奇怪，他艰难地转过头看了一眼左边，发现这位老哥头也没偏。

很快，田抽右边的人答话道：“那这也太早了，进了候车室还得等半天。”

敢情这俩人认识，隔着田抽聊上了。

田抽结束战斗，提起裤子系皮带。就在这时他突然愣住，一种难以形容的感觉闪入脑海。

老天爷，不仅是原谅他，简直就是……开眼了！

为了确认，他用系好皮带的左手取下手机，又向左看看，这次那人发现了田抽的眼神，也看了他一眼。田抽并没有因直视陌生人的眼睛（更何况是在厕所里）而感到愧疚，他又扭头看看右边那人，在两人异样的目光注视下，缓缓走出男厕所。

“田抽！我确定了……”

“没工夫跟你说了，先挂了。”没等阉林说完，田抽挂断了电话。他站在厕所门口，确认自己随身之物都已妥善放好，把手机也装进裤兜，深吸几口浑浊而充满汗臭味的空气。

两人从厕所走出来，扛起大包转身向左，继续往进站口走去。田抽抬起深埋的头，紧紧跟上。离进站口还有大约二百米，按现在的人流速度，大概需要四到五分钟时间通过，他还有五分钟时间。他需要找一个合适的，既不打草惊蛇，也不会制造混乱的机会。

离入站口越近，人群密度越大，田抽闪转腾挪，挤过夹在他和二人之间的几名旅客，紧紧跟在二人后面。随着人与人之间的挤压，他顺利地来到二人缝隙正后方，并且越来越近，眼看身子就要触碰到他们背的大包。

就是它了。

田抽把脖子伸到二人中间，小声说道：“二位回宝鸡啊？”

二人被突如其来的声音吓了一跳，脚步停住，不约而同把脸转向田抽，此情此景，与刚才在厕所的一幕竟有一丝雷同。

“年货置办齐了？”田抽双手扶住他们背上的大包，稍稍使一个暗劲，捏着包裹里面的东西，推动二人缓缓向前走，继续说道：“不再继续挣两天？正是旺季呢。”

二人吃了一惊，互相使个眼色，流露出困惑和紧张的表情。田抽嘴角露出笑意，现在人流已经不怎么移动，三人前不着村后不着店，想跑都不知道往哪跑，正合他意。

“朋友，你说什么呢，你认识我？”

“不认识。”

“那你认识他？”

“也不认识。”

“那敢情你知道自己认错人了？”

“没认错。”

说话那人不再搭理田抽，回过头去小声嘀咕了一句。田抽压制住心中笑意，开口道：“我问你们个事，你们走之前销完赃了吗？包袱里的东西，都干净吗？”

二人再次转过头来，眼中不光包含讶异，还有一丝凶光。田抽不理会，更不担心，此时此刻他们什么都做不了。

田抽继续道：“现在我要是喊一句抓小偷，警察来了万一说查查你们的包袱，会不会有什么来路不明的东西把你们给卖了？”

刚才一直答话那位，也就是二人组里假装自杀的那个，脸色突然变得和善，回答道：“哥们，咱们不兴在大庭广众之下闹着玩啊，这抓小偷可不是好喊的。再说，你也不能凭空瞎喊。”

“我怎么就凭空瞎喊呢？”田抽微笑道，“你瞧，刚才我手机还在手上，这会儿怎么突然就没了，你说会在哪？”一边问着，田抽右手加力，在那人后背的大包袱里使劲揉了揉。

“你栽赃陷害啊？”

“是你们做贼心虚。”

二人都不说话，看起来是真的心虚了。田抽乘胜追击：“二位大哥不必惊慌，我不是便衣，只不过有几个问题想找二位了解下，很快就完事，绝不耽误二位回家过年。咱也别耽误其他人进站，大家都挺着急的，借一步说话可否？”

“跳楼男”没直接回话，而是看了眼“溜门男”。显然虽然说话的一直是他，不过在二人组里占据主导地位的另有其人。“溜门男”思考片刻，点点头，三个人一起在其他乘客的白眼和小声谩骂声中挤出去，离开进站人潮，来到西站南广场和北广场地下通道的中间位置。从北广场进站的人不会往这里走，从南广场进站的人也不会往这里来，除了刚才那个厕所外，这里是最适合沟通的场所了。再考虑到色香味因素，这儿已是不二之选了。

田抽边走边从兜里掏出手机，（他当然不会吃饱了撑的，真把手机塞进他们包袱里），他给阉林发了一条微信，让他来这里集合。考虑到毕竟双拳难敌四手，还得加强一点防备。

4.

他发现似乎有人在跟踪他，倒不是因为他有多敏感和警觉，只是那人实在太不擅长跟踪。

所谓螳螂捕蝉，黄雀在后。现在螳螂眼前的问题是，那是蝉，还是黄雀?

他看了一眼表，离火车发车还有一个多小时，希望越来越渺茫。他从人群里抽身出来，站在广场外围点上一根烟。他能察觉到，那人处于身后五点钟方向。克制住转身的欲望，他一动不动地站着，假装望着西站的大楼和人群。

食指和中指间微微发烫，他发现自己走神了。掸掉烟灰后猛吸一口，他把烟头在旁边的垃圾桶上掐灭，掏出手机打开相机，调整到前置摄像头，给人一种他可能打算自拍的感觉，借此来观察情况。然后一边假装煞有介事地看着屏幕，一边微微调整了一下方向。很快，他就在那个方向定位上了跟踪者。

能站上十多分钟不离窝，广场上估计也只有他们两个人能做到。

且慢，这人怎么有点眼熟？

他在自己的记忆库中搜索到了这个面容，短短几天内，他们已经打过两次交道。这个半路杀出的程咬金，从自家失窃后，就一直闹到这里。他到现在也没闹明白，这个人，连同和他一起的那一男一女，到底是做什么的。

在上次劫持时，他也认为那人并不像那一群人。但是若不是的话，自己现在为什么又被这伙人盯上？

他收起手机，转身向北广场西侧的停车场走去，同时用余光打量那人。他似乎有些踌躇，停在那里并没有动。他继续往前走去，假装脚步坚定。进入停车场后，他一闪身钻到一辆金杯车侧面，并把双脚收到车子右前轮正前方，以免被人从车底看见。

自己还蛮专业呢。

他慢慢侧过身，把脑袋歪过去打探。在金杯车遮挡下，透过副驾驶车窗，恰好能够一览无余地看到停车场入口。

很快，目标进入视野。

他到底还是跟来了。可问题是，犹豫了那么久，怎么跟也跟不住了吧？若他是准备开车打道回府，这会儿估计停车费都交完了。就这水平还当管理员？这个区块链也太可笑了。

正盘算时，那人突然停住脚步，掏出手机看看，然后转身往回走。

这是什么路线？他有些纳闷，如释重负的感觉稍纵即逝，但他发现自己的机会来了。

既然螳螂捕蝉，黄雀在后，那就看看谁才是黄雀。

他缓缓走出，抬脚跟上去，就冲这个人跟踪的水平，估计也没什么反跟踪能力。

果然，他一路尾随那人，从北广场直到地下通道。一路上行人越来越少，那人完无防备地一路走着，似乎脚步还有点焦急。

他突然收住脚，感觉这是个圈套。这个念头在脑海中一经生成，便迅速占据了主动权。看似傻子般的跟踪者，突然性的放弃，以及明显有目的的行动，如果对方身份真如他所预料，这样跟下去闹不好就是自投罗网。

正当他犹豫不定时，前方突然传来声音。他连忙闪到一旁，通道笔直少有遮拦，还好周围有几个人，这样贴墙站着也算是聊胜于无。

虽然听不清那人在说什么，但行人很少，他说话的对象一眼就能看到。循声望过去，他发现有三个人影在他对面，可惜距离略远，他视力有限，看不大清楚。那几个人似乎也有注意到他，好奇心战胜了警惕心，他沿墙根缓缓向前靠近。

很快，肉眼的焦距已经可以勉强定格在那三个人身上，不过在这之前他已经确定了其中一人的身份，很显然，和这人在一起的，肯定还会有那家伙。不过他看起来还挺正常，头上也没有什么包扎，看起来当时是下手轻了。他开始品评并总结起自己人生中第一次的劫持工作了。不过总结经验教训还不是当务之急，他很快对另外两个人的身份发生了兴趣。

另外两人，从衣着打扮和随身物品来看，应该是两个外地来京务工人员，赶在春节回家过年，绝没有半点地下组织人员的气质，更不可能是什么首脑。

这四个人凑到一起做什么呢，送站吗？

他马上意识到事态的严重性。在来到这里之前，他从没想过还会有人抱着和他一样的目的，奔着同样的目标来这里。毕竟这条线索并不十分靠得住，他也只是在派出所听到民警无意间提起罢了。这种毫无把握的事，怎么可能还会有别人来插手？

但无论怎样，这两个扛大包人的身份，如今已不言自明地得到了验证。

被他们抢先了。

他如同泄气一般，转身靠在墙壁上。这四个人胜利大会师的场面，如同失焦的背景，衬托出他的悲凉与无奈。

那两个小偷，如果没有失忆症，绝不会忘记那天在他家看到的一切。这样一来，他绝大部分的行动计划都暴露了，现在他还能做什么？

你什么都做不了。

一个声音出现在脑海里，既熟悉又陌生。

他感觉一股火气从胸口袭来，种种打击接踵而至，一无所有的自己只剩下一条路可走。

在这个熙熙攘攘的地方，在除了他之外，所有人都满怀憧憬地奔向自己所归属的地方。唯有他，一个失去了家的人，是如此的格格不入。

有人正拿着一盆冷水，准备浇灭他仅存的希望之火，他不会就这样轻易认输。他需要一桶汽油，一次爆炸，在熊熊烈火侵袭自己时，点燃一手造就悲剧的人。

他迈开脚步，向那四人走过去。

5.

阁林走过来的时候，田抽留意了下小偷二人组的神态。显然，他们对田抽还有同伙表示生气，但这也在意料之中。到目前为止，两人并没有询问田抽的身份，却已经将当时家里的情况和盘托出。

他们明白，没道理因为一个陌生人去得罪另外一个陌生人，况且还是在这个需要尽快脱身的节骨眼上。

田抽笑着向他们介绍："这是我朋友，送我过来的，一会儿还要送我回去，我怕他等急了所以叫过来。"

"跳楼男"小声嘀咕着："你还说手机在我包里……"

"溜门男"打断道："你想知道的我们都跟你说了，现在是不是可以让我们进站了？抢两张火车票不容易，咱大事化小行不？"

田抽点点头，看了一眼阁林，拍拍"跳楼男"肩膀，开口道："感谢二位配合，那就不耽误你俩了，回家养精蓄锐，等开春回来继续大干一场吧。回家吃点好的，毕竟干你们这行，有今天没明天的，不容易。"

小偷二人组没有心情回应他，正准备转身就走，"溜门男"突然脸色一变，指着阁林身后说道："我操！就是他！"

三人闻言，朝他手指方向看去，田抽回应道："嗯，就是他。"

小偷二人组看看田抽，对他的镇定有些意外。而田抽心里只盘算着一件事：他到底是冲谁来的？

这时阉林开口道："刚才我给你打电话，就是在那边看见他，结果后来跟丢了。没想到他也到这儿来了。"

"那你不早说？"田抽问。

"你不让我说啊！"阉林很无辜，准备往那人反方向跑去。田抽一把拉住阉林，开口道："你往那边越跑越远，现在必须想办法回到车上。"

田抽话音未落，小偷二人组已经开始行动。他们转身准备往进站口走，但苦于重物在身，移动有些缓慢，一把被田抽拉住。阉林见状，下意识地拉住另一个人。

四人就这么互相纠缠着，眼看那人离他们越来越近。

"跳楼男"叫道："你们俩跟他是一伙的吧！"

田抽没理会，回头看了一眼。他只有一个，我们有四个，他总要有一个目标才成。

由于突发的混乱，周围稀稀拉拉的行人们围拢过来看热闹，但又如同被施了魔法般，不约而同地保持一定距离，一个看不见的圆圈逐渐形成，把他们五个人围住。

见逃走无望，小偷二人组决定迎敌为主。田抽感觉到被拉扯的力量变小，顺势松手，稍微拉开一点距离。

那人路线变了，他是冲着我来的。意识到自己成了目标，田抽喊了句："你们去停车场！"说完便上前与那人短兵相接。这一次，不是从背后，而是正面。他想起之前那个晚上，在失去知觉的前一刻，与现在有一模一样的危险气息。

小偷二人组有点蒙，他们被田抽的命令震住，在千钧一发之际竟然忘了此时此刻对于他们来说，最好的选择是继续进站。他们和阉林一起朝北广场跑去，所到之处，围观群众自觉给他们让路，然后重新闭合，现在处在包围圈里的只剩下扭打在一起的田抽和那个人。

在短短的几秒之内，田抽便被压倒在地，即使做了准备的正面对抗，他也并没有获得任何的优势，他感到自己的脖子受到了压迫，是那人的一双手，他伸手握住那人的手腕，试图掰开它们，但是努力以失败告终。他感觉自己的意识开始变得稀薄，能做的只有死死地盯住那一双眼睛。

那双血红的眼睛。

很奇怪，他突然觉得将要致自己于死地的这个男人并不是情愿要这么做，他的眼睛并不是冷血杀手的眼睛，虽然歇斯底里，但是却充满着……绝望。

就在此时，人群中突然有人大喊“警察来啦”，田抽感觉到自己身上的压力减轻了不少，看来他犹豫了。田抽的肺部突然注入一丝新鲜空气，这让他神智变得清醒，他感受到了肾上腺素的力量，并抓住了这个机会。他伸出双肘，猛地向上一挡，坚硬的肘关节恰好击中那人的肋间，田抽听到了吃痛的声音。他一咬牙一闭眼，又试了一下，却发现自己挥空了。睁开眼时，眼前只有天花板。

他站起身，周围的人都在看他，人群中裂开一道缝隙。

他跑了。

田抽一边干咳一边努力站起来，四下望去，已不见那人身影。他回过神，问离他最近的一个中年妇女："警察在哪呢？"那大婶像是怕他一般，连连摇头，还向后缩了两步。田抽觉得好笑，分明是自己挨打，她怕我做什么？

田抽觉得自己差不多恢复过来了，他分辨一下方向，便往北广场出口踉跄跑去。

刚才那人，他往哪儿跑了？

田抽问了问自己，不过答案已不太重要了。

6.

阉林和小偷二人组一路来到停车场，他跑向自己的车，打开车门进入驾驶室，听见两边后门也同时打开。两个小偷钻了进来，随着车门关闭，外界喧嚣被突然隔绝，世界静止般的宁静。

阉林回头，和小偷二人组你看着我，我看着他，不知道该说什么，更不清楚刚才发生了什么。

"跳楼男"对着阉林开口道："这下怎么办？"

阉林默然不语。

"跳楼男"转而看向"溜门男"，后者看来也没从紧张情绪中走出来，二人互相对视，谁也没有讲话。过了一会儿，"跳楼男"开口道："咱是不是应该去检票进站？"

"溜门男"若有所思地点点头，但却并没有动身，看样子心有余悸，不知道里面现在是什么情况，此时折返回去是否明智。

至于阉林，就更不敢把头转回去了。他觉得把自己背后暴露给两个犯罪分子，已经够危险了。

这时副驾驶的门被猛然拉开，三个人都吓了一跳，见是田抽坐了进来，才长出一口气。

“走吧，一会儿把警察招来，就不好脱身了。”

听到田抽这句话，阉林觉得新鲜，明明是爱国守法的好青年，又没干什么亏心事，为什么突然怕起警察来了？小偷二人组虽然也对“警察”二字有所忌惮，不过许是觉得被田抽这么牵着走有点被动，开口道：“走哪去啊，我们还要赶火车呢。”

“你就不怕那人把你俩灭口？”田抽说道。

“他是冲你去的。”

“你能保证他下次就不冲着你？你俩掌握他的秘密，他能放过你们？”田抽没回头，对着空气说话，“还有，你能保证他只有自己一个人？”

面对田抽略带威胁的质问，小偷二人组哑口无言。“跳楼男”小声嘀咕着：“火车票不能白买了啊。”

田抽这回转过了头去，阉林注意到他脖子上有一圈青紫色淤痕，第一次觉得自己这个朋友，有点可怕。

“你们比我心里更清楚，那人绝不简单。现在你俩已经被他盯上，你们觉得还脱得了身吗？”田抽一字一顿地说。

二人没有回话，田抽把头转回来，在和阉林对视的刹那，他露出了招牌式的微笑，这让阉林心里踏实起来。

“开车吧。”田抽说。

第七章：铤而走险

年轻的朋友们

今天来相会

荡起小船儿

暖风轻轻吹

花儿香，鸟儿鸣

春光惹人醉

欢歌笑语绕着那彩云飞

——《年轻的朋友来相会》

1

睁开眼睛，他发现自己竟然坐在门过道上睡着了。夜幕漆黑，房间内拉着窗帘，伸手不见五指，他被黑暗所笼罩。虽然醒了，他完全不想动。

记忆涌入脑海，他想起来，自己走出这道门时，是何等坚毅，何等果敢，而回来时……

他甚至忘了，自己是怎么回来的。

太烂了。自己的行动，可以用这三个字概括。

他开始懊悔，自己为什么轻易松开那人的脖子，触感还在停留，他知道当时只差再稍一用力。可是就因为旁人一句呼喊，他就仓皇逃走，而且竟然跑向南广场。如果当时往另一头跑，或许还有机会堵到那几个人。

可一切都晚了，他的软弱无能，让他错失了最后的机会，那人大概已经从两个小偷口中得知了一切，并躲过了他的追踪，从此再也不会有机会找到。

而自己，则会成为他人砧板上的鱼肉。

他把眼睛闭上，即使都是一样的漆黑。

我累了，他对自己说。自己不是什么杀手，也不是侦探。在希希离开人世前，他只是一个普通人，一个丈夫，一个父亲。而现在，他什么都不是，也没有能力为希希再做点什么。

身体慢慢向侧面倾斜，脸颊贴在冰冷的瓷砖地面上。

算了吧，一切都结束了。

过了不知多久，他觉得自己开始头疼，嗓子也干得冒烟。大概是在地上睡觉着凉了，自己应该给自己烧一壶热水，然后洗掉在火车站弄得一身的汗臭，回到床上好好睡一觉。

“你什么都做不了！”

他睁开眼打算起身，可双脚因长时间没有变换姿势而麻木，稍微一发力，仿佛百万个小针不停扎向自己一般。他努力抵抗这种感觉，扶着墙缓缓站起来，一步步朝屋里慢慢走去。

“嫁给你我算是白瞎了，当初真应该听我妈的！”

走到茶几旁，一泄气坐在沙发上，二手布艺沙发弹簧发出强烈的吱呀声。他伸手摇摇身前的保温杯，还不错，有点水。他努力坐直，腿上持续传来针扎般的痛感。他拿起保温壶，给自己倒了一杯水。

“你说说你还有什么用？”

他拿起杯子，温度正合适，抿了一小口，喉咙因液体的浸润而好转。于是他一鼓作气，把杯中水一饮而尽。

“要不是你这样希希也许还活着！”

“够了！”他朝虚无的空间大喊一声，把杯子扔向对面的墙壁。

“嘭”的一声，玻璃杯在墙上碎裂，巧的是，杯子恰好砸中墙上的开关，吊灯瞬间点亮。他下意识地眯起眼睛，双手捂住自己的脸，该死的光，他把头埋进沙发靠垫下面。他不知道自己还能躲到哪里去，没有一处地方再可以让他与黑暗融为一体。

他哭了，哭声吓了自己一跳。他没想到，自己竟会有如此失败且无力的时刻。即使在得知希希的噩耗时，他也同自己想象的一般坚强。希希的死，对他来说是一个意外，而此刻的境遇，则是他一步步精心策划，最终导致的结局。

这时他意识到，他不能这么轻易地接受这个结局。在未来和过去同时存在的某一个时刻，当他在某个传说中的遥远地方与希希重逢，他不能说：孩子，你离开我之后，我过的就是这样的生活，这就是真实的爸爸。

他擦掉眼泪，用茶几上的纸巾用力地擤了擤鼻涕，然后来到一旁的电脑前。打开电脑，进入那个熟悉的界面，他开始不停敲击键盘。

2.

直到进了阉林的店里，两个小偷还骂骂咧咧，说自己火车没赶上，这责任谁来担？先不说改签的费用谁出，这个时候想改签都困难，如果最后他俩过年回不去家又怎么办，等等。

阉林心说，又没人逼你俩，还不是你们给吓蒙了，才一路跟自己来这儿的。

田抽开口道："没事没事，改签好说，这位同志是电脑高手，帮你俩刷票小儿科。"

我可不会刷票啊，我这辈子都没坐过几次火车。阉林心说。

两个小偷看看田抽，又看看阉林，最终泄气般坐了下来。

"喝红牛么？"阉林觉得气氛太尖锐了，得缓和一下。俩小偷听了直摇头，"谁没事喝红牛啊！"阉林假装没听见。

"好了好了，"田抽也坐下来，说道，"现在大家都安全了，说点正事吧。"他对"溜门者"开口道："先介绍一下吧，我叫田秦，这位司机朋友叫严林，这里是他的小店。你看这个店面，多么像好人开的买卖，没什么可担心的。"

阉林朝他翻了个白眼，田抽没理会，继续问道："不知二位神偷高姓大名？"

"跳楼者"先开口道："不必客气。我叫王三抽，他叫杨八旦，我俩是同乡，没什么正事干，在北京来混口饭吃罢了。"

阉林和田抽同时点点头，能把真名实姓讲出来（虽然实在不像什么正经名字），说明两人的防备心已经有所卸下，后面的事也就好办多了。田抽开口道："那么杨兄，在那个人家里，都看到什么了？原原本本给我们讲讲吧。”

阎林一听，敢情在火车站折腾半天，还没开始说呢。怪不得田抽挺身而出护着这俩人，还以为他是当代活雷锋呢，原来是目的没达到而已。

从头到尾一直不怎么说话的杨八旦见问道自己了，有些慌乱地低下头来，半晌才回答道：“啥也没看着。”

等了半天，就等到这么一句话，田抽显然有些不耐烦，回应道：“哥哥啊，都这会儿了，咱能不能实话实说？你要是真的什么都没看到，那人能一路追到火车站闹这么一出？”

谎言被一语道破，他一时间有些语塞，又琢磨了一会儿，似乎还在犹豫。田抽补充道：“今天的情况你们也看见了，那家伙简直是丧心病狂。我实话跟你们说，我一朋友失踪了，怀疑和他有关，但是苦于没有证据，现在唯一的希望就寄托在你身上了。希望你能给我些有用的线索。”

听了这话，王三抽坐不住了，开口道：“你赶紧说了吧，人家真要是找上门杀人灭口，咱俩也跑不了，跟他们说了，兴许还能拉上俩垫背的。”

“你这个想法也……”阎林还没说完，田抽打断，开口打断道：“太有道理了，快讲吧，趁着天还不太晚，让他送你俩回家。”

杨八旦犹豫片刻，最终开始娓娓道来。

那人住的地方，是小偷二人组反复踩点的结果。老旧且没有物业管理的临街板楼，独居且基本整天都在外出的男性，这两个条件，对盗窃分子来说简直得天独厚。没有物业就意味着没有监控，临街意味着可以撤离迅速，独居且经常外出，意味入室后遇到突发情况的几率很小。

当然，这样的居住情况，很可能说明家里可偷的东西也不多。但对于杨王二人组来说，稳妥是第一要务，何况他们下手的也不止于这一家。

至于如何能在一栋楼里连续实施盗窃，显然王三抽的“表演”是重要的一环。按杨八旦的介绍，两人向来都用这种伎俩行事。王三抽根据现场情况设计“表演剧本”，要么是佯装跳楼，要么是通过“理财或健康公司办活动”为名吸引人群注意。有时还搞点杂耍、碰瓷之类的高难度行径。总而言之，什么吸人眼球，他就玩什么。杨八旦则趁机办事，两个人合作得天衣无缝，除了王三抽偶尔会被治安拘留，真正的犯罪行为一次都没有被发现过。

用王三抽的话讲：“不是我吹牛，三百六十行，行行出状元，就看你钻研不钻研。古往今来，能把表演艺术融汇在我们这行里，并做到这么天衣无缝的，没有第二个！你俩要是不信去业内打听打听，但凡有点资历上点道的，谁不知道我们俩的名号？小偷中的‘表演型人才’，说的正是在下！”

我上哪找你们业内去，阚林看着王三抽吹嘘，心里暗笑道。

回到当天的情况，杨八旦进入人家以后，发现装潢比想象的还要简单。虽然二人经过多次踩点，能确认此人在此租住，可使用率如此之低，这种情况他们还是第一次见。地上有好几个没拆封的纸箱子，要不是跟了一段时间，还以为是刚搬进来的。

看到这种情况，杨八旦已做好了撤退的打算，并通过客厅阳台给对面楼顶的王三抽打手势。结果就在临走时，他随意地打开次卧的门。

“要不是大概知道这栋楼的户型，谁会想到独身的男人会租一个两居室来住？他能拿那间屋子来干什么呢。结果，真不如直接走啊，我这个闲着没事干的手！”随着叙述深入，杨八旦渐渐没有了一开始的拘束于寡言，情绪也越发激昂起来，说道此处满脸都是悔意。

“你们看过那些犯罪电视剧吧？”杨八旦站起身，走到墙边，大概比画了一下，“就这么大面墙，上面贴一张大白纸，红笔乱七八糟画了一堆线和字，什么‘血债血偿’‘核心人物’之类的。桌子上也是铺了一堆纸，还有点瓶瓶罐罐的什么东西，我也不认得。还有台电脑也开着，很明显那个人在秘密筹划做掉什么人。不过那屋子窗帘也拉着，乌漆墨黑的，只有电脑亮光打在那张纸上，怪阴森森的。总之吓了我一跳，我不敢多待，赶紧走了。”

“那纸上除了你说的，还有什么其他内容？”田抽问。

“没太仔细研究，”杨八旦回忆说，“而且里面好多话我也不懂，只记得好像有个人标注了‘矿工’俩字，可能他想弄死一个挖矿的？”杨八旦边说边回忆，“不对不对，不是挖矿的，可能是搞金属加工的。我记得上面还写着什么什么锁啊还是链啊什么的。”

“区块链。”田抽和阉林同时开口。

“对的，区块链！”杨八旦如释重负，一副用脑过度的样子，“你们知道这玩意儿？跟长命锁是不是配套的？”

田抽没有理会杨八旦，站起身来回踱步，开口道：“根据现在的情况，这人怕是要做掉谁，不过跟咱们一开始估计的不同，我们本来以为他是区块链管理员，想要惩罚周可的违约行为。可实际上，他没准是出于某种原因，想通过区块链找到一个‘仇敌’。也许他和我们的目标不谋而合，只是阴差阳错地把对方互相当成仇人了。”

“可有个地方说不通，”阉林也站起来，“你上次被他掳走，他提到周可，显然他也知道周可失踪了。”

“是这样，”田抽点点头，“他和周可成为邻居，两个人又和这个私有区块链都有关联，这件事本身过于巧合，肯定还有我们不掌握的内情在里面。”

“那现在……”阉林还没说完，王三抽抢上前说道：“那现在是不是该送我俩回家了，这一天给累的，我们得好好睡一觉，还得琢磨怎么回家呢！”

田抽点点头，看向阉林。

凭什么啊？阉林心中抱怨，从兜里掏出车钥匙放在桌上，“你又不是不会开车，钥匙放这儿了，要送你自己送吧。”

田抽没有推脱，直接拿了车钥匙，对“表演型人才”二人组晃晃，领他们出了店门。

门外黑夜已至。

3.

他没想到，这么快就有了回复，他怀疑这会不会是个圈套，早有人在这条区块链上等着他提问。事已至此，他明白风险很大，但也顾不上那么多了。你不是早已把生死置之度外了吗。

他按照地址开车过来，发现竟是个看起来状况不错的小区。现在连小偷也敢住这么好的房子？印象里那些人应该会住在小平房大杂院，或者地下室之类的地方才对。看来这两个人事业搞得不赖，他有点后悔开自己的车过来了。

他把车停在小区外，考虑到已经这个时间，又快过年了，应该不会有人来贴罚单。

在小区内，他找到了对应楼层，可惜结构太过复杂，他没法分辨哪一扇是小偷的住所。从一层数上去，对应楼层的灯有亮的也有灭的，他们还会回来吗？他站在下面观望，犹豫下一步该怎么做。这时身旁一辆汽车突然引起了他的注意，车窗内不断发出光亮。他好奇地凑上去看了一眼，原来一部手机放在车里，一直有电话打进来。

这人还真是大意，手机也不拿，或许是自己发现手机没了，就一直不停打过去吧？可惜自己爱莫能助。

离开车子，他忽然觉得什么东西似曾相识，可又说不上来。他嘬下牙花子，让自己不去想那些没用的事。

来到小区内部的活动广场，他找了个长椅坐下，冰凉的触感侵入大腿，一瞬间清醒了很多。这时，他注意到一个人影在小道上跑过，手里还攥着手机，边跑边打电话的样子。

一瞬间，他想起了所有的似曾相识。那辆车，那个人，还有车里一直亮着的手机。

没错，那就是上次在小区门口堵着他的那辆车，而眼前跑过的，就是上次开车来救人的人。妈的，怎么没干脆在北京西站把它们都掐死算了，如此阴魂不散。他站起身来向那人靠近，在半路突然想明白，这人之所以一直在拨打电话，是因为对方把手机落在了车里，不可能接通。这是一个机会，他决定拼拼运气，于是他紧紧跟住那人，在他准备按响楼门的电子门铃前出现在他身后。

“别动。”他随手用大拇指顶住那人后腰。

那人果然没动。

“知道我是谁吗？”

“听出来了。”

“打你朋友电话打不通吧？”

“你……”那人话没说完便停住了，听得出来，那人声音里带着颤抖。

（管用了）他内心暗喜，又问道：“想见他吧？”

“你，你可别再冲动了，其实这里边有，有点误会。”

他稍微瞟了一眼楼门口的监控探头，开口道：“是，确实有误会，我确实有点冲动。不过这里不是说话的地方，咱们换个地方聊。”

那人点点头，他把手收回去，假装一直放在大衣内怀，让他以为自己一直攥着枪。二人就这么一前一后出了小区，来到他的汽车旁边。

“上去吧，里面说。”他打开车锁，并拉开副驾驶的门。看那人坐了进去，便从车后方绕过去，从大衣内兜里掏出早已准备好的封口塑料袋，取出里面的毛巾，刺鼻的味道让他自己都闭了闭眼。

但愿这玩意儿好使。

他用最快的速度打开车门钻进去。对方见他上车，刚要开口，被他顺势捂住口鼻。他跪在驾驶座上，借势死死封住那人的嘴。不知道过了多久，他感觉抵抗越来越弱，也不知道他是晕了还是死了。

扔下毛巾，他观察了一会儿副驾驶上这个神情恍惚的人，又朝车窗往外看看。没有摄像头，也没有行人，他满意地点点头，觉得自己开车出来真是一个好主意。

4.

田抽没想到，两名盗窃分子竟然住在这么正规，甚至有点豪华的小区里，更想不到两个人还邀请他进门喝壶茶。王三抽泡茶的功夫很好，看起来不赖，让人感觉是个懂生活的人。

作为“表演型”人才，大概会对生活有更特别的参与感吧？

坐了一会儿，他发现自己手机没在身边，大概是落在阉林的车上了。他突然有一种不安，这种不安有别于手机焦虑症，而是更深层次的危机感。他品了一口茶，端望着玻璃杯内茶叶浮浮沉沉，把它归结于一种更深层次的手机焦虑症。

“信阳毛尖，不赖吧。”王三抽发现田抽在观察，开口道：“我朋友在老家自己种自己喝的，每年打不出几斤，看在关系好的份儿上才给我几两，国家领导人想喝都喝不到！”

国家领导人想喝它干什么？田抽心里暗笑，说道：“行了，我就不再叨扰，给二位添麻烦了。”

“再坐会儿呗。”王三抽非常热情。

“不用，时候也不早了。”田抽边说边往大门口走，杨八旦也站起身来和王三抽一起送他。临开门时，田抽回过身来问：“那天差点把你们俩人绳之以法了，你们难道对我就一点没有记恨？”

王三抽和杨八旦对视一眼，杨八旦并没有任何表情，王三抽转过头对田抽笑道："你能识破我们的表演，那是你能耐。真要是栽在你手里，我俩也认了。不过现在也好，我俩既没栽，还跟你这样的人化敌为友，以后岂不是更安全了？"

"有道理有道理。"田抽附和着。

"你再看，你叫田抽，我叫三抽。田者，横三加竖三也，咱哥俩这缘分不浅呐！"田抽都走到楼道，王三抽还说笑不停。

"相当不浅。"田抽也笑笑，转身离开了二人。

回到车上，他一眼就发现横置在扶手箱的手机，暗道自己真是不小心。拿起手机时，冰冷的温度顺金属机身传到手上，看到阉林的十几个未接来电。

他拨回去，电话很快被接通。

"喂。"

这不是阉林的声音。

"你是谁？"

"我的声音，你忘了？"

冰冷而坚硬的小货车后座，后脑的痛觉。

"你要干什么？"

"你来找我，我告诉你要干什么。"

"好。"田抽舔舔嘴唇，汽车前挡风玻璃上已经因他的哈气结满了水雾，"去哪儿找你？"

"你应该知道去哪。"那人回答，"自己来，不然你今后会少个朋友。"

电话很快被挂断了。

田抽放下手机发动起汽车，右脚刚要离开踏板的刹那，他又停住了。

5.

阉林醒过来，发现自己被绑在椅子上。他适应了一会儿灯光，环视四周，发现自己在一间厨房里。

同时他也闻到了属于厨房的味道，有饭菜的香味。

香气来源很容易确定，前方有个人正在灶台上忙活，身上还系着围裙，从味道来看，他做的好像是……

“糖醋排骨？”

“哟，醒啦，”那人没有转身，“鼻子挺灵啊。”

阉林不接受赞扬，继续说：“你到底想干什么？”

灶台喷火的声音停止，随即是盛菜装盘的声音。很快那个背影转过来，手上端着一盘卖相不错的糖醋排骨。阉林抬起头来仔细观察了下这人，普普通通，甚至还有一丝斯文。

他把盘子放在大理石橱柜板上，从旁拿出一双筷子，打开水龙头冲洗一下，夹起一块排骨。

“这话应该你问我么？该我问你才对吧？”他把排骨整块放入嘴里，很快把骨头吐进水池里。

他见阉林目光一直追随那块骨头，轻笑一声，说道：“你别怕我乱扔垃圾，知道什么叫现代化的健康家居生活吗？我让你开开眼。”

说罢他站起身，打开水龙头，水流进入水池，把骨头带进水池中间的窟窿。然后他按动龙头旁一个按钮，水池下方响起隆隆的机械声。随着一阵“喀拉喀拉”令人不舒服的研磨声，他关掉那个开关。

厨房变得安静，与声音一同离去的，是那一块排骨。

“垃圾处理器！多伟大的发明！”他靠在橱柜旁，看着阉林，眼中闪烁出一点亮光，“你知道吗，发达国家人家的厨房里，基本没有垃圾桶，剩菜剩饭什么的，一股脑往这里一扔。据说最大功率的处理器，连人的骨头都可以打碎。”

阉林打了个寒战，突然想起区块链上的那笔安全屋委托，知道自己现在身处何处了。

“想象一下，现在把你手指剁下来，然后扔进这个窟窿里，你眼瞧着自己身体的一部分化作肉泥，混进水流，冲入下水道，完全消失不见，一点渣都剩不下来，这是怎么样的一种场面？”

阉林不想想象，他觉得自己右手小指突然痛起来。苦于自己被完全束缚住，他没有办法摸到，阉林甚至怀疑，指头早已经被这人切掉。

见阉林突然开始挣扎，那人笑着拍拍他肩膀，开口道：“别怕别怕，我不是德州电锯杀人狂，没什么兴趣肢解你。我只想确认，从现在开始，对我说的每一句话都是真的，可以吗？”

阉林点点头，不过他怀疑，自己这个状态还能不能正常讲话。

“我现在问第一个问题，”那人又吃了一块排骨，骨头扔进水池，“你和你那朋友，到底有什么目的？”

“我们是想找到周可。”

答上来了！阉林很满意。

“为什么要找周可？她是你们朋友？还是说你们要找她算某笔账？”

“不是，你干脆别问了，听我说吧。”阉林有点着急了，双腿紧张地不住颤抖，“我们只是受周可委托，保护她安全，不知道怎么顺藤摸瓜发现一个奇怪的区块链，然后你就出现了，一直跟我们过不去……”

“我跟你们过不去？”那人突然很激动，“啪”地放下筷子，大声道：“是你们一直跟我过不去吧！再者说，你说你们受周可委托，保护她的安全。你俩是什么人，凭什么能保护她的安全？她又凭什么能认为你们能保护她安全？你俩又是怎么找到那两个小偷的？”

一连串问题，问得阉林有点手足无措，不知道先回答哪一个才好，而且哪一个他也不知道该从何说起，一时什么都说不出来。

那人见状，认定阉林被他问住了，继续说道：“你倒是接着编啊？”

“你先等会，我得捋清楚……”

“编不下去了？”

“我没编啊！”

“没编你捋什么？”

正在此时，突然响起门铃声，阉林吓了一跳。他注意到那人也慌了一下，随即恢复镇定。

“正好，我把他叫进来，你俩一块编，没准能编得更自然一点。”

他离开了厨房，外面传来开门和对话声。不过多会儿，田抽就被那人推搡着进了厨房。阉林见田抽双手也被那人用绳子捆了。（就这么轻松地束手就擒了？）

“你什么情况？”田抽见到狼狈不堪阉林问道。

“什么情况你自己看不出来吗？”阉林对这个白眼狼十分不满，“你们走了以后，我自己无聊，去区块链上逛了一会，发现有人发布寻找小偷二人组住址的委托。给你打电话也打不通，所以打了个车来找你们，提醒你们注意点，结果就这样了。”阉林又补充，“对了，用的还是周可的账号。”

田抽点点头，在厨房里四下看看，丝毫没有危机感的样子，最终把目光定格在糖醋排骨上。

“嚯，一个人在这儿吃小灶呢你？”

“谁吃小灶了？”阉林有点激动，“我这样像吃饭的么！”

“哦哦，那是你吃的？”田抽把脸转向身后。那人大概也被田抽的镇定搞蒙了，竟然还点点头。

“你就这么把骨头往水池子里扔啊，虽说不是正道弄来的房子，也不能这么糟蹋吧！”

“你怎么废话这么多！”那人来气了，“看来还得我再给你表演一下，才能让你意识到事态的严重性。”

说着，他走到水池旁，很快嘈杂的垃圾处理声将整个房间填满。阉林看了眼田抽，发现他竟然盯着水池子一脸喜悦，真不知道他葫芦里到底卖的是什么药。

声音消失，那人缓缓踱步到田抽身边，说道：“看见了吧？你们俩人今天总算是栽在我手里了，不把话说清楚，你俩就会像这块骨头一样。我时间多的是，不在意多花点工夫把你们俩人一点点地给处理掉。”

田抽笑了："那要是四个人呢？"

"什么四个人？"

话音未落，阉林瞧见那人身后突然多出两个身影，一左一右，轻轻松松把他挟持住了。

"不是说好你一个人来吗！"

"谁跟你说好了。"

"你是真不拿我的命当回事啊。"阉林明白了其中关节，愤恨地盯着田抽。

"你别起哄了，要是没有咱们表演型二人组朋友，哪里能这么轻易搞定这位仁兄。"田抽一边说一边把后背伸向王三抽，他誊出手帮田抽解开了绳子。

"毕竟咱们化敌为友了嘛，对不对？"

"那必须的，化敌为友。"王三抽应和道。

田抽活动一下手腕，走向那盘糖醋排骨，拿起一块吃了下去，并效仿那人吐出骨头扔进水池，启动垃圾处理器，一边玩一边还嘟囔着"真带劲"什么的，又扔了一块进去。

好不容易玩尽兴了，他把手洗了洗，开口说道："那么好了，现在有个化敌为友的新机会，不知道这位仁兄要不要好好把握一下？"

"你倒是先把我解开啊！"阉林大喊道。

第八章：握手言和

“一个国家，没有永远的敌人，也没有永远的朋友，只有永远的利益。”

——温斯顿·丘吉尔

1.

“这样，为表诚意，我先说，你先听。有疑问的话可以提，不过一定要先举手哦。”

五个人已来到房子的客厅坐在一起，心平气和（看似如此）地沟通。田抽和阉林坐在沙发上，两个小偷坐在一旁餐桌的椅子上。而独自一人拉了把凳子坐在田抽对面的，就是那个人。

“话说回来，我们都自报家门了，您不妨也介绍一下自己，就算是外号、小名、QQ昵称什么的都可以，总得给我们一个称呼吧？”

“颜科。”

“颜先生，太好了，”田抽跷起二郎腿，“打了这么多次交道，这下终于知道您的本名了。”

颜科回答："那就请讲吧，田先生。"

田抽长出一口气，然后说道："从头说起吧。我是一名侦探，旁边这位男士，是我的司机兼助手。我受周可委托保护她的安全，因为她说有人要对她图谋不轨。我去找她时，她已经被绑架了。随后我利用自己的专业知识，帮助警方从绑匪手中把她解救出来，顺带发现她隔壁——也就是您家的盗窃案。周可后来失踪了，我作为被委托人，自然有义务找到她。于是我顺藤摸瓜，找到了那个私有区块链，上面发生的事情，想必您比我们更清楚。最终，您这个可疑的邻居进入了我们的视野，事态最终发展到现在这一步。以上种种，您能听明白吧？"

阉林注意到，说到"私有区块链"时，颜科嘴角抽动了一下，意义不明。

"我明白。但是我为什么要相信你？"

"你怎么不举手呢！"田抽很生气的样子。阉林瞪了他一眼，接过话茬对颜科说："情况都这样了，四对一，我们有什么必要骗你？"

颜科沉默不语，田抽沉浸在没有举手的怒气里不可自拔。于是阉林开口道："我们当时以为，周可在私有区块上发布委托，但是违约了，所以区块链管理员会对她穷追不舍，导致她失踪的也必定是这些人。可当我们模仿她的委托企图守株待兔时，出现的却是你。从种种迹象来看，我认为你不是区块链的管理员，因为你……太业余。"

"你可真会说话。"阉林说了田抽一句，同时他发现颜科露出一丝自嘲般的苦笑，似乎也自认为确实业余。他接着说道，"所以，不如我们开诚布公地谈谈，说不定可以化干戈为玉帛，在某些方面相互帮助呢，就像我们和这两位一样。"

冷不防听到阉林提起自己，本来兴致寥寥的小偷二人组突然挺直了身体，跟着点点头。

“我……”颜科的口气中有些犹豫，“不知道该从何说起。”

“从周可说起吧。”田抽放下二郎腿，坐直身体注视着颜科。

“周可她……”颜科咬了会儿嘴唇，最终还是开口了，“她没有失踪，我知道她在哪。”

说罢颜科拿出手机，解锁，操作了几个按键后把它摆在茶几上，继续说道：“你们以为我是管理员，我反而认为你们才是管理员，怕你们接近周可是图谋不轨。所以找到她，说服她躲到一个安全的地方。这是我俩联系用的号码，你现在就可以给她打过去把事情说明白。”

阉林看着手机屏幕上的一串号码，不知道是否应该拿过去。他看了眼田抽，田抽皱着眉头不知在想什么，他便把半伸出去的手又缩回来。

“这个先不急，反正按你的说法，她现在很安全，”田抽开口，“我想知道，你是怎么知道她参与了区块链的交易，又被管理员给盯上的？”

颜科想了想，又看了四个人一遍，最终郑重地说：“罢了，我从头讲起吧。”

2.

“你不是说今天下班接希希吗，怎么说变卦就变卦？”电话那头传来妻子愠怒的责问声，即使已来到办公室外的楼道，颜科还是觉得，她的声音透过听筒，在整个楼内回荡。

他用手半捂住嘴，小声回答：“不是，我也没辙啊。这临下班的，领导突然要开会，我想走也走不了啊。”

“那你说怎么办，我这好不容易抽工夫约朋友出去吃顿饭，刚见上面，你总不能让我现在跟人家说下回再约吧？”颜科刚想说话，对面又继续道：“你别打我爸我妈主意，我爸最近老寒腿犯了，哪也去不了，我妈还得给他做饭呢。”

“那我跟我妈说一声，让她去一趟吧。”他回答。

“你妈？可拉倒吧，”妻子的语调里流露出一丝奇怪的语气，“我可报答不起她老人家那恩情。”

“这不是没办法了么，就让她帮一次忙，不用你报答什么。”远处传来同事叫他的声音，颜科看了一眼表，领导安排的临时会议就要开始了，“行了你别管了，我安排一下，先挂了。”

颜科边往回走，边拨出另一个号码，同时估算了下自己母亲从家到希希的学校需要多久。铁定得迟到了，这下班主任又该教训他了。

很快电话接通了。“喂，妈，你现在有时间吧？我俩今天临时都有事抽不开身，你帮我去学校接一下希希放学，现在学校管得严，家长不到不放孩子走……对，就现在，马上……你快去吧，我这有急事先不说了。家里冰箱里有菜，回去希希饿了你看着随便做点什么……不用给我俩留，够你俩吃就行了，我先挂了。”

颜科挂断电话，把手机调成振动，进了一旁的会议室。屋里已经基本坐满了，领导站在电脑旁边，双手插兜，一脸冷峻地看着他。他点头哈腰冲领导打个招呼，赶紧找一个角落坐下。

“虽然说今天的会安排得有点匆忙，不过咱们还是要注意会议的纪律。”领导并没有看他，也没有看着在座的任何一个人，“有些同事连最起码的本和笔都不带，也不清楚是你脑子比别人都好使，还是说我讲的都是废话。”

颜科看看身边，每个人都抱着本子和笔，有几个人已经刷刷开始记录起来了，他说什么了啊你们就写？再看自己手上，空空如也。颜科咽一口吐沫，把头低下去看自己的一双鞋，两只鞋后跟内侧因为长期摩擦，已经有点发白了，嗯，发白了，不过白得还算均匀。

领导的发言冗长繁琐，中间夹杂大量毫无意义的重复话语和语气助词，这是他的一贯风格，颜科早已经习惯。但今天由于心里有事，听着那些话语不住地灌入双耳，他格外心烦意乱，并不时看看手表。半个小时过去了，他脑海中浮现出自己母亲在公交车上摇摇晃晃的身影。希望领导的会议不要开太久，这样他可以赶紧回家，并且把母亲送回家，避免她和妻子正面相遇。

很快，手机开始震动，颜科感觉不太好，拿出一看，果不其然，电话是班主任打来的。他看看站在前面滔滔不绝的领导，咬了咬牙，把通话忽略掉。周老师啊周老师，你多担待担待，陪希希多等一会儿吧。

又过了半小时左右，会议终于结束，颜科长出一口气，第一个冲出会议室。不去想象脑后的领导会怎么看自己。走到楼道深处，他掏出手机，刚打算给母亲去一个电话，谁知道刚划开屏幕，恰好电话来了，他吓了一跳，差点把手机扔出去。

“喂妈，接上希希了？”颜科还能感觉到自己的心脏在剧烈跳动。

“我接什么希希，你不是把希希接走了吗？”对面传来母亲的疑问。

颜科一愣："你说什么呢，不是我让你帮忙接她吗？我要是能接还找你干什么？"

"是啊，我也纳闷呢。"母亲口吻确实很疑惑，"我刚到学校，人都走光了，我问门口保安，他说希希刚让她爸爸接走。"

颜科感觉自己笑了，说道："这不开玩笑么，我怎么可能……"

颜科迅速让母亲去找保安查监控，自己跑回办公室，拿起车钥匙奔出公司，路上正好碰到领导和其他同事一边交谈一边从会议室走出来。二人目光交错，颜科不知道他在想什么。

颜科心事忡忡，在道路上更觉得北京晚高峰无比拥堵。路上他通过电话得知以下几件事：第一，希希确实被一个男人接走了，那人绝不是自己；第二，班主任当天也有急事，从希希口中得知颜科来接他后，打了个电话他却没接，便让希希在门口等。门卫也不认识谁是颜科，还非常负责任地让他登记。可想而知，那个"颜科"登记的电话号码压根打不通；第三，妻子的饭局最终还是泡汤了。

除了怪罪班主任不负责任外，妻子把所有怒火都撒在颜科身上："你就不能接个电话吗？你那么忙吗？你是国家主席你还是国务院总理啊你？人家陪孩子等那么长时间，你但凡有点脑子，要么先跟周老师说一声，要么就接下周老师电话。你这倒好，假装没你事了是吧？要不是你这么不负责任，希希根本不可能被人带走！"

颜科无言以对，他本想反驳，却不知为何想起领导看他的眼神。他觉得自己似乎有些委屈，但是妻子说的似乎又都对。

警察赶到以后，第一时间判断是熟人作案，不然不会知道颜科的名字，而希希也不会如此顺从地跟一个陌生人离开。但根据对方留下的信息来看，显然并非出于善意。

“我们会根据附近的监控记录追踪，学校周围的监控都是很完善的，应该会找到线索。”民警对颜科说，“另一方面，从现在开始我们的人会一直陪在你身边等电话。”

“等什么电话？”

“等……”民警斟酌了一下用词，然后还是使用了最痛心的那个，“绑匪的电话。”

3.

“后来呢？”王三抽问。

“没有后来了，”颜科咽了口吐沫，“我们等了整整六天，还抱着一丝侥幸，询问所有可能接走希希的人，但没有任何进展。没有发现，没有线索，更没有人给我们来电话。警方说，可能这不是一起绑架案件，而是拐卖。”

“不是说学校周围监控非常密集吗，难道从监控里找不到蛛丝马迹？”

“除了学校内部那个探头拍到接走希希的人之外，周边几个公安联网和交通的探头全都因为故障无法工作了，恰好那人是从有故障的路段离开。警方也曾经试图扩大搜索范围，他们虽然尽心尽力，但是也是杯水车薪。”

“那么，你的女儿就这么……”

五个人全部陷入沉默。

"但是你们最终还是找到她了，是吧？"田抽开口道。

颜科点点头，却没说话。

其他几人也没有说话。颜科最终还是找到了希希，但是可惜，一个年轻的生命，还未体会人生的苦辣酸甜便怅然离世，任谁都不会觉得好受。虽然并没有养育儿女的经历，但是剩下四个人多少都可以感受到颜科内心的痛苦。

颜科沉默良久，最终开口道："第九天，警方打来电话，说在北京某处的民房里发现了一具……发现了一个女童，体貌特征和希希很像，让我们去辨认一下。我们去了，和我妻子两个人去的，一路上我们两人一句话都没说。我们当然都知道，希希可能已经不在了，不然为什么要让我们亲自过去辨认？但我们谁也不愿意说出来。我想，从那时开始，她已经把想说的都准备好了吧。

"确认身份后，很快她就和我提出离婚。"

（如果不是你，希希也许还活着。）

"当时就同意了，并且把家庭的不动产都留给了她。反正如果没有希希，我们两个人的感情也很难维系。"

（当初真应该听我妈的。）

"后来我又辞了职，重新变得一无所有，浑浑噩噩过了一段时间，直到警方联系到我，说凶手抓到了。"

"凶手抓到了？"

阉林听了一愣，那还说什么血债血偿？他以为凶手依旧逍遥法外，被他抓到了什么线索。转念想想也是，从之前交锋的历史来看，颜科此人也不像是一名孤胆英雄。

"怎么抓到的？"

"警方调集希希被害地附近的监控，最终确定嫌疑人，蹲点布控抓到了他。具体情况他们没透露太多，也没跟我详细描述凶手交代的内容，"颜科顿了一下，"大概他们怕我听了承受不住吧。"

"所以事情就这样结束……"阉林开口道。

"但事情肯定不能就这么结束，"与此同时，颜科继续说道，"从那时起我觉得，不能就此消沉下去。我需要了解事情的真相，必须要知道到底是什么样的人，出于什么样的理由掳走希希，并且把她残忍杀害。如果他背后还有其他人，我一定要找到他们，让他们血债血偿。"

"那你怎么做呢？"阉林问。

颜科抬起头，看着他，"我去探视了那个凶手。"

"探视？"阉林一愣，"你跟他非亲非故，允许你探视吗？"

"法律上没说只有亲属才能探视，而且能够探视与否，看守所说得算。所以我绕过案件的办案民警，随便想了个身份申请探视，说了些好话，最后人家同意我和他见面。

"不光是我，警方也一样，都不相信这个人可以凭借一己之力完成这宗绑架案。但这人死不松口，又没找到任何其他同伙参与的证据，因此没有办法。也许以我个人名义问问，能打探出一些什么东西来。那天我本以为自己会控制不住情绪，没有想到在见到他的那一刻，我竟十分平静。对面前这个亲手夺去希希生命的人，我竟没有产生任何负面情绪。大概是因为太陌生了，他和我之前的所有假设都不同，我不知道怎么把他和杀人犯联系到一起。而且更令我没有想到的是，在得知我的身份以后，他竟然比我还要平静，就好像……好像希希根本不是被他杀的。”

“所以他不是凶手？”

“他说是他。”

阉林耸耸肩，感觉颜科这个故事确实有点长。

“说说区块链的事吧，你为什么跟它过不去。”田抽大概也有同感，尝试把话题终结。

“正好就要说到它了，”颜科继续道，“其实不是我和区块链过不去，而是和上面的某个人过不去。在和凶手对话的过程中，我希望他能告诉我有关希希被害的更多真相，但他没有说。当然，他怎么可能说实话呢？最后在我的恳求下，他告诉了我这个私有区块的地址，说在上面或许能发现答案。于是，它就这么和我发生了关系，我在上面找到了给凶手提供杀害希希场所的人。”

安全屋。

“虽然那人不知道凶手要用这间房子做什么，可如果不是他，凶手也无法顺利犯罪，所以希希的死他也有责任。我要找到他，让他付出代价。”

“等等，”阉林打断情绪越来越激动的颜科，“你说是你要找他？可实际是周可发出了委托。”

听到这话，颜科的表情由兴奋转向了平静，低头说道：“周可被牵扯进来，完全是我造成的。当时我在盘算如何能引出这个矿工，无意间发现新搬进来的邻居周可竟然也是个玩挖矿的。而且她似乎是个新手，加上这栋楼的宽带不怎么靠谱，被我轻易地黑进防火墙，截取到她的网络包。于是我产生了一个想法，盗用周可钱包地址发起交易，这样就可以用旁观者的姿态跟进矿工的行为。”

颜科脸上露出愧疚之情，看来不是装的。

“后面的事，你们差不多也知道了。周可被绑架那天我不在家，后来才得知此事。当时我急于搞定潜入我家的这两位朋友，免得我的复仇计划被人知道，但又放心不下周可……”

“主要看我不像好人吧。”田抽补充说。

颜科笑笑，说道：“你突然出现在周可身边，我觉得非常不安，还以为你是区块链管理员，接近周可是想办法制裁她违约。所以我私下找到周可，告诉她我的顾虑，并且把她送回在郊区的亲戚家暂住，避避风头，还给了她一个新手机号。”

言已至此，颜科和田抽之间的误解都被解除了，阉林长出了一口气，心想这件事可以告一段落了。

“所以说，”田抽若有所思，“真正的区块链管理员，迄今为止没有再次露面。”

“你还想干什么？”发现事情不如所愿，阉林有些绝望。

“现在的问题不是我想干什么，而是你想干什么。”田抽的眼睛看向颜科。

颜科想了一会儿，耸耸肩，表示经过了一系列失败，现在已不知道应该做些什么好了。

“话说回来，”非常意外的，在一旁默默听了半天故事的王三抽突然开口，“虽然我对你们说的什么区块链完全不了解，不过你要找的什么矿工，就是专门给人提供无主房子的人，对吧？”

颜科和阉林点点头，田抽没有，眼睛却也看向王三抽。王三抽看看杨八旦，似乎在示意要不要说。杨八旦有些抗拒，二人进行了一番灵魂碰撞后，他还是开口道：“其实在我们小偷业内有这么一号人，人称‘阿杰’。他过去是个溜门撬锁的飞贼，现在似乎不做入室买卖，专门找长期没人住的房子，倒手提供给别人赚钱，和你们说的矿工挺像。之前那人还在我们圈里混，业务都是靠人介绍，或许现在入伙了那个区块链也未可知。”

颜科眼前一亮，站起身来到王三抽面前，等着他说下去。田抽也很感兴趣地望着二人，开口道：“既然我们已经化敌为友了，就是一条绳上的蚂蚱，不如二位就帮我们打听打听，关于这个阿杰的事情，如何？”

见颜科高兴地点头，田抽又补充一句：“但是有一句话说在前头，颜先生，你的目的是找到矿工，我们的目的是确保周可的安全。所以，一旦确认矿工身份并得到线索，你必须要在区块链上帮周可解除危机。我不管用何种方式，总之不可以再让管理员找到她，这个交易我觉得很公平了，你说呢？”

颜科点点头，确实很公平了。

第九章：计上心来

“我们都是来自五湖四海，为了一个共同的革命目标，走到一起来了。”

——毛泽东《为人民服务》

1.

田抽从来未曾想象过，在偌大一个北京城里，竟然还会有一处所在专供小偷行业（小偷算什么行业呢？）业内人士消遣和交换情报。更不会想到，这地方还在三里屯酒吧街的繁华之处。用王三抽的话说，叫作“大隐隐于市”。

从外观看上去，这里和一般酒吧没有什么区别。

“这就是一般酒吧，”王三抽介绍道，“只不过熟客大多是业内人士，一般人来了照样做买卖。”

“一般人要是听说这里头熟客都是小偷，怕是不敢再来了。”

王三抽摇头道：“此言差矣，哪个小偷敢当着众多同行的面行窃？一来这儿属于班门弄斧，关公面前耍大刀，办得漂亮就罢了，要是搞砸了，说出去就是江湖笑柄，一辈子都抬不起头来。另一方面，凡是进这个门的，谁不得卖肖爷几分面子？要是敢在他地面上动土，估计以后在京津冀地区也没法混了。所以说这家酒吧，反倒是整个三里屯地区最安全的地方。”

“肖爷？”

“你少说两句吧。”杨八旦似乎觉得王三抽话有点多。田抽看了他一眼，他叼着烟，眼睛一直看向远处不落焦点的地方。

“这有什么的，来的都是客，总得介绍一下。”王三抽没有接受杨八旦的劝告，“肖爷大号肖湖，是行业传奇人物。不光是小偷行业，只要是道上混的，没有不知道肖爷这号人物的，可以说是这个了。”王三抽比了个大拇指。“老爷子今年七十多了，听说解放前那会儿，卖给京城一个老扒手当徒弟，吃过不少苦头，但也练就了一身好本领。后来师父死了，他自己混饭吃，可以说是一双妙手见证了新中国的发展和变迁。前几年老爷子金盆洗手，开了这么个酒吧，一方面是养老，另一方面也给北漂的诸位弟兄一个落脚的地方。虽然肖爷现在已退出江湖，但是江湖上依旧有肖爷的传说。”

王三抽说得唾沫横飞，田抽听得五迷三道，只感觉这肖爷不再是一个小偷，脑海中隐隐出现一位仙风道骨、渊渟岳峙的老者，俨然是一派宗师。

“行了别扯没用的了，站着也不嫌冷，赶紧进去打听清楚了回家。”杨八旦把烟头扔在地上踩灭，先一步走进酒吧大门。

时间尚早，酒吧里客人不多，只有三两桌人在喝酒，看起来都是普通人打扮。

吧台处有一个调酒师在里面擦杯子，和另一个酒保模样的人闲聊。一见有人来，酒保走了过来，见是小偷二人组，操起奇怪的口音热情地开口道：“哟，什么风把您二位给吹来咧，今天是喝酒还是谈事？”边说边打量田抽。

“肖爷今天在吗？”

“肖爷下午出去了，不知道什么时候回来，您二位找他？”

“也无所谓，来来，咱们进去说。”

王三抽带头，三个人来到吧台处落座，调酒师放下杯子和毛巾，先给小偷二人组各接一杯啤酒，然后用询问的眼神看田抽。田抽说开车了，要一杯可乐。

调酒师倒完可乐，接着擦杯子去了，动作娴熟，每个杯子的用时几乎都是一样的。田抽看得有些入迷，心生佩服。另一头，酒保靠在吧台上，和小偷二人组搭话。

“二位咋没回家过年咧？”

“嗨，此事休要再提。”王三抽一口气喝了半杯啤酒，叹口气说道：“你不也在这儿耗着么。”

“其实生意已经挺冷清咧，但肖爷的规矩您又不是不知道，必须全年无休，指不定哪天就有朋友上门。就算是大年三十，也得有人值班，这不今年就轮到我咧。”

王三抽点点头，刚要闲谈两句，杨八旦抢先开口道：“打听个事，最近有没有阿杰的消息？”

“阿杰？”酒保听后一愣，表情似乎有所变化。田抽以为他要说出什么秘密，他却开口道：“哪个阿杰？”

阿杰这个名字，确实有点太常见了。

“做安全屋生意的阿杰，前两年还经常在咱们这儿散消息，谈生意来着。”

酒保作恍然大悟状，刚要说话，角落里一桌人招呼他。他说了句抱歉，先行离开。田抽看看调酒师，那人一个接一个地擦杯子，完全没在意他们几个人的言谈。

“哥们儿，你知道么？”王三把问题抛给调酒师，他却没有反应，一门心思擦杯子。

放在水池里待擦洗的杯子还剩七八个左右，剩下的都已被他一个个地摆上了杯架。田抽、小偷二人组和酒保一起看他擦完了余下的杯子，用毛巾擦擦手。就在田抽认为他擦杯工作已经结束时，他一弯腰，从脚下又抱出一箱酒杯。田抽注意到，他的手和小臂白得惊人，大概是一天到晚擦杯子，在水里泡出来的。

这该不会是个聋哑人吧？田抽想。

“抱歉，我是新来的，不认识你们说的那个人。”调酒师突然开口，但擦杯子的节奏丝毫不乱。

空气陷入安静，好在酒保及时回来救场，问道：“阿杰过去也是常客，最近倒是很久没见他来，你们找他干啥咧？”

“有点事。”王三抽诌了个跟没说一样的原因，并朝田抽这边努努嘴，假装他就是那个要谈业务的人。

酒保思考片刻，回忆道：“印象里他最近一次露面，也是去年年初的事咧，之后的话，最起码在这个酒吧是见不到咧。”

“这样的，”田抽欠欠身子，开口道，“不瞒您说，我前阵子去外地出了一趟差，回来以后发现家里陈设有点变化，感觉是什么人来过，好在东西一点没少。我这个人说起来也不算外人，都是道上混的，只是不做溜门撬锁的生意罢了，跟这二位爷也是熟人。闲聊时说起这事，他们说我家可能被人当成‘安全屋’了。这不是大水冲了龙王庙吗？便委托这二位爷帮忙打听打听，看看是谁借了我的房子。不为别的，你不用担心什么，毕竟都是朋友，我就是想认识认识。”

酒保看了田抽许久，点点头说：“明白您的意思咧，不过我也是爱莫能助，抱歉啊。”说罢他转身准备离开。

田抽见状忙叫住他，说道：“这位小哥，那我跟你打听点别的事，您看看有没有印象。”

酒保挑挑眉毛，站住身子。

“你知不知道阿杰过去主要在哪活动？或者说这人有没有什么常去的地方？常吃的馆子？再或者，有没有什么习惯和嗜好？我也是想会会他，安全屋这东西我从来没听过，觉得挺有意思，以后说不准用得上。”

“这样啊……”酒保皱眉，架起胳膊，大拇指伸到嘴里用牙来回咬，一副绞尽脑汁的样子，“说起来，我听阿杰说起过，他是有个小癖好咧，不过可能对你找到他没什么帮助。”

“什么小癖好？”田抽问。

“那会儿聊天他跟我说，在找安全屋时，他都要自己先在里面住上十天半个月，美其名曰替客户体验，住不习惯的话，是不会拿出来做生意的。另外他……”

“小鹏、小翔，去我车后备箱，把里面的纸箱子拿给后厨老三。”突然从身后传来低沉的声音，田抽回头一看，是个被厚重羽绒服和毛线帽子包裹得严严实实的男人。由于衣着厚重，他看不出男人的面貌和身材，身高也就一米六五左右，非常不起眼。“好咧！”二人放下手中的事，前后脚走了出去，把三人留在吧台上。

“肖爷，这大冷天的，您在屋里歇着，又上哪儿忙活去了？”王三抽下了凳子，迎上去帮忙拿衣服。田抽这时才看清他，从脸上的皱纹和花白的头发看，确实已经年过半百，退去外套后显出精瘦的身材，总之就是一个干干巴巴的小老头。田抽感觉之前心中那个武林宗师的形象瞬间碎裂。

肖湖目光稳定而集中，竟然也直直看着田抽，二人就这么互相对视。

肖湖把帽子和羽绒服随意丢给旁边的王三抽，回复他说：“这不晚上有个朋友要来找我喝酒，我就去市场买点金枪鱼回来，让后厨做个刺身。你别看海鲜市场那小李跟我这么多年交情，说是从东京筑地新拍的金枪鱼，我要是不亲自去上一趟瞧瞧，还真信不过他。”

“谁让您这嘴挑呢。”说着王三抽把衣服拿到衣架上放好。这时这老人早已经走到吧台里，挑了田抽叫不出名的洋酒，从冰柜里拿出一只玻璃杯，缓缓倒了半杯。

“年轻人有何贵干哪？”肖湖冲田抽开口。

“他想找阿杰，做安全屋的那个。”王三抽放好衣服，回来抢着答道。

“哦，我记得他。”肖湖端起酒杯，打量着田抽，抿了一口酒，“不过交情不太深，他也很久没来了。你们怕是很难在这儿找到他了，可惜白来一趟。”

田抽听到话里隐隐有送客之意，开口道：“既然这样，一会儿您不还有客人么，我们就不打扰了。”

田抽把杯子里的可乐一饮而尽，看看小偷二人组，他们也喝光了杯中酒，和肖湖道别。正要离开时，肖湖突然对小偷二人组开口道：“对了，最近也有人在市面上打听你俩，不知道你俩办了什么事，快过年了，还是稳当点，多加小心吧。”

王三抽和杨八旦愣了一下，点点头和田抽一起离开酒吧。

“有什么人会打听咱俩？”上了车后，王三抽问身边的杨八旦。杨八旦也摇摇头，表示不清楚。

“你俩别忘了，前几天颜科为了找到你俩，在区块链上发了委托，可能是接单的矿工在打听。”田抽说。

二人听了点点头，王三抽接过话茬，把身子探到前排中间，拍拍田抽肩膀说：“其实肖爷人挺好，不过毕竟是老江湖，对陌生人稍微提防些也很正常，你别往心里去。”

田抽点点头，又问道：“对了，刚才那个酒保，是叫小鹏还是小翔？他好像有话没说完，你俩有他联系方式吗，要不再帮问问？”

“你等会儿，我有小鹏微信。”王三抽掏出手机，刷刷打了些字出去，过一会儿收到回复，他看了一眼，把手机屏幕给田抽看。

小鹏回复：其实也没什么。

2.

听见敲门声，阉林以为是田抽他们回来了，心里放松了不少，毕竟自己正身处一间陌生的，而且还不是正路来的房间，即使是个男人也不免有些心慌。

他从沙发上起身走到门口，对着猫眼往外瞧了一下，一脸茫然地开门。

“怎么是你，还活着呢？”

这个打招呼的方式还真特别，阉林把周可让了进来。

“颜科呢？”周可一进门就四处寻觅，“这家伙真行，让我躲的是他，说没事了的也是他，我得找他好好掰扯掰扯。”

阉林看着周可的背影，感觉这几天的经过如梦似幻。他本该在店里好好歇着，玩玩游戏，顺便等着八百年不会来的一单生意，周围都是熟悉的人和事。可现在呢，眼前晃悠着的是几个从未打过交道的陌生人，身处的是不知道谁的房子，还在做一件跟自己毫无关系却又危机四伏的事。

而处于事件中的核心人物，好像没事人似的在自己面前晃来晃去。

“别找了，他回家拿东西，一会儿可能就过来了。”

“那好吧，”周可听话地停止了寻找，一屁股坐在沙发上四下打量，“话说回来，这是谁家？”

我哪知道啊？阉林心想，在周可旁边坐下。

“对了，既然你在这儿，田秦呢？”

“我哪知道啊？”

“不知道就不知道，急什么。”周可噘噘嘴，靠在沙发上不再说话。

敲门声又响起，阉林如释重负地站起来。反正不管是谁来了，都比他俩人在屋里强。他走到门口，看了一眼猫眼，这回是田抽了。

“说曹操曹操到啊！”周可也跟来了，见门外是田抽，先是一激动，又注意到他身后的小偷二人组，微微一愣，“这二位大哥是……房主？”

“姑娘你想多了。”王三抽边进门边说。

“说起来，你和这二位也是有缘人，要是没有他俩，你现在还说不准在哪儿。要是没有你呢，他俩现在也说不准在哪儿。”田抽开口。

“说得准，现在我俩在老家屋里炕头上看电视呢。”王三抽接话。

周可被说得一愣一愣的，“你俩说什么呢？”

“这事一句两句说不清楚。”田抽在沙发上坐下。小小的一个沙发，短短几分钟内三次易主，不知道做何感想，“先说说你吧，你怎么找到这儿来的？”

“颜科早上给我打电话，说暂时安全了。我气不过问他在哪儿，他告诉我这个地址，我就找过来了。谁知道又遇上了你们，你们跟他是一伙的？”

“之前不是，现在算是。”田抽答道。

阎林知道这样说下去毫无意义，只会增加无谓的废话，便主动开口，把事情的来龙去脉讲了一遍。其间王三抽还非常热情地补充并汇报他和杨八旦作为表演型小偷二人组的英勇事迹，搞得阎林怀疑自己现在到底还是不是一个守法公民。

“好哇这个颜科！”周可林林总总听阎林讲完，义愤填膺道，“我还当他是个路见不平的优秀青年，邻里和睦的社会榜样，敢情这些事都是他惹起来的，死就死吧，还打算拉我当垫背的！”

“这话你等他来了再跟他说吧。”田抽开口道。

（颜科不在），阎林突然发现，在场的几个人，本应该和那个该死的私有区块毫无关系，现在却强行被捆绑在一起，他不由得开口道：“既然颜科不在，我得讲两句。”

“我也想说。”田抽接话，和阉林视线相交，彼此认为对方想说的和自己一样。

阉林相信田抽不能不明白他们要说什么，包括周可，包括杨八旦，更包括不在场的赵文，所有人都打算问田抽同样的问题，尤其是在经过了这一系列惊心动魄的事件后。

“我知道，”田抽果然知道，“一开始我只想找周可，确保她的安全。”他看向周可，周可不置可否地耸耸肩。“现在周可回来了，可危险没有完全解除。站在颜科的角度上，我可以理解他因为失去女儿、整个家庭破碎而产生的愤恨。即使我没有成家，更没有孩子，但是我能理解，你们也一定能理解。当然，这并不意味着，我们该为了颜科的仇恨而赴汤蹈火。”

“我当然可以选择就此收手，只要我的委托人周可同意，这件事就这么过去了。委托人同意吗？”田抽再次看着周可，她又耸耸肩。

这个动作很有趣吗？阉林试着学了一下，并不觉得有什么高明之处。

“但可惜的是，我们已经一只脚踏进了这个私有区块链里。神秘的面纱已被揭开，我无法说服自己对它视而不见。我不知道自己能做些什么，但我还是想做些什么。我不会因为自己的好奇心，让大家一起冒险，所以我们现在决定吧，你们要不要一起试试看？”

田抽说完，依次看向所有人，目光第一个落在阉林身上。

看我干什么？阉林发现自己无意识地耸耸肩，这招挺好用啊。

“来啊，我加入。”周可第一个发话，这让阉林很惊讶，她已品尝过被劫持的滋味，怎么还能说出这样的话?

“干吧。”下一个说话的竟然是杨八旦，阉林更惊讶了。他觉得这几天来从没听过杨八旦说话，王三抽则几乎把所有时间都用来说话。“我觉得，这个高科技对我们生意会有威胁，我们得搞清楚这是怎么一回事。”

阉林感觉到田抽再一次望着自己，他知道，自己再怎么耸肩，这下也逃不过。他也看着田抽，这个几年来和自己关系最为亲密的朋友。他眼睛里有着激情与坚定。阉林回忆，自己是怎么认识这个没心没肺的“亲密朋友”的，结果他发现自己忘了。

为什么自己会和这样一个人走在一起，当他冒出各种不切实际的想法，做出种种出格举动时，自己为什么总会下意识和他站在一起。

在二十余年不算精彩的人生中，阉林逐渐发现，世界上确实存在所谓“聪明人”这类物种。他们的聪明，不在于智商测试得分是一百四还是一百五，也不在于做数学题或者观察电路时能一语道破天机。他渐渐明白，所谓聪明人，关键在于“选择”二字。

选择，多么简单的一件事，每个人都无时无刻面临选择。一个问题摆在你的面前，你该何去何从?没有人能一眼看破事物的真谛，假设为一件事下结论，根据宇宙运行的定律，老天爷一共给它列出一百项优劣之处，或七十项是积极的，而三十项是消极的。老天爷告诉你，这件事值得做，但生而为人，没有谁可以穷举这一百条内容。

阉林能做到的，就是尽自己最大的努力，在这张白纸上列出自己思维能到达的边界，精疲力尽地写出五十条，可惜三十条消极的全都被他选中，还剩下二十条积极的，因此阉林会选择放弃它。

放弃吧。

人类一思考，老天爷就发笑。阉林就这么放走了一个正确选择。即使他幸运地选对了，他也已经为累死累活。大部分人都是这样的，他们无法相信自己的直觉，更无法因努力而得到奖赏。

聪明人从不干这种不划算的买卖，他们之所以聪明，是因为他们只相信第一反应，然后告诉自己，干吧。

干吧。聪明人会做出自己认为聪明的选择，普通人会认为聪明人的选择过于轻率，等着看他摔得狗血淋头。可他们往往看不到这个结局，等待聪明人的，是一个聪明的胜利。

所以阉林会纵容田抽的行为，因为田抽是聪明人，这是毋庸置疑的，阉林内心也深信这一点。自己是普通人，即使凭比特币挖矿而走上财务自由，在别人看来过上了高级人生，但他丝毫不以之为荣，他只不过是恰好在一次选择时蒙对了而已。

所以，阉林做出了选择。

“好吧，怎么干？”

“答案就在题目里啊！”田抽突然很激动，“这不是一道送分题吗？”

“什么玩意儿啊，你说什么呢？”（感觉自己选错了）阉林有点后悔。

“你们好好想想，关于那个矿工阿杰，肖爷酒吧里的服务生小鹏跟咱们怎么说的？”田抽看向小偷二人组，王三抽想想回道：“他会试住自己的安全屋。”

“对极了，那咱们现在在哪？”

“阿杰的安全屋。”

“那句话怎么说的？‘凡走过必留下痕迹’，我就不信他都住过了，会没有什么线索。”

田抽信誓旦旦，阉林则四下观看，不知道这空荡荡的房子里能有什么线索。

“找吧，地毯式搜索，如果能找到关于他的蛛丝马迹，我们或许就可以抢先一步。”

3.

颜科发现，这是自己第一次白天走进这栋楼，走进这间屋子。与夜晚相比，多了几分惊心动魄。进小区时，他没有与任何一个居民或保安对视，但总觉得所有人都在盯着他。这个陌生人是谁？他是哪家哪户？来做什么的？颜科觉得所有人都在揣度他的来意。

进入楼道后，他更加胆战心惊，按动电梯，液晶面板上的数字一点点减少，他担心会与陌生人同行。万幸的是，没有人和他一起等电梯，轿厢开门时，里面也没有任何人。

颜科长出一口气，走进电梯，按下楼层，慢慢放松戒备。离开电梯，他掏出钥匙并打开房门，瞬间被眼前的景象吓住。

“你们在干什么？”

“找……”王三抽趴在客厅地上，用手机闪光灯当手电，一丝不苟地检查沙发和地板间的空隙，“麻烦你把门关上，我后腰里灌风了。”

颜科走进屋里关上门，没想到另一个人被大门挡住，又吓了他一跳。周可用鄙夷的目光看看颜科，继续翻动着墙上的吊柜。

“你们找什么呢？”

“知道找什么就好了。”王三抽答话。

“那要找的东西在哪儿？”

“知道在哪儿还用找？”

颜科觉得自己与王三抽的对话毫无意义，且没有一丝将会有意义的迹象，他看向周可，便打算问问她，谁知周可瞟了他一眼，离开客厅。于是他四处走了一圈，才知道不止他俩，杨八旦、阉林外带田抽，都在房子里的各个角落摸索。

什么意思？颜科本来打算叫他们迅速转移，毕竟这地方不安全。结果大家非但不理他，反倒在这里翻箱倒柜地找。这地方到底有什么？一番抉择后，他决定还是问田抽比较合适。

“田秦，你们在找什么？”

“蛛丝马迹。”田抽站在卧室的双人床边上，弯腰一寸寸地研究着床单，说道：“我去了他们说的那个酒吧，里面的人说阿杰会亲自试住每个安全屋，而且天数还不短。我觉得这里必定有关于他的线索。”

颜科点点头，这个推断还算合理，不过是否有效却另当别论。

“我说，咱们还是不要在这里待太久，我感觉还是不安全。毕竟这是人家的房子，我本来就是违法拿到的钥匙，现在还在区块链上违约，腹背受敌啊。”

“错了，”田抽检查完床单，开始检查枕头和枕巾，“从这几天事态的发展来看，我认为阿杰作为矿工，和区块链的管理员间不会有什么特殊的勾结。他们之间只是单纯的平台提供者和使用者的关系，因此管理员不会知道这间安全屋的具体位置，他们的目标只有周可。周可今天刚回来，管理员也不可能这么快找到她的下落。至于阿杰，既然是干这一行的，就一定知道其中的风险，犯不上因为一笔单子违约，就和我们正面对抗。说到底，他是贼，”田抽放下一个枕头，拿起另一个，“而贼，是不会轻易地从阴影里走出来的。”

正说着，另一间卧室里传来阉林的呼唤。田抽放下枕头，和颜科一起走过去。大家都被吸引过来，看着阉林摆弄着手里的一个黑色小玩意儿。

“哟，ZIPPO打火机。”王三抽站得最近，看得最清楚。

“你自己看看。”阉林把打火机塞到王三抽手里。颜科也凑上去，只见打火机上赫然印着几个土气的红字：旭东大酒店。

“哟，现在ZIPPO和饭馆还搞联名合作啊。”周可说道。

“我的妈呀，”阉林发出一声惊呼，“这你都想得出来？这明摆着是山寨ZIPPO嘛，肯定是这个酒店发给顾客的。”

“哪儿找到的？”田抽问。

“这里。”阉林指指卧室里的书桌，看起来是实木打造，平面宽阔，靠墙一侧有个连体的架子。向上延伸半米多，架子上有两层隔板，应该是用来放书籍杂物之类的，算是常见的学生桌。桌子上空空如也，靠下的一层隔板上有个黑色金属笔筒，阉林就是从这里找到的。

颜科跟着看过去，见田抽俯身观察了一会儿笔筒，又拿起来看看笔筒内部，从王三抽手里要过打火机。

“你拿这个打火机的时候，上面不脏吧？”田抽问阉林。

“还凑合吧，有点儿灰。”阉林回答，“这肯定是阿杰留下来的，或许他随手把打火机扔进笔筒，走时候忘了这事。而且颜色差不多，不仔细观察，压根不会发现笔筒里有这玩意，也难怪他没带走。”

田抽点点头，把打火机上盖拨开，试着打火，火星冒出，飞向布捻，却并没有火苗冒出来。

“你怎么知道这肯定是他的，没准是房主留下来的呢？”颜科问阉林。

怎么着，你也是侦探不成？阉林有些不服气道：“挺明显的，你看笔筒底上落了均匀的一层灰，如果这个打火机一直在里面，那么它挡住的部分就不会有灰。而且打火机本身灰尘不多，可以肯定它是最近才被放进去的。”

阉林边说，边看看田抽，似乎在寻求认同，可惜田抽毫无反应。不过没有反应，就是这个人在表示认同的方式吧。

“所以它只能是阿杰的了，不然是你放进去的？”阉林问道。

颜科赶紧摇摇头。

4.

几个人在客厅围着沙发坐下，茶几正中间放着这支“ZIPPO旭东大酒店联名款”。周可率先开口：“好了，大家已经搜索一遍了，除了这个打火机，似乎没什么别的发现，现在我们怎么做？”

没人说话，大家都把目光看向田抽。而他只是端端地坐着，双手交叉放在腿上，低头不语。阉林想起上次看到他这个样子，还是在前往周可家那天，那是故事的开始。

那天早上，田抽也在车里想着什么。他会不会想到事情能发展到这一步呢？阉林无从知晓，但他感觉田抽察觉到了什么，内心正做着推导和选择。

选择，多简单的一件事。

“这个打火机，回头我去查查看吧。”田抽突然开口，“另外，刚才我突然有一个新想法，需要大家一块协助。但在实施之前，还有个小问题需要解决。”

“什么问题？”阉林问，心想绝不是什么好事。

田抽看着阉林，答道：“到目前为止，我没发现任何管理员和阿杰联手的迹象，但毕竟我们在明，他们在暗。为了小心起见，我们在座的这些人，都不适合再出面和他们打交道。”

“所以呢？”阉林看着田抽，心中不安。

“所以我们需要一个对他们来说陌生的面孔。”田抽看着阉林。

阉林知道他在想什么，大哥，你真豁得出去吗？他不确定田抽这个想法是不是正确，或许它是合理的，但是起码不合适。

最终阉林开口：“这事你自己搞定，我可不管。”

“我来就我来。”田抽笑道。

第三部分

矿工

第十章：神秘嘉宾

“谁闯进我的场地，谁让我措手不及。”

——《神秘嘉宾》 陈信延作词

1.

这种事显然不太寻常，谁遇到这样的事，都不可能假装没事人似的。

抱着这样的想法，阿杰对着电脑思考很久，最终还是决定接下这一单。

同样的位置，同样的要求，甚至是同样的委托描述。经历了一次违约交易之后，谁会做同样的事？说是巧合也得有人信啊。如果这不是有人成心和自己过不去，那就是……那就是有人成心和自己过不去。

至于会是什么样的人，他还真想会一会。

在脑海里思索一阵，他突然想到一个地方，他曾经经手过一间安全屋。那是安定门附近一个平房区，那篇区域外，北挨车水马龙的北二环，东靠灯红酒绿的五道营酒吧街，南临熙熙攘攘的北锣鼓巷和南锣鼓巷。就在这么个寸土寸金的地方，这片住宅区却安安静静，天一黑就人迹罕至，静的不像北京应该有的样子。或者说，静的才像是北京本该有的样子。

如此一个地方，最适合事前埋伏，事后逃逸，可以说是最佳交货场所。

更何况他压根没什么货可交，谁会冒风险在同一个小区里找两间安全屋呢?

提前两个小时，阿杰已经就位。观察一番地形后，他决定躲在交货垃圾桶对面一个狭窄缝隙内，胡同里昏暗的路灯恰好照射不到这里。另一侧台阶又把胡同口的光挡住，只要没有人特意走到这里对墙撒尿，绝不可能有人发现他。

入行多年，阿杰最引以为豪的，就是会在不同的环境里隐藏自己。

次引以为豪的，则是长时间保持相同的姿势。

显然第二点比第一点难得多，阿杰修炼到如此地步，也只能坚持两个小时左右，这也就是为什么他没有更早一点前来蹲点。

离交接时间还剩二十分钟，他注意到有一个男人走到垃圾桶跟前，先是四下观望，然后开始翻找。从身形和衣着打扮来看，显然不是流浪汉或者翻塑料瓶卖钱的大爷。他调整了一下姿势，半蹲在地上，如同百米赛道上的运动员一样蓄势待发。

这时，他听到胡同右边传来说话的声音。有人过来了？他探出头去，发现不远处的公厕门口，一个年轻男子正在对着阴影说着些什么。

（自言自语的精神病？）

阿杰感觉时机不对，继续隐藏起来，打算等垃圾桶前这人发现找不到钥匙离开后继续跟踪。谁知就在此时，他听到左侧传来急促的脚步声，像是有人由远及近奔跑过来。他再伸头出去，脚步声已经来到近前，接下来的一幕令阿杰惊讶不已。

一个男子冲到垃圾桶前，手中扬起一根类似球棒的东西。蹲在地上那人还未做出反应，就被打倒在地。

男子把他扛在肩上，小步向胡同外跑走。

（螳螂捕蝉，黄雀在后？）阿杰对眼前发生的一幕疑惑不解，刚想走出来看个究竟，谁知右边又传来跑步声，他只好再次隐入黑暗。

这不是刚才那个自言自语的精神病么？

阿杰默默观察他，他慌里慌张地在垃圾桶周围看了看，应该是在找什么东西。

幸亏刚才没有现身，敢情这委托人带着帮手呢。阿杰连叹侥幸，等待那人进一步行动。很快，他就往胡同口跑去，小胡同再次陷入冬夜的宁静中。

以防万一，阿杰在阴影处又等了几分钟，才拍着尘土走出来。狭长的胡同，一头是马路，一头是黑暗。阿杰品味着事情的前前后后，三个人来了又走，而一手策划这件事的他，此时孤零零站在这条通道中央，像个无家可归的傻子。

挺奇妙啊，这个世界。

2.

每拿下一间“安全屋”，阿杰生活就变得规律起来。他需要调整自己的作息，从神出鬼没的飞贼变成一个勤勤恳恳的上班族。每天早上七点准时起床、洗漱，和邻居们一起出门假装上班。上午围着小区简单闲逛，了解内部的人口规模和构成。傍晚，再来到周边的地铁和公交站，观察归家的人们。晚上，他要隐藏在广场舞的围观人群中，和他们一起品评哪个老头跳得最来劲，哪个老太太权力最大，或许还有哪个老头和哪个老太太有一腿，等等。

这还没有结束，他一直要持续工作到深夜十二点左右。哪些人习惯晚归，哪些人经常在这个时间叫外卖，送外卖的小哥又是哪几个面孔，他都要牢牢掌握。

所有这些，关系到的不仅是他自己的安全，更关系到将来使用安全屋委托人的安全。总不能说是“安全屋”，结果到头来什么事还没干，先让勤劳勇敢朴实善良的邻居们给揪出来吧？

阿杰做生意是非常讲道义的。

除此以外的时间，阿杰把自己关在房间里全用来做一件事——磨钥匙。

钥匙这个东西十分必要，毕竟不是所有人都能像他一样，用曲别针加棉线解决掉市面上大多数防盗门。没有原配钥匙的他，当然不能找配钥匙的人做，因此这份工作自然都落在自己手上。

阿杰磨钥匙的工艺非常简单，一台砧板，几把锉刀，外加一部工艺电钻，就可以解决所有问题。

当然可能要花些工夫，不过阿杰从不缺时间。

他把别人用来拼命奋斗（当然了，往往只是美其名曰“奋斗”罢了，大多数人实际上都是在虚度人生）的时间，都花在一寸方圆之中，在脑海里建构着大门锁具的内部构造，在钥匙模具上磨角、钻孔以及折叠。多年下来，他感觉自己的技艺越来越纯熟，于是对自己的要求也随之提高。他不再满足于仅仅能打开锁这么简单，他要让自己配的钥匙毫无阻塞地探入锁具，顺滑地解开每一个机关。

他深深地爱上了锁具内部每一个弹针和结构，在他打磨的钥匙推动下，契合无比地一点点发生位移，最终让整体开关触发。这种纯粹的机械之美令他沉醉不已，以至于经常忘记自己的本行究竟是什么。即使某个安全屋通过他的观察被否决了，他也会潜下心来，用双手配置一把完美的钥匙留在门口，权当数日以来叨扰主人的赔偿。

唯一美中不足的是，他每次成功，都无法与人分享，只能在夜半时分工作结束时，伸一伸懒腰，透过窗户俯视这座由喧嚣转为静谧的城市，独自叫一份黄焖鸡米饭当作褒奖。

在机配钥匙都已濒临淘汰的如今，阿杰作为一个小偷，通过手工配钥匙，找回了“匠人精神”的初心，不知道这是对谁的讽刺。

此时，阿杰坐在一个小马扎上，打磨着砧板上的钥匙。今天他手感不好，几处倒脚出来的效果都不甚理想，在锁具上实验也感觉磕磕绊绊。很快，他放弃了这把钥匙，把它扔进一旁的垃圾桶，里面已有四五把废钥匙在等待新同伴的到来。

阿杰站起身点上一根烟，徘徊到安全屋的窗口，朝楼下望去。他看看表，大概还有两分钟，两个颇具姿色的小姑娘会下班归来。她们应该是刚毕业的大学生吧，在小区内合租，每天下班后约定在地铁口会合，一起吃饭，一起逛街，最后一起心满意足地回家。

阿杰在心里盘算，这两个女人之间的信赖关系能够维持多久。等到一根烟烧得只剩烟蒂，也没看到预想中的两个美丽身影，他这才想起来，今天一早俩人一起拉着箱子赶车回老家了。

阿杰感觉自己有些累了。他坐回沙发，双眼望着天花板。

莫名其妙的委托，莫名其妙的袭击者，他已经很久没遇到过这种会打乱自己节奏的事件。

桌上的手机屏幕突然发亮，没有任何铃声与震动。他拿起手机，看到一条微信留言。

“风大稳当点，没事别出门。”

阿杰撇撇嘴，把手机放回桌上，从裤兜里摸出半盒香烟和一个打火机，一一码放在桌面上。

左边是烟，右边是打火机。

选择，多么简单的一件事。

永远在陌生环境下摸爬滚打的阿杰，发现此时摆在他面前的只有两条路可选。一是像微信里说的，彻底隐退，不管眼前奇怪的事情。另一种选择，是把问题报给管理员，让他去解决这些问题，包括找回违约的安全屋。

但是，他只有这两个选择么？

阿杰把打火机摞在烟盒上面，起身溜溜达达来到电脑前，晃晃鼠标唤醒显示器，刷新浮现的静置页面，若干条新数据打满屏幕。他本是闲来无事，想扫一眼区块链上的新委托，但只一眼，他就迈不开步了。他继续向下浏览，同时在心里默数。

一个……两个……三个。

短短一天之内，私有区块链上多出三个新安全屋委托。

这倒不算什么太奇特的事，谁还没有个需要用房的时候呢。

不过问题是，它们都被接单了。

“什么情况。”阿杰喃喃自语。

在这条区块链上混迹几年，别的不说，就安全屋这条块，阿杰自认没人比他能力更强，绝大部分竞争者早都已经败下阵来。不夸张地说，整个北京城提到安全屋，除了自己阿杰以外，没有第二人选。

早已对竞争放下警惕的阿杰，此时竟觉得有点惶恐。大过年的，这是什么人反反复复地跟自己过不去呢?

3.

“哟，二位爷又来赏光，真不回家过年啊？”话痨酒保小鹏靠在吧台上，看着杨八旦和王三抽。

依照惯例，回答的还是王三抽：“不回了，我们哥俩陪你一块过年。”

小鹏笑笑，瞟了一眼吧台内擦杯子的调酒师小翔，回答道：“陪我的人还不少，可惜都是大老爷们儿。”小翔没有任何反应，就像小鹏说的不是他一般，继续擦杯子。

王三抽纳闷，上回他也这么擦杯子，这也没几个客人，哪来这么多杯子可擦?

“上次跟你们一块儿来的那位，这次怎么没来？”小鹏找了个话头，“找着阿杰啊？”

“还找什么阿杰啊，我估计这辈子都不一定有人找得着他了。”王三抽喝口啤酒，大声说。

“什么意思？”小鹏本能地被王三抽的八卦吸引，靠近了点儿问道：“阿杰出事了？”

（上套了！）王三抽故意看看左右，把目光定格在小翔身上。见对方不为所动，他又看看小鹏，小鹏给他一个“都是自己人”的眼神。

王三抽顿了几秒，喝了一口酒，悠悠开口道：“你们还不知道吧？我也是这两天帮个朋友找他，听道上朋友说的。他们说阿杰之前给人找的安全屋出人命了，现在那杀人的被抓，很有可能把他给撂了，现在条子正满世界抓他呢。”

小鹏眉头一皱：“不可能吧，我听说他玩那个什么‘区块链’，规矩挺深的咧。那玩意儿的管理员神龙见首不见尾，是人都忌惮三分，要是随随便便把上下家供出来，这以后在市面上可就不好混咧。”

“哎哟我的小哥哥啊，”王三抽拍拍小鹏肩膀，“您琢磨琢磨，杀人越货被警察抓了，这人还能有以后么？可不就能拉一个垫背的是一个么。再说了，人怕出名猪怕壮，就算阿杰玩的是高科技，条子们不好找线索证据，但他名号太响，早晚都得惹上麻烦，我估计他自己也明白吧？”

小鹏点点头表示有道理，刚想再问点什么，王三抽紧接着说道：“说来也有意思，咱们这行当可能就这样，人走茶凉。今天你栽了，明天就有占你位子的人，像肖爷这样能功成身退金盆洗手的，确实少见。”

“这话是咋说的咧？”

“这你就不知道了吧？”王三抽得意地看了看小鹏，“最近又出来一个搞安全屋的，据说比阿杰办事还漂亮，收费还便宜。你说这人也挺神，不知道是诸葛亮再世能掐会算还是怎么着，算准阿杰这段时间退隐江湖，时间卡得倍儿准，三下五除二，没几天就把市场抢过来了。”

“哟，那阿杰可是够倒霉的。惹上一身官司不说，这发财的道儿也让人给抢咧。”

“可不是么，想想真寒心啊。”王三抽将杯中啤酒一饮而尽，敲敲吧台的桌面，示意小翔再接一杯。

这声音小翔倒听得真着，立马放下手头的活，走到王三抽跟前取走杯子，转身去接扎啤。

整个过程里，王三抽一直观察小翔，凭多年的职业素养，他隐约感觉这样冷静细致的人，绝不是好惹的，但又看不出他是什么来路。

没过多久，机会来了。小翔擦出来一箱酒杯，离开吧台往酒吧内部走，想来是去上厕所。王三抽赶紧把小鹏叫到跟前，问道：“我说，这擦玻璃小哥是哪儿来的？”

小鹏回头看看后面，确定小翔不会马上回来，小声回答：“抽哥，小翔这人我还真说不准。之前从来没见过，就前几个月突然被肖爷领过来，说是老家亲戚，学过点儿调酒技术，现在来北京投靠他，就安排在这儿工作了。”

“笑话么这不是。谁不知道肖爷从小就被卖给他师父了，哪来的什么老家？”

“谁说不是咧，但人家就这么说，咱还能怎么着？总不能凑跟前去问：‘肖爷，别说老家了，您要是能说出您亲爹姓什么叫什么，我们都算服咧。’要是这么问，您觉得今天还能在这儿看见我？”

见王三抽点头，小鹏补充道：“做人做到肖爷这个地位，说白了就是，他说什么你都得听，讲什么你都得信。有时候他自己也知道，自己不过随口一说，漏洞百出，但是他就料准你不敢不信。人家是这个，咱们是这个。”

小鹏先后比画了一个大拇指和一个小拇指。

这小伙子年纪不大，破事倒是想得挺通。王三抽拍拍小鹏的肩，他看到小翔已经从洗手间出来，便不再说这回事，转而和小鹏唠起家常来。

第十一章：一探究竟

我的信仰是无底深海

澎湃着心中火焰

燃烧无尽的力量

那是忠诚永在

——《深海》 电视剧《潜伏》主题曲

1

阿杰坐回属于别人的沙发上，看着手里刚拿到的钥匙。

外面气候寒冷，金属钥匙还是冰凉的，他能感觉到，触感沿着手心一直延伸到自己还未平复的心脏。关于这点，他不得不承认，自己在取货路上非常紧张，以至回来以后肾上腺素还在不停分泌，导致心跳过快。

阿杰在路上曾试想过多种情况，比如在取货时杀出一个人，把他胖揍到生活不能自理，从此为成为“京城第一安全屋”提供者铺平道路。又或者对方派出几个代表跟自己谈判，试图招安自己，携手共创安全屋的新时代。他甚至都已经想好，自己要如何义正词严，同孤胆英雄一般拒绝对方，哪怕对方以死相要，他都会冷冷一笑，然后坦荡地走上黄泉，给业内留下一个宁死不屈的美名，等等。

可惜所有设想全都落空，人生最大的遗憾就是没人给你排练的机会。从他到达取货场地，到拿到钥匙回到这里，什么都没发生。

阿杰有些不甘心，坐在原地闭上眼睛，倾听周围出现的一切杂音，试图找到尾随他而来的敌人。但是直到钥匙温度完全被体温中和，时间就像静止一般，没有改变任何东西。

阿杰长出了一口气，看来自己确实想多了。

不过干这一行，不怕想得多，就怕做得少。阿杰不甘心放弃对这个半路杀出的程咬金的好奇，于是回到区块链上，逐行逐句浏览起他的这些单子。

根据区块链的记载，这名矿工第一次接单是在二月九日，内容是朝阳区岳各庄附近的安全屋。东坝这个地方，交通不是很便利，流动人口也很多，都是些在附近做活的民工，下手难度低。

二月九日第二笔单子，南三环草桥，人流量大，住户多但租户少，算是老北京聚居区，下手难度不小，好像很少有人会委托这一带的房子。

二月十日第三笔，北三环和平里，这一带都是老房子旧小区，算是房价低洼地带，附近人口参差不齐，不过在城区里算是比较乱的地方。

二月十一日第四笔，阿杰看看手心里的钥匙，就是这一间。昌平区天通苑，近十几年来开发出来的聚居区，地铁五号线最北边，在这儿买房的大部分都是刚在北京定居下来的新市民。租户更是不少，每天早高峰后冷冷清清，晚高峰后热热闹闹，典型的北京小区，是使用安全屋的最佳所在。

浏览完四笔单子的详细描述，阿杰不由感叹，这人挺能折腾，两天之内从北京西头到南头，再到北头。拿下的安全屋从破败旧平房到刚建成不久的新小区，可以说是应有尽有。

但是问题就出在这里。

在短短三天内，在不知道客户要求的情况下，谁能横跨北京市东西南北，如此高效地得到四处房源？阿杰扪心自问，做不到。

如果对方在手里囤了多处房源呢？起码他阿杰不会这么做。所有安全屋都有一个“安全期限”，这个期限是他作为发掘人，在长时间的蹲点中根据经验得出来的。房主是什么人，为什么弃置这间房子，多久之后会有人回来，这些他都要掌握。没有一间屋子会被人永久遗弃，毕竟随便拿出一套房，都是过百万的价值。对安全屋来说，保证其安全性最重要的就是时效，囤在手里的安全屋和藏在床底下的炸弹没什么区别，稍不留神就会让自己死无葬身之地。

最终，一个念头闪过阿杰脑海。

刷单？

这个新兴词汇不止出现在网购平台和新浪微博，在犯罪交易中也很常见。很多刚入行的团伙会通过类似的方式打响知名度，除此之外也会在相关渠道买热搜，自我炒作什么的。

阿杰认为，这个新来的对手有很大嫌疑在刷单。

他看看手中这把钥匙，又看看表，离他与委托人约定的交货时间还剩三个多小时，是时候出发了。显而易见，如果对方在刷单，那这个所谓的委托人必然也是对方的同伙，而阿杰要做的，就是发现其中的破绽。

他穿上外套，把钥匙放进兜里。这把钥匙将会再一次受到寒风侵袭，温度直降到冰点左右，他盼望着这个温度会祝他一臂之力，扎伤下一个拿到它的人。

刚要出门，阿杰又停住，他想到了另一个好办法。

一颗红心，两手准备，阿杰回到了电脑前，用他世人皆知的钱包地址，在私有区块链上发起一笔新委托。

“来啊，有本事再给爷爷接一笔看看。”

2.

放好钥匙，阿杰挑了附近一个咖啡厅的二层，在靠窗的位置坐下。虽说快要过年了，但是毕竟是工作日，阿杰没有想到咖啡厅里还有这么多无所事事的人，他看大家很无聊，料大家看他应如是。

阿杰不希望引起别人的关注，落座后不久，服务生端上一杯普通美式咖啡。

阿杰对这种咖啡厅的原材料不报任何期待，把奶精和糖包统统倒进杯里，一边搅拌一边盯着交货的小角落。咖啡喝完时，他看看手机，时间马上就要到了。

很快，一个身影映入眼帘，不知道为什么，阿杰总能一眼判定那就是来取钥匙的委托人，不过令人意外地，那竟是一个女人。

阿杰欠欠身，双眼锁定那女子的背影。她身着军绿色长款羽绒服，脚踩一双高筒坡跟靴子，头上没有戴帽子，一条长马尾辫随着脚步左右甩来甩去。阿杰此时第一反应竟然是，这年头梳马尾辫的姑娘似乎不多了。

姑娘的动作还算麻利，很快找到了钥匙，阿杰也马上起身，一边往楼下走，一边留恋地看着窗外。来到一层时，那姑娘正要转身离开。阿杰算了一下对方的行动路线，应该是要往地铁站的方向走，途中会经过咖啡店大门。他三步并作两步来到门口，打算一把将其推开，突然跟一个黑影撞个满怀。

阿杰一愣，抬头一看，原来另一名男子也要出门，只怪他一直惦记那个姑娘没看路。对方长相挺有特点，眼睛细细的一条缝，有点像电视剧《潜伏》里的余则成。这人很礼貌，比了个“你先”的姿势，阿杰当仁不让地走出来，寒风突然涌入，提醒他把外套拉锁拉好。

时机正好，此时姑娘就在他右手边四五步左右。他径直左转，把双手插进外套兜里，一边迈着步子向地铁站走，一边侧耳倾听后方靴子和地面的敲击声。距离非常完美，跟踪要想不被人发现，最好的办法就是走在前面。

天通苑嘛，谁不认识。

当然，阿杰并没有完全放松警惕。毕竟没人说过，委托人拿到钥匙后就会马上去验货，不过到目前为止，一切都和他预料的一致。阿杰和那个姑娘前后脚进了车厢，令他哭笑不得的是，对方竟然偏偏排在他的身后。一上车，阿杰发现转过身来就是她，当真吓了一跳，还特意往里挪挪，和她拉开一点距离，以防止被发现自己神色异常。

跟踪跟到被倒贴躲着走，估计也是世间少有了。

阿杰小心翼翼装作一个路人，他突然感觉，如果对手不是一个女人，他应该会稳重得多。

难不成，对手连这一点都考虑到了？

阿杰不再多想，地铁很快到站，那姑娘离车门更近，先一步下车，好在这一站是人流密集区，大家都往下挤，阿杰下车并不显得突兀。当被人流推往站外时，阿杰向前观望，那一条马尾像一道风向标，显眼得令人发指。

离开地铁站，阿杰特意选了另外一条路线，从一个个小区穿过去，可以直达那把易手两次钥匙的主人家里，他对这一带再熟悉不过了。

阿杰算好姑娘的脚程，开始行动，等二人殊途同归时，他恰好领先对方两个身位。由于对方步伐实在缓慢，阿杰也乐得走马观花，一路上他发现几家自己曾经留下痕迹的安全屋，从阳台来看已变了模样，有些晾着衣服，有些堆着杂物。这些房子里住着的阖家欢乐的人们，他们绝对想象不到，有人在他们不在的时候，在同样的位置，用同样的家具，做着完全不同的事情。

想到这里，阿杰感觉有点冷，裹紧外套继续往前走，不再东张西望。

前方五百米左右，是他预计二人会相遇的小区口，她会从左往右经过，而自己则出门右转。考虑到这里，阿杰停下脚步，思考究竟是该走在她前面还是后面，如果再次来到她身前，有可能会被认出来。正思考时，问题解决了，姑娘已从小区口走过，迈着坚定的步伐。

阿杰一愣，她怎么突然走快了？他见对方消失在右面的围墙后，小步跟了过去，眼前忽然出现一个身影。阿杰“嗯”的一声，愣在原地。这个人看起来怎么这么眼熟呢？对方路过，下意识地往小区这边扫了一眼。

二人目光对上，阿杰恍然大悟，这不余则成么！

对方显然也认出了他，都站着不动，脸上露出疑惑的目光。过了许久，大概半个小时（也可能只有几秒钟，如果不是表坏了的话），对方不再看他，继续往前走去。

阿杰感觉后背发麻，渗出一层冷汗。对方是什么人，为什么也跟踪那个女人？阿杰不清楚，为什么最近每次工作，都会遇到半路杀出来的程咬金。时间一秒一秒过去，阿杰顾不上想这么多了，也迈开脚步跟上去，亦步亦趋，若即若离地跟在后面，三个人身影连成一条直线。

很快，安全屋所在的住宅楼出现在阿杰面前。他不再继续跟踪，而是停在原地，而那个“余则成”也不再行动，一闪身竟不见了。阿杰心里有点慌，点上一根烟，用余光看到那姑娘进了楼门。一根烟抽完后，方圆五百米再没出现任何的异动，那个男人也没回来。阿杰用另一根烟的时间思考片刻。那个“余则成”显然不是女人的同伙，不然他发现了自己，不可能不做任何表示，那他又会是谁？

这个问题，阿杰认为自己抽一包烟也想不出来，不如忘掉这个小插曲。

他长出了一口气，转身往回走。抛开这些小问题不谈，起码如他所料，这个矿工不过是刷单的跳梁小丑。

阿杰感觉自己肩头一松，随之而来的是一丝倦意。

3.

“这样他就可以确定，我们是在刷单？”颜科不解地看着田抽。

“他几乎可以断定。” 田抽点点头，看向一旁的赵文，再次叮嘱道："千万记住，拿到钥匙，一直到走到阉林他爸妈那套空房里。路上不要东张西望，也不要思考，尤其是下了地铁，看手机都不行，只管闷头走。走到楼门里就算成功，记住了？"

赵文点点头，随即又摇摇头，站起身质问田抽："你们让我请假出来，就为了干这个？大冬天在外边瞎溜达？有意思吗？"赵文边骂边走到旁边的椅子上，从外套兜里掏出一根头绳，开始梳起头发来。

田抽知道，赵文已经同意了。至于她为什么会同意加入如此荒唐的行动，甚至都没问是否危险，田抽找不到任何理由。总而言之，他知道赵文一定会同意，想到这里他心中略感愧疚。

梳罢头发，赵文穿好外套，田抽不知道是否还需要回答她刚才的问题。

"你确定阉林在家里等我是吧？"出门前赵文问了最后一个问题。

"当然在，"田抽慌忙回答，"他和两位小偷老师都在，完事让他给你叫外卖，你想吃什么可劲儿点。"

大门关上后，颜科嬉笑地对田抽说："这可是我见你以来最狼狈的一次，比被我压在地上那次还狼狈。"

田抽苦笑一下，回到电脑前浏览区块链上的新委托，发现了如他所料的那笔。他飞快敲击键盘，感觉自己已成为这个区块上的资深矿工。颜科来到田抽身边，看着他操作，随即露出吃惊的表情。

"这是什么意思？"颜科问。

田抽慢条斯理地答道："阿杰毕竟是个老江湖，为了验证我们是不是在刷单，他有两种方法。一是跟踪赵文，看她到底要如何利用安全屋，从中发现破绽。所以我让赵文一往无前地去阉林家。以阿杰的细心，一定会发现她根本不像是第一次去某处的样子，分明是早就认识那栋楼在哪，以此来坐实我们是一伙人的推断。”此时田抽已经完成了接单，推开电脑，把烟灰缸摆到身前，点上一根金桥继续说道：“而另外一种方法也简单，就是他再去发一笔委托，看我们是否会接。如果我们是在刷单，没有什么真功夫，短时间之内必然不会接下他的委托。”

“但是现在你接了。”

“当然要接，不然怎么样，在区块链全体用户面前认输不成？”

“那你也没必要把交货地点写在那儿啊，这样不是打草惊蛇吗？他还会去赴约？”

田抽掸掸烟灰，在一片烟雾缭绕中眯起了双眼，假装深沉，实则是被熏得睁不开眼，开口道：“他还是有两种选择。一是回去找赵文，暗地跟进，直到发现我们的更多破绽。第二，就是来拿货。”

“明白了，所以他会选择去找赵文，所以你让严林他们先埋伏好，以防他有什么行动？”颜科点点头，又问：“那咱俩干什么呢？”

“点外卖这事，阉林一个人就够了，让小偷二人组也过去，主要是因为王三抽太咋呼，我烦得慌。”田抽掐灭了烟，站起身来，“阿杰不会去找赵文，他会去拿货。”

“为什么？他明知道我们可能会对他不利……”

“对，他明知道我们可能会对他不利，他也要选择去拿货。”田抽继续说：“现在我要重申一下，咱们约法三章，今天如果见到阿杰，与他发生任何接触，我都要求你必须要保持镇定，不要被什么仇恨冲昏头脑。因为我们需要从他那里知道更多的东西。”

颜科没有答话，从茶几上的烟盒里取出一根烟，坐在沙发上点燃，从头默默抽到尾，最终掐灭烟头说道：“我应该可以答应你。”

这大概是颜科目前所能给出的最良性的回答了，田抽心里挺满意，在旁边的沙发上坐了下来。

“不过就咱俩人，不知道阿杰会不会找帮手啊。”

“不清楚。”田抽把玩着桌上的打火机。他自作主张物尽其用，把这个“旭东大酒店联名款”灌上酒精据为己有。

“我认为阿杰是一个独行侠，干这种工作很少有固定团伙，人多了反而束手束脚。”

“阿杰自己一个人，明知山有虎偏向虎山行，这是一种什么精神？”颜科问。

“你还是没想通，”田抽答道，“阿杰用自己的钱包发起这笔委托，等于是在区块链上公然和我们叫板，这是你死我活的一场戏。现在戏台已经搭起来，观众也入场了，锣鼓班子也准备就绪，过门也拉起来了。他作为主角，在门帘子后面已经叫板了，到了这个时候，他敢临阵脱逃么？”

4.

他不敢。

地铁里开足了暖气，可看着手机里的消息，阿杰觉得浑身发凉。

对方当然会接单，一群怂货绝不敢做他阿杰的对手。从一开始，他就察觉到这个矿工绝对是有备而来。对方若想在区块链，乃至在整个行业赢得一席之地，阿杰是迈不过去的坎儿。

既然来了，就不会轻易认输，他们会快速抢占市场，打响知名度，处处对人展示自己强于阿杰，努力让阿杰吃瘪，最终让阿杰成为圈内的笑话。以上一切，阿杰都能预想得到。可问题是，这个取货地点是怎么回事？

地点和之前那个取货地点分毫不差，即使阿杰不是一个记性非常好的人，即使“分毫不差”这四个字他也不是逐一核对的结果，但他不用翻记录也知道，内容连标点符号都分毫不差，这绝对不是巧合。

到现在他才发现，自己被对方算计了。自己本以为对方是来抢生意的，要让所有人都觉得阿杰即将退出历史舞台，逼他出手唱这场《三岔口》。他摩拳擦掌，彩排了很久，结果大戏开场前一秒，却得知其实要唱的是《铡美案》。

取货时间是当天下午四点半，还有大概一个小时的时间，恰好够他从天通苑坐地铁到达目的地，连通勤时间都替他考虑好了，吊嗓子的时间都没留下。

自己不能不去。如果不去取货，对方就可以堂而皇之地散布消息，说阿杰这人已不敢冒头。连自己的安全都顾不上，那凭什么能给别人提供安全屋？想到这里阿杰笑了，为了证明自己是安全的，要去赴一个非常不安全的约，这不是挺可笑的吗？

问题是，这个约到底有多不安全，阿杰心里完全没数。关于那次委托，他只知道自己提供的安全屋被人用来绑架一个小女孩，后来小女孩被绑匪撕票，绑匪如今落入法网。这件事跟自己有多大关系呢？最坏的情况是警方想借此将他绳之以法，可警察至于把事情搞得这么复杂吗？时至今日，想多了都是负担，阿杰只能走一步看一步。

一个小时的路途说长不长，很快他走出地铁站，气温从秋天变成深冬，随着一步步接近目的地，回忆渐渐涌上心头。他想起了那把钥匙，自己花了大概三个小时就打造完成，算是生涯中比较顺利的一把。

钥匙现在在哪里？十有八九在警方的物证袋里封存，静静地躺着，永远不会告诉别人它出自谁手，也永远没有机会再打开那扇门。

阿杰来到取货地，驱散无谓的回忆，现在重要的是保持清醒。他努力不让自己显得紧张，让自己一举一动都显得自然。不为别的，他不希望暗中窥视自己的人在心中讽刺自己，这是一种要强的表现。

他来到取货的小角落，看到了那把钥匙。钥匙用密封的透明小塑料袋包着，是海底捞餐厅发给用户套手机的那种，当然也有可能是别的餐厅。这不重要，反正当初阿杰用的是海底捞的。

对方连这样的细节都做到了，显然对那个案子无比熟悉。他伸手去掏塑料袋，心里排除掉警方的可能，除非那位民警同志实在太闲。

亲爱的朋友，你怎么还不出现？

这时，他听到脚步声。

5.

田抽逐渐走近，那人的身材、体型和样貌，与田抽脑海中想象的完全不一样。他觉得这种感觉很奇妙，像多年的网友终于见面时，一切幻想即将打碎的瞬间。他边走边想，用何种方式打招呼会让气氛显得更加轻松一些，最后的结论是——都不会。

“先生，找什么呢？”最终田抽在离对方五步左右距离时停住，给双方一个安全距离，先试探一下。

“明知故问呢。”对方拿到了钥匙，把手收回来，转身面对田抽。

很好，这样就打开天窗说亮话，田抽说道：“阿杰先生，我们也没有恶意，费尽了千辛万苦终于和你相见，主要是我有个朋友，有些事想问你。”

“那你朋友呢？”阿杰平静地问。

“他……”田抽用余光瞥瞥身子侧后，却不见颜科的影子。这位大哥可真行，关键时刻又上哪去了？

“他可能有点事吧。”田抽敷衍道。

“一般张嘴就说‘我有个朋友’什么的，其实都是自己的事，只是不好直接说而已。你找我到底有什么事？”

阿杰颇为得意地给田抽定了性，虽然是误解，却正中田抽心意。毕竟颜科消失，气氛已经尴尬得不能再尴尬了。他回答道：“好吧，我觉得你应该也猜出来了，我想知道的事，和几个月前那起女童绑架谋杀案有关。”

阿杰点点头，把田抽准备的钥匙揣进兜里，往前走了两步。现在二人之间已经打破了陌生人的屏障。阿杰从兜里掏出烟朝田抽比画一下，田抽摇摇头，掏出金桥说：“不好意思，我只抽这个。”

阿杰点点头，给田抽上火。

“你问吧，看在你为了引我出来这么费心费力的份上，能说的我都告诉你。不过事先跟你说好，那件事我没参与，我只是提供安全屋而已。”

田抽吐出一口烟，刚要接话，突然透过阿杰的脑袋，发现他身后的那个熟悉身影。他本想问句你跑哪去了，立马发现不对。颜科的眼神并不似从前，让他想起在北京西站地下通道里，地上瓷砖透过外套传到脊椎骨的凉意。同时，他看到颜科手里有一块板砖。

大哥啊，你制服对手的工具还真是层出不穷。

千钧一发之际，田抽搂住阿杰肩膀把他推开，两根刚点燃的香烟一前一后跌落在地。同时，颜科抡起的板砖，擦着阿杰的脑袋，朝他左肩膀而去。田抽感觉手上凉风阵阵，慌忙撤手，避免大拇指被板砖砸成两段。一击不中，颜科和田抽都有点发愣，阿杰趁田抽撤手的瞬间，往旁踉跄几步，拔腿就跑。田抽二话没说，转身追了上去，心里千万次咒骂着颜科。追到一半，他回头发现颜科没跟上，这个人真是用时指不上，用不着时瞎捣乱。

街上人不多，阿杰在前边跑，田抽在后面追，路人忍不住侧目观看。田抽本想喊点什么，但转念一想又觉得不合适，此时不该给阿杰施加压力。事后他才醒过味来，有什么必要追阿杰呢？他本身又想找他做什么，真是咸吃萝卜淡操心。不过此时，他大脑供血不足，没有余地思考。

眼看和阿杰的距离越来越远，田抽双脚开始不听使唤。他知道肾上腺素分泌不足以提供透支体力的能量，同时大脑也在告诉他：别追了，算了吧。

就在这时，前方不远的拐角处，又有一个身影出现。田抽内心大惊，没想到颜科竟然还知道分两路包抄，刚才实在有点小看他了。现在局势陡然转折，田抽和颜科前后夹击，阿杰跑也不是，不跑也不是。

然而就在几秒钟里，事态再一次转折，一辆黑色轿车突然停在阿杰身旁。田抽见那辆车副驾驶门突然打开，一只手从里面伸出来，显然是司机隔着副驾驶座位打开车门。阿杰愣了一下，马上钻进了车厢，车门还没拉上，便绝尘而去。

田抽不再奔跑，双手支在膝盖上弯腰喘息，颜科则一脸茫然地站在原地。

田抽缓过两口气，摇摇晃晃地走到颜科跟前。

“那司机帽子墨镜口罩挡得严严实实，肯定是那孙子同伙！”颜科愤愤地对田抽说：“妈的竟然让丫给跑了！”

“要不是你他能跑吗？”田抽忍不住对颜科吼起来，“我们之前怎么说的你都忘了？你丫不是说不激动吗？”

“我说的是‘应该可以’。”颜科反驳道。

“你他妈……”田抽骂了一半，觉得事已至此，再这么骂下去也没意思，便不再说话，从兜里重新掏出一根金桥来。

颜科见田抽不说话，又问：“那刚才你俩都说什么了？”

“你给我滚。”

颜科见状不再说话，一屁股坐在冰冷的马路牙子上，自己叹起气来。田抽擦擦额头上的汗，掏出手机拨通电话。

“这边完事了，人跑了，什么都没问出来，详细的见面再说。你们那边警报解除，任务结束。”

6.

阚林放下电话，用放松的口气对赵文说：“文兄，田抽那边没事了，任务结束。”赵文还没回话，一旁的王三抽抢问道：“人呢，拿下了？”

阉林摇摇头表示没有，王三抽一个劲地跺脚，懊恼地说：“我就说咱哥俩去那边帮他，他非不让。那个姓颜的小子不顶事啊！要是咱哥俩去了，保证阿杰逃不出手掌心。”

“抽哥啊，你还别说人家颜科，”赵文笑道，“田秦也不是什么靠谱人啊，你不知道他跟颜科第一次交手，就被人家打昏了。”

“文兄你这话就不对了，毕竟田抽当时没防备……”

“你也没好到哪去，手指头差点让人当垃圾处理了。”

“算了，你爱怎么说怎么说吧。”阉林有点不乐意，“毕竟我俩都栽过，不过你也别高兴得太早，下一个没准就是你。”

“嘿，你怎么说话呢！”赵文一瞪眼，刚要生气，阉林打断她，继续开口道：“既然任务结束，咱们这边也没戏唱了，回吧。”

王三抽和杨八旦听罢站起身，赵文还有点不高兴，不但不挪窝，还带着气说：“这就走了？田抽跟我说你给我们叫外卖的。”

“外卖？”阉林没反应过来，计划里没这一项啊，“外卖是什么玩意儿？”

“就是吃的。”王三抽在一旁答疑。

“你饿了？”

“我不单饿了，我还累了，困了，不想动弹了。”赵文说罢，直接在沙发上躺下了，“你们家被子呢，给我一套出来，我眯一觉，外卖到了叫我。”

阉林走进里屋，不过一会儿抱着一床被子出来，答道：“这房子打装修完，我爸我妈还没搬进住过，可惜这床被子还是新的，先让你用了。话说您想吃什么？”

“什么都行，越快越好。”被子显然放了太久，有一点霉味，但是赵文也不在意，直接兜头盖住，声音从里面飘出。

阎林一想，三人也确实没怎么吃饭。既然不着急，那就吃饱了再出发吧。他开口道：“干脆甭叫外卖了，那玩意儿时间没谱。我去外面麦当劳买点得了，十来分钟就回来，保证比外卖小哥快。”

说罢他拿起外衣，刚要开门，旁边王三抽说道：“我说严兄弟，你去买麦当劳，我们在这儿，孤男寡女，怕是不太好吧。”

“怎么是孤男寡女？”阎林听得一愣，别看这哥俩是小偷，还懂得瓜田李下呢，挺正人君子，“你们分明是俩男人嘛。”

“二男一女……这更不合适了吧……”王三抽说完，只听沙发上“噗嗤”一声，尚未进入梦乡的赵文都听乐了。

“那怎么着，咱仨一块去？”阎林问，王三抽连忙点头，一旁的杨八旦没说话，但已经开始穿外套了。

“文兄你好好睡吧，我们仨走了，一会买回来叫你。”阎林撂下一句话，和小偷二人组一起出门。

出了楼门，三人一起往小区门口走，迎面一个男的和他们相向而行，擦肩而过，阎林抬眼看看，等走出几步离得远了，小声问王三抽：“你看见刚才过去那男的了么，怎么长得跟余则成似的？”

“余则成是谁？”

“你当我没说吧。”

第十二章：螳螂捕蝉

“是他，是他，是他，就是他，我们的朋友——小哪吒！”

——《少年英雄小哪吒》乔羽作词

1.

田抽和颜科回到指挥部，周可还坐在角落玩手机。她抬眼看看二人，目光又回到手机屏上，开口道：“看样子任务失败了。”

田抽还在生气，他看看颜科，却发现他经过一路的沉默，此时竟有种大无畏的神情。果不其然，颜科率先开口道：“要不是他，我早就把阿杰那小子做掉了。”

田抽无可奈何地接受了颜科的结论，甚至有些认同。现在和这个私有区块链有关系的两人，一个在这儿玩手机，另一个刚被自己搅黄了大好的复仇机会，怎么看自己才是多余的。

周可放下手机站起来，走到电脑前开口道：“罢了罢了，本来我也没对你俩抱多大幻想。你们看看这个吧，刚才收到的消息。我还没细看，感觉你们应该会感兴趣。”

田抽和颜科走到电脑前面，屏幕上显示出一条来自区块链的新单子。颜科看着上面的文字，跟着念了起来：

“管理员公告：2018年2月3日，本区块链第406笔委托首次违反管理条例，管理员为保证客户及矿工的权益进行相应调查，发现在此项委托中，委托人在下单并支付费用后，于矿工按照要求提供相应服务的前提下触发违约功能，并收回相应的手续费，行为极其恶劣。考虑到此次违约事件为初次发生，结合用户切身利益，决定如下：管理员作为区块链责任人，对此笔委托的接单矿工进行赔付，赔付金额为该委托手续费的双倍，赔偿于本公告发布同时完成支付，付款单可通过本公告后附连结查询，供全体使用者监督审核。望各位参与者一如既往支持我们，营造良好的交易环境和秩序。若此类行为再次发生，管理员必将严惩不贷。”

念完公告，颜科顺手点开后面的交易链接。链接指向比特币公有区块链上的一笔交易，交易已经被见证并打包完成，永远镌刻在区块链的一环上。

“这管理员还挺有意思，明明是一帮罪犯，搞得蛮正式，还说什么环境秩序。”颜科哭笑不得地说。

他刚想继续开开玩笑活跃气氛，回头发现周可站在自己身边，一脸凝重地盯着屏幕上的委托记录。田抽已走开几步，脸朝窗外，看来两个人都没有开玩笑的心情。

周可从颜科手里抢过电脑，吓了颜科一跳。她又浏览一遍交易记录，放下电脑转身离开。田抽此时正好转过身，对周可说："所以说这件事结束了。"

"结束了？"颜科吃惊道。

"管理员的意思已经很明白。"田抽一字一顿道，"之前你盗用周可的钱包地址发起委托，后来周可发现交易记录，为了拿回自己的比特币，触发了违约机制把钱拿了回来。再后来周可被挟持，我们去救了她，管理员那边遭受损失。现在已经过去了好几天了，管理员没有进行下一步的意思。或许他们觉得不值得再次冒险，只好自掏腰包给阿杰赔偿，算是给违约这件事画上了句号。所以说，现在开始，你应该安全了，我的工作也可以告一段落了。"

田抽最后一句话是对周可说的。周可微微点了一下头。

颜科在一旁搭腔道："也有可能是管理员故弄玄虚，让你们放松警惕。"

田抽摇头道："他们之前几乎成功了，还定位到了周可。如果还想继续讨这笔钱，像从前那样做就是了，何必要搞这些弯弯绕呢？这是一个信号，既安抚阿杰，也稳定人心，同时也告诉大家，因为周可是初犯所以放过他，以后下不为例。"

"等一会儿，"颜科听完田抽的话，突然感觉要散伙的节奏，连忙打断道："你安全了，你的工作告一段落了，那我呢？不是说好要帮我找阿杰吗？"

"找到了呀，"田抽坐下点烟，"结果让你给打跑了。"

"你这……"颜科刚要发作，突然田抽手机响了，他礼貌地闭上了嘴。

田抽拿出手机，滑动屏幕接了电话，按道理该是他先喊一句“喂”，结果阉林不耐烦地抢先道：“你赶紧过来，文兄好像丢了。”

2.

光天化日朗朗乾坤，一个二十几岁的女人，身处一间安全的民宅里，短短半个多小时的时间，毫无来由凭空消失。这种情况下，发生意外的概率有多大?

田抽推导不出答案，而且知道推导也没意义，因为事情实实在在地发生了。几天前，他还对网上类似的奇葩新闻嗤之以鼻，认为一定是《走近科学》辞职再创业了。但现在他不会了，短短几天，他已见识到所谓的地下世界，与自己生活的世界间有多么近。无数不为人知的事情，在每个人周围不断发生。那些承载家庭欢乐的小小居所，稍有不慎就可以成为犯罪分子的“安全屋”，我们的生活又何来安全可言?

一路上田抽没说话，开车的颜科也默不作声。至于周可，看完那条区块链公告十分消沉。田抽从挂断电话到冲出大门，十几秒时间内她也没有任何表示。不过此时田抽也没有闲心去管周可了。

不跟着正好，本来也不是什么好鸟，旁边这个颜科，更是成事不足败事有余，竟然也有脸跟来。田抽瞥了一眼身旁颜科，要不是因为他开车，真想把丫一脚踹下去。

田抽一路上不停给阉林发微信，让他和小偷二人组尽量保持现场原样。阉林问他要不要报警，田抽心里十分窝火，没有回答阉林。其实他不知道应该怎样回答，不论警方会不会在这么短的时间内立案，会以怎样的态度来对待赵文的失踪，他的第一且唯一的选择都是报警，可他不愿意这么做。

自己闹出来的烂摊子，还亲手把赵文拉下水。他本以为赵文的行动将是无比安全的，甚至还觉得多此一举地让阉林去接应，然而最后还是出了问题。田抽不敢说自己算无遗策，但他无法轻易承认自己失败。

更何况，出事的还是赵文。

他一定要先到现场，亲自确认过，再亲自掏出手机拨通那三个数字，绝不能让阉林做这事。在亲眼确定前，他还没有输，更没有失去赵文。

感谢过年，很快他们就来到了平时堵成停车场天通苑。田抽和颜科根据阉林分享的位置，半天才找到这栋楼。（虽然之前田抽来过一次，当时就被这种新式密集小区的壮观吓到了。）杨八旦独自在楼下抽烟，见田抽和颜科来了招招手，三人一起进了楼门。

电梯口由王三抽把着，看到田抽后按下电梯开关，四人一起进了电梯。

在电梯上，王三抽说这段时间楼里来往的人不多。电梯停止，田抽第一个走出去，看到了房门口的阉林。

阉林没说话，用不安的眼神看着田抽。田抽也看看阉林，他希望自己的目光显得坚定一些。阉林开门，这次只有田抽一人走进去，阉林和小偷二人组停在门口，颜科更是被挡在门外。

田抽进门，屋内安静得令人发慌。他一步步走过门廊，左手边依次经过厨房和厕所，他斜眼看看里面，没有任何藏人的可能。接下来是客厅，茶几上放着还没被拆封的麦当劳外卖纸袋，沙发上有一团被子。

按阉林的说法，他离开之前赵文睡在这里，但是显然当前团着的被子下面不可能有人类存在。田抽离开，在两个卧室里转了一圈，确认门窗完好，没有任何缝隙，最终还是回到了客厅的沙发前。

没有鞋子，没有外套，赵文离开的还算体面。他的目光落到沙发旁的茶几上，发现了一件熟悉的东西。

田抽拿起它，把它放在掌心。

十几年前的一幕突然涌上心头，狭窄的胡同，骑车少年远去的背影，以及面前泪眼迷蒙的小女生。他把手伸向她，手掌上是一个简单的圆头绳。当年头绳是粉色的，如今则变成更简单的黑色。

我没有忘。

田抽抬起右手，把头绳套在左腕上，给予皮肤轻微的压迫感。他仔细看着头绳，又环视一遍四周，再次告诫自己，一切自责和后悔到现在都已经没有意义。他一定要找到赵文，全须全尾、安安然然的赵文。

田抽走到门口，三双眼睛注视着他。

“物业在哪儿？”

“我刚才已经去物业问过，他们一开始说没资格调监控，后来我好说歹说，终于给我看了看。”阉林说道，“文兄是被一个男人带走的，不知道他用了什么方法，总而言之，画面上看起来她还算配合。我想让他提供更多机位的画面，人家不让，说要报警让警察看。估计他也看文兄不像是被暴力劫持，不确定情况。他还一个劲儿地问我那男的是谁，好像我认识他似的。我哪认识啊，长得跟余则成似的。”

“什么余则成？”田抽开口。

“《潜伏》嘛，”王三抽进行解释，“余副站长。”

这时旁边的颜科开口道：“肯定是那个阿杰的同伙。你还说什么他是独行侠，那独行侠怎么能有人接应把他救走？他有一个同伙，就保不齐还有第二个，指不定后面多少人呢。你还琢磨自己挺聪明的，A路线B路线啥的，还让人家选。人家压根就没选，条条大路都给你封死。之前要是让我直接把丫的开了拿下，现在起码一命换一命，还有得玩。现在这怎么办？杳无音讯了，你说现在还能怎么办……”

颜科越说越带劲，却发现田抽未有理他。其他三人也是毫无反馈，声音越来越小。

“把车钥匙给我，我要去个地方，你们几个先回去吧。”田抽对阉林说。

阉林把车钥匙掏出来说道：“去哪儿啊？我跟你一块吧。”

田抽没回话，伸出左手将钥匙一把抢去，与此同时，凑过去在阉林耳边低声耳语几句，便转身离开。

阉林不知道他葫芦里卖的是什么药，只注意到他手腕上多了一条黑色手环，然后再没看清什么。

“我也有点事，”颜科犹豫了一下也开口，“先告辞了，有事随时联系。”

颜科离开后，王三抽想了想，说：“那咱三个要不然……先吃口麦当劳？一会儿就该凉了。”

3.

“旭东大酒店。”

站在这栋建筑物前，颜科不禁跟随着大堂前的招牌念了一遍。

颜科从裤兜里掏出打火机，田抽接到阉林电话着急忙慌跑出去时，他从茶几上把它拿走了。要不是因为这个，他可能一辈子也不会知道，在北京某个角落，还存在一个叫“旭东大酒店”的建筑。

北京是一座如此之大的城市，大到很多人从家到工作的地点需要跨越数十公里，这在其他省份，相当于两个地级市间的距离。而在北京，这样的长度连郊区都到不了。北京大到没有导航几乎寸步难行，大到谁也认不清这里究竟是他乡还是故乡，大到淹没所有人、事、物的存在。

北京不会关心一个酒店的前世今生，更不会关心一个人的生死存亡。

颜科觉得自己想多了，他迈步走进酒店的大门。虽说是“大”酒店，可惜并没有什么可以印证这一点，在颜科看来，这也不过只比快捷酒店稍微好上那么一点。他径直走到大堂柜台，发现柜台背面煞有介事地挂了五个时钟，分别表示北京、东京、莫斯科、巴黎以及纽约时间，不过可惜这辈子应该都不会有人在这里产生知晓世界时钟的需要。颜科注意到，五个时钟连分针指向都不一样，如此公然挑战现代科学，大概是因为酒店考虑到它们没什么实用意义，也就放心地怠慢了。

“您好。”

还不错，起码还主动打招呼。

“你好，”颜科说道，“是这样，我是开出租的。今天我拉了一客人，他有个行李落在我后备箱没拿，到了地方他一溜烟就跑了。我也是收车回家才想起来。我本来想等他联系我，后来一想他没要发票，怕他不知道怎么找到我。最后我没办法，只好把他行李打开看看……”

“先生您想说什么？”

颜科意识到自己一路上给自己的事件经过和前因后果编造得过于充分，以至于对方还什么都没问，他就顺畅地从头到尾说了出来，显得非常突兀。于是他连忙改口道：“哦，我在他包里发现了这个，估计他可能住过你们酒店，就过来问问。”说罢，颜科把打火机递了过去，心中暗暗长出一口气。

“打火机确实是我们酒店的，”对方看了看，回答道，“不过不是送给客房的，这是酒店里养生会所的会员礼品。”

“养生会所？”颜科不由自主想到了一些特别的事情。

“就是SPA和按摩什么的，”前台注意到了颜科的语气，咳嗽了一声，“很正规的。”

“我信我信。”颜科讪笑两声，继续问道：“那么，您能查到这个打火机属于你们会所的哪位会员吗？我注意到打火机内胆里有一个数字，是不是唯一的？”

“您观察还挺仔细啊。”前台姑娘眼睛从打火机身上移开，看了颜科一眼。

他突然紧张起来，一个出租车司机有必要把一个打火机检查得这么仔细？好在姑娘很快就把目光移开，颜科提醒自己言多必失，不要再找那些无谓的托词了。

“这个我不确定，”前台最后说，“可能得找我们会所的客服人员查一下。要不这样，客人的东西放您那里也不合适，放我们这儿我们也担待不起。不如我现在报警，让民警过来处理，这样后面的事您就可以不用管了。”

“啊，这个主意挺好的。”（别报警啊！）“要是找不到失主，我也只能报警了，老放我这儿也确实不是个事。”颜科想着怎么发起这个转折，“不过……”（不过什么呢？）“不过民警同志也怪辛苦的，这点小事尽量别麻烦人家。”

颜科不敢看对方的眼睛，但他逼着自己不能退却，一定要正视这个姑娘。毕竟她看起来，不是很聪明的那种。

“要不这样吧，麻烦您现在联系一下客服的同事查查，要是能联系就联系一下看看，再没进展的话，咱就联系警察吧。怎么样？”

“那也行吧，”姑娘痛快地答应，“那您是在这等一会儿还是……”

“我跟您一块儿去吧，事说的清楚。”颜科内心锣鼓喧天鞭炮齐鸣，感觉这个前台姑娘简直不能再称心如意。

“对了，行李呢？”前台姑娘刚走出柜台，突然回头问颜科。

这姑娘不禁夸啊，颜科笑笑，说：“稍等我去拿。”

很快，颜科从车里把准备好的一个单肩运动包带到酒店前台。小姑娘二话没说，带着他往后面走。酒店门脸看着不大气，没想到里面却别有洞天，绕过一层的大堂和餐厅，再往里走就到了会所的区域。

颜科边走边看，感叹确实是正规的。

“张姐，这儿有个出租司机师傅，可能有咱们会所会员的东西落他车上了。这里有他的打火机，您查查看是哪位会员。”

前台小姑娘带颜科到了会所办公室，跟里面的一位女同事交代了一下便离开了。

张姐挺热情，接过打火机端详了一阵，又在电脑上打开一个EXCEL表格看了一会儿，说道：“打火机我们发给会员时也不是对号入座的，里面这个钢印是出厂的时自带的，从数字大概只能判断出发出的批次。我这边能根据开卡日期判断一个范围，您那儿有没有具体一点的线索？您是个出租司机，肯定特爱跟客人聊天，聊没聊出来他姓甚名谁，老家在哪儿？”

颜科思考片刻，阿杰这人，肯定不姓杰，也不一定叫杰，贸然出口反而会弄巧成拙。最终他答道：“不好意思，我不是你想的那种出租车司机。我只知道乘客大概二三十岁，不是本地口音，正常身量一个小伙子，别的真不知道了。”

说完他突然想起一点，又补充道：“但我知道他长什么样，您这儿有没有照片？我可以指认一下。”

“您这话说的，我们办的是会员卡，又不是身份证，还留什么照片啊。”张姐掐断颜科的思路，想了想又说：“这样吧，我用排除法，在这段时间办卡的会员里找找看符合你描述的，不行就一个个打电话问呗。”

“那麻烦您了。”颜科不再发表意见，坐在旁边盯着张姐操作。张姐很快播了第一个电话，颜科满怀希望，没想到张姐挂电话的速度更快。她摇摇头，表示不是这个人。

第二个、第三个电话依次打过去，不出预料，没有能对上号的。

颜科还是很期待，不过张姐显然已经没了信心。她问颜科：“我感觉咱这么做有点不靠谱啊，毕竟一个小小的打火机，送人了，被别人捡走了，这都有可能。闹不好今天我把这一张表都打完，也不一定会找到那位乘客，您看要不然……”

“再打俩，再打俩，”颜科劝说她，“反正您这会儿也不忙。”

张姐白了颜科一眼，拨通了下一个电话。

“徐先生您好，我是旭东大酒店养生会所客服。今天我们这来了个出租司机师傅，说可能有咱们会所会员的行李落在他车上了，还捡到了咱们派发的纪念打火机……怎么着？”张姐突然挺直身板，看着颜科，“是您丢的？”

颜科也是一愣，这时候他才意识到自己入戏太深，真把自己当成捡到乘客失物的司机了，其实压根就没有这档子事。他忙凑上去说：“您好好问问他，真的是刚丢东西吗？”

“再确认一下，您丢的……”张姐问到一半，把听筒移移位置，问颜科：“什么样的包裹，落在哪？”

颜科关键时刻不手软，背好的词都没忘：“大运动背包，后备箱里。”

张姐转述了颜科的话，嗯啊两句，又问：“您是哪家出租公司的？”

呀！这个没准备啊！颜科一愣，但很快用过硬的心理素质化解了难题：“我是，北汽的北汽的！对对对就是北汽的！”

“北汽的！”张姐把颜科的激动神色模仿得惟妙惟肖，听了对方的回复后，她马上对颜科说：“他说没错！”

没错……没错就错大了啊。

颜科张口道：“要不您把电话给我，我听听声音对不对。”

张姐听话地把听筒递给颜科，他想好措辞，接过来问道：“先生您再好好想想，您刚才打车是从哪儿到哪儿啊，您要没要发票啊，您再跟发票核对一下，别是看错……”

颜科话没说完，对面传来冷静的回答声，听起来一点都不像丢东西的。

“你不就是想找我吗？”

颜科心里一凉，半截话在嘴边说不下去了。对面的张姐不知道发生了什么，盯着颜科干瞪眼。

“来找我吧，我等你。”对方说。

4.

田抽进门的刹那，王三抽从他脸上看到一丝转瞬即逝的惊讶，不知道这表情从何而来。他转脸看看身边的杨八旦和周可，觉得三人没什么特别之处。

“这半天折腾什么去了？”周可问，“怎么就你自己回来？严林和颜科呢？”

“颜科不见了？”田抽反问。

“看来你知道严林的去向啊。”周可用抓到把柄一般，用玩味的语气回答。

“别扯没用的，”王三抽插话道：“现在咱们该怎么办，我们连赵文到底被谁带走了都不知道。”

田抽缓缓开口："我知道是谁。"

周可问："是谁？"

田抽盯着周可，又反问道："你觉得是谁？"

周可看着田抽，王三抽和杨八旦挡在二人身体间，却如同不存在一般。

周可回答："是管理员吧。"

"管理员？"

田抽愣了一下，缓缓点点头，像是回答王三抽的疑问一般说道："没错，这几天忙来忙去，忽视了这个最大的麻烦。我早该想到，从第一次绑架周可失败开始，管理员不可能轻易收手。其实管理员知道咱们现在的容身之所，所以才能轻而易举地掌握我们的行踪。"

他转头面向王三抽和杨八旦，说道："你们还记得我们第一次去肖爷的酒吧，他让你俩小心点，说有人在打听你们。"王三抽配合地点点头，"一开始我以为是因为颜科的委托，现在想想，在北京西站的时候，管理员的人可能就在我们周围。他们早就把你俩划为重点监控对象，所以颜科发布委托后，区块链上很快就有矿工就向他提供你们的住处。"

"这么说来，咱这几天折腾来折腾去，管理员早就看在眼里了，咱们还浑然不觉，这可是丢大人了。"

王三抽说完，周可冷笑一声："现在不是丢人的问题，是人丢的问题。"

"赵文的事我们也有责任，"很少讲话的杨八旦突然开口，"毕竟三个大老爷们都没守住，让别人在自己家里把她掳走，戒备心还是太低。田兄弟你别太着急，我们兄弟俩在道上还算有点路子，说什么也帮你把她找回来。”

“不怪你们。”田抽说。

“对，怪麦当劳。”王三抽补充。

田抽竟然被逗笑了，说道：“赵文的事，责任完全在我，是我把她拉下水的。也是我过于大意，才导致现在这样。”

周可也笑了：“现在展开批评与自我批评是不是有点太早？你到现在都不说报警，时间就这么耽误了，你到底有没有办法救赵文？”

这时田抽手机响了，他拿出来看了一眼，收起手机抬头看赵文：“一开始我没办法，现在似乎有办法了。”

“为什么？”

“因为你还在。”

“关我什么事？”

“你为什么没走呢？”

田抽突然问了个不相干的问题，周可一时没反应过来。过了一会儿，她才用轻松的语气回答说：“我不想走不成么。”

“成，简直太成了。”田抽回答，“可我想不明白，要不你自己说吧，我现在应该拿你怎么办？”

周可噘噘嘴：“你什么意思？”

“你不就是管理员么？”

第十三章：误入歧途

海内存知己，天涯若比邻。

无为在歧路，儿女共沾巾。

——王勃　《送杜少府之任蜀州》

1.

颜科出乎意料地平静，大脑一片空白。在前往约定地点的路上，他听着广播里的相声，眼睛正视前方道路，仿佛这是一次普通出行。甚至有一小段路他走神了，脑子里不知道在想什么，等回过味来，发现自己从京通快速路来到了东五环。在过去，这种情况屡见不鲜，因为缺少有效睡眠，潜意识接管身体，保证他的人身安全。

自从辞职后，颜科再没有体会过这种感觉。这种身体机制是好还是坏，颜科也说不清楚。

导航显示，从前方出五环，上机场第二高速，就是目的地了。颜科坐直身子，关闭空调暖风。停车前十分钟关闭空调保护汽车，是他这些年来的习惯。

“短波通信局。”

颜科盯着手机屏幕念叨了一句，哈，又一个没听过的单位。短波通信局、旭东大酒店，北京还有多少不知名的地方等待着人们去认识。

他不知道对方为什么要选择这样一个坐标来和他见面，他在这儿上班？可一个小偷怎么会有正式工作，难道人家也是“出于兴趣使然”？他有可能住在这附近？这个听起来有些道理。还是说，这是他和他的同伙设计好的圈套？出发前，他在车里考虑过这种情况，最终的结果是：第一，无论实际情况如何，他也要赴这趟约；第二，他用脑过度所以导致开车走神了。

离开旭东大酒店时，客服刘姐还劝他没有必要主动送过去，人家万一不给你车钱呢？本来也不是自己的错，可别吃亏了。

“没事，吃亏是福嘛。”

“哎哟，您可真是个好的哥。”

好吧，阿杰兄弟稍等片刻，你的“好的哥”给你送行李来了。

开出五环匝道，天色已晚，附近的车不多，颜科盯着导航转动方向盘，以免走错岔路。很快，颜科明白阿杰为什么叫他来这里。出主路后向前不到一公里，前方出现一个红绿灯。他按照导航的指挥左转，眼前出现一条小路。根据导航记载，这是“石各村路”。路如其名，道路不但狭窄，更要命的是连路灯都没有。

导航中的电子女声还在敬业地提醒他：“前方，请在道路尽头右转。”颜科觉得现在已经不是走错路的问题，他觉得自己很有可能一头栽进路旁林子里。

很快，颜科来到短波通信局院门口，没想到在荒郊野外，还有这样世外桃源般的单位，这个单位说不好很神秘，同时他脑海中开始闪现谍战剧中地下党员发电报的画面，耳边也传来“嘟嘟嘟”的发报声。

很快，颜科意识到这不是展开想象的好时机，这或许是因为院门口的亮光，以及传达室内保安隐约的身形让他产生了一些安全感，说明这里起码还有人。

他把车停在院门前拐角处，关闭导航拔出电话。

“喂，我到短波通信局门口了，现在怎么样，我要进去么？”

“进去？人家也得让啊。”对方不屑道，“右手边有条小路，你能看到吧？拐弯沿这条路继续往里开，开到头就是。对了，提醒你开慢一点，小心别掉沟里。”

颜科向右看看，右手边小路漆黑无比，不知道通向何方。他打开地图看了看，发现是一条死路。

所谓车到山前必有路，颜科摘下手刹，转动方向盘向右边开去，即使是慢慢开，很快也走到了尽头。

前方是铁丝网围栏，通过车头灯映照，他看见围栏后面是一望无尽的树林。恐惧感终于袭来，他意识到自己把空调关得太早，冷风顺着车子缝隙四面八方灌进来，从指尖开始一点点向内侵入。他不敢熄火，更不敢下车，只有攥着方向盘，紧盯前方。

突然，右侧副驾驶玻璃传来两声敲打，颜科吓得叫出声。他下意识把身体向左靠过去。“嘭嘭”又是两声，颜科这才意识到有人在敲车玻璃。外面一片漆黑，他连对方身形都看不到，不知道该如何处理。

敲打声再次响起，这次伴随着说话声：“开门啊，你打算冻死我呀！”大概是人道主义精神被打动，颜科下意识按下中控台的开锁按钮，伴随“咔哒”一声，颜科最后一道防线垮掉了。

对方打开车门钻进来，劈头就问：“你怎么不开空调啊？”

“不好意思。”颜科下意识听话地重新打开空调。

对方头戴毛线帽子，挂着黑色运动脖套，只露出两只眼睛。颜科看看他，认定这不是预想中的那个人。

“咦，怎么是你？”看来颜科也不是对方预想中的人，不过听口气他应该认识颜科。

“应该是谁？”颜科问。

“算了算了，无所谓。”对方语气轻松，并把脖套拉了下来。他回头看看后排座位，问道：“你自己来的？”

颜科点点头。

“不错呀，艺高人胆大。”对方拍拍颜科肩膀，语气好似朋友聊天般熟络，然后从兜里掏出一捆绳子，“既然如此，咱们就开始吧。”

开始什么？颜科一脸茫然地看着他。对方看他不动，催促道：“别墨迹了，这大冷天的，转过身去，手背后！趁我还没给冻僵，赶紧给你捆上。”

颜科意外地笑了，一个陌生人，丝毫不客气地上车，寒暄几句后就要捆自己，他哪里来的自信认为自己不会反抗？不过很快，他知道了勇气的来源，另一侧车窗外也传来敲击声。紧接着，一道强光从后视镜反射到颜科眼里，他扭头朝后一看，一辆汽车开着远光灯出现在他后方，把退路完全堵住。

颜科乖乖转过身，把手放在背后。对方手法非常娴熟，很快他双臂就动弹不得了。颜科试图表现得淡然一些，说道："让你后面的哥们儿把远光关了，太晃眼了，我还能跑吗？"

"没事没事，马上你就不用怕远光了。"

颜科正要在问，忽觉眼前一黑，呼吸也变得困难。原来后面人把帽子摘下来套在他头上，自己什么都看不见了。

2.

"你这个人真有意思，"周可跷起二郎腿，"凭什么就认为我是管理员？"

田抽看着周可，说道："你这就算是默认了？"

周可笑笑，问身旁的王三抽和杨八旦："你们也觉得我是管理员？"

王三抽先是摇头，又看看田抽和杨八旦，继续摇头。杨八旦则一如既往地沉默。

"你好歹也要把这二位说服吧。"周可看着田抽。

"好，既然你如此淡定，我就讲一讲，看你有什么可说的。"

田抽掏出一根烟，却左右翻不出打火机，王三抽见状从兜里掏出自己的给他。田抽点燃香烟，开口道："关于你的身份，从头至尾破绽很多，我早该想到的，只是经验不足，再加上先入为主的印象，所以才被忽略。

"第一个破绽，就是你被绑架的事。按理讲，如果你是一个单纯的受害人，在警方将犯罪者绳之以法之后，一定会查到私有区块链的事，否则人家连作案动机都没有，警方怎么可能相信？就算你对对方的来意毫不知情，总不可能人家绑架你，一上午的时间什么都不透露吧？从常理讲，他找到你，是想要回那笔你违约的比特币，你又为什么不对警方讲出实情？”

“你又怎么知道我没对警方讲？难道公安局里还有你的朋友？”

“你开玩笑吧，”田抽吸了一口烟，“如果警方知道这个区块链存在，怎么可能让它还活得好好的，没有一丝风吹草动？退一万步说，就算警方还没开始行动，明知自己同伙已经落入警方手中，管理员还敢放心大胆接着干？”

周可被田抽问得无言以对，做个手势，让他继续。

“综上所述，只能做出一个推断，你和绑匪绝对是串通好的。即使不是一丘之貉，起码在录口供前，你们一定达成某种一致，才能顺利说服警方，让他们认为这是一起普通绑架案，和区块链毫无关系。再加上我的出现可以说是横生枝节，你们提前串供的可能性微乎其微，结论就显而易见，你们是合起伙来演戏的。”

“那我们合起伙来演戏又为了什么？”周可问。

“问得好，”周可的疑问正中田抽下怀，他掐掉香烟，继续说道：“这就牵扯出了你的第二个破绽。”

说到这里，田抽刻意停顿片刻，似乎在等周可接话，谁知周可不说话，让他有点难堪。好在王三抽及时解围，他东看看西看看，察觉到气氛有些尴尬，开口问道：“什么破绽？”

“第二个破绽，当时颜科在给我们讲述事情的前因后果时，就已经露出端倪。当时我把注意力集中在颜科的动机上，忽略了这个问题。”田抽暗暗向王三抽比了个大拇哥，继续说道：“一开始，我们都以为颜科发现你在玩比特币，并且利用了小区宽带局域网内的防火墙漏洞黑进了你的主机，还窃取了你的钱包地址，用你的名义发起委托，以上者一切都是巧合，但可惜有一个细节把它从巧合变为了预谋。”

田抽停顿片刻，不过这次没等三个人中任何一个开口，他马上继续说道：“什么细节呢？就是颜科说，你是在他之后搬进那栋楼的。”

“那又怎么了？”周可问，“还不许人家租房子？”

“当然，也不能排除这是另一个巧合，”田抽又掏出一根烟点燃，“但事情发展总要有个逻辑，如果你先于颜科住进他隔壁，那后面发生的一切事情我都可以相信是绝对的巧合。但现在不同了，颜科先入住502，你再搬进501，那么就产生一个新的推测：你，不知道出于何种目的，接近颜科，并对他盗用你钱包地址完全知情，将计就计，自导自演后面发生的一切。当这个推测成立后，我们所认知的一切巧合，就都有了合理的解释。你说我应该将一个概率极低的巧合当作真相，还是应该基于合理推测，相信这是一个概率很高的阴谋？”

“按你所说，我自导自演一出大戏，可有两个问题你还没解释，第一：我为什么要接近颜科？我们根本就是八竿子打不着的陌生人。第二：我又为什么要把你拉进来？从现在的情况看，我完全是搬起石头砸自己的脚。”

“很对，”田抽回答，“你思路这么清晰，怎么让人相信你不是管理员？”

“别扯没用的，回答我这两个问题。”

田抽想想，开口道：“第一个问题我没有答案，我又不是你，不知道你怎么想。但可以知道的是，如果你确实是管理员，对颜科女儿被害一案，你极有可能知情，你们绝不是八竿子打不着的两人。第二个问题，其实也很好解释。你为了增强这出戏的真实性，选择找到我，一个在大街上贴侦探社小广告、看起来不靠谱的人作为旁证。不过可惜的是，你没有想到我不但破了绑架案，让你的同伙遭到牢狱之灾，还在这条路上越走越远，让事情一发不可收拾。”

“挺好，还算像点样子。”周可点点头，把腿放下来，继续说道：“但还有一个关键问题，你刚才所说的一切，都是推测而已，没有证据，你拿什么来说服抽哥和旦哥？”

周可说完看向小偷二人组，王三抽本来坐着看戏，突然被点名，慌乱之中点点头。

“证据在哪里，你心里没数么？”田抽反问周可，缭绕的烟雾横亘在他们两个人之间，让彼此不太容易接触对方视线。

“你以为刚才出门的时候，我光想着赵文的安危，没有注意到你的异常？”

“哇哦。”周可发出了一声赞叹。

“对的，如你所想，我当然知道严林的去向。我让他回家追踪管理员发布的那条对阿杰的赔偿交易，刚才我收到他给我的回复，你应该知道他是怎么说的。”田抽拿起手机，朝着周可摇摇屏幕。

周可开口道：“我大概知道。”

“我不知道啊！他说啥了？”王三抽着急地问。

“那笔交易，管理员用的钱包地址，”周可替田抽答道，“是我的。”

王三抽点点头，虽然他并没有完全搞懂这一切，还是下意识挪动屁股，坐得离周可远了一点。

田抽开口道：“现在证据有了，你还有什么可说的？”

“没有了。”周可坦然答道，随后猛地站起身，以至旁边的王三抽以为她要行凶，吓得缩成一团。结果她只是从茶几上拿起田抽的烟，抽出一支点上，又重新坐下。

“我有一个问题。”田抽说。

“你问。”

“你还在这儿干什么？”

“什么干什么？”周可反问。

“我不知道你们组织内部发生了什么事，为什么会在这时留一个大口实给我。但是不管怎么说，你已经暴露了，为什么不在我们都离开的这段时间走掉，反而冒险等我们回来，你到底想干什么？”

周可没有马上回答，她一口一口地抽着烟，小心地把烟灰小心弹到烟灰缸里。香烟燃尽，她掐灭烟蒂，开口道：“因为我决定帮你。”

“帮我什么？”

“帮你把赵文换回来。”

3.

毛线帽子从颜科头上摘下来，他愣了很久，问道：“这么长时间，我好像没动？”

“对，没动，”那人指指颜科眼前的方向盘和中控台，“我只把空调打开了，别的没动。你车里的东西我什么也没拿，手抠的三十几块钱我一分都没动，你可以检查检查……哦，你手不方便，要不我打开帮你数一遍？”

颜科摇摇头，有一种被耍的感觉。他本以为对方把他五花大绑蒙上眼睛以后，带到一个秘密地方。谁知道左等右等，直到帽子被摘掉，他连坐姿都没变过。那这瞎折腾什么呢？空调让他燥热无比，只想喝水，不想和这个话痨男子做过多的争执。就在这时，一个声音从后座传了过来。

“颜科，对吧？”

颜科吓了一跳，想通过后视镜看一下，却发现后视镜被掰到一边，他恰好与副驾驶上的哥们视线交错，对方回以一个灿烂的微笑。

（不是说什么都没动么？）

“别慌张，我要是想弄你，你现在已经父女重聚了。”

他知道自己女儿的事。心底的伤疤被揭开，颜科的窒息感更强烈了。他咬牙问道：“你到底是什么人，和阿杰是什么关系？”

“这个……”对方似乎有些为难，“一两句话解释不清楚。其实我们和阿杰一点关系都没有，也没想到来的会是你，这大概是个美丽的错误。”

对方在打马虎眼，不过颜科隐约摸到头绪，把话挑明问道：“你们是区块链管理员，是吧？你们想找的其实是田秦。”

“没错没错，你脑子挺快呀，”对方笑道，“这也是一步险棋，我们得知了你们安全屋的位置，趁你们不在的时候放了那个打火机，想借阿杰的名号来个姜太公钓鱼，把人引到这个荒郊野外。本来我没抱什么希望，谁曾想电话还真来了，更没想到竟然是你找来的。印象里你不是个细心的人啊，姓田的没发现，反倒被你发现了。”

（不，还是他发现的。）颜科并没有说出来，问道：“那现在你打算怎么办，我不是你要的人。”

“不不不，”对方答道，“我刚才想明白了，我要的人不是田秦，恰恰就是你。”

颜科听到后面传来窸窸窣窣的声音，感觉有人逼近他，说话声也更近了。

“其实你和田秦不是一路人，你们的目标完全不一样。他吃饱了撑的没事干，想和我们作对，而你并不是。你只想找到阿杰，给女儿报仇，对不对？”他没等颜科答复，继续说道：“其实你本就不应该和他一伙。他耽误了你太多时间，要不是他，你现在已经解决掉阿杰了，对不对？”

颜科点点头，回想起那一块板砖。只差几厘米，他就可以实现愿望。

“你看，现在的情况是，他非但没帮你搞定阿杰，反而还给你添乱。而你呢，正一步步帮他威胁我们。你说你好好的，为什么非要跟我们过去不去？”

“但是阿杰毕竟是在你的区块链上……”

颜科想反驳，说到一半被对方打断：“我的区块链，请问你在区块链的哪里看到我声明所有委托都是为犯罪分子提供服务的？平台在这儿摆着，大家用它来做什么，是我可以约束的吗？当然，你可以不认同我的说法，但真正该被谴责的该是我们吗？真正的犯罪分子还逍遥法外呢！”

颜科不知该如何辩驳，只好沉默。

“另外，和田秦一起跟我们作对，你会有好果子吃吗？就凭你们这几个草包，这不是以卵击石吗？你们知道我有多少人？要不是看你们实在无聊，心一软想陪你们玩玩，你觉得我会容忍你们折腾这么长时间？

“兄弟，我劝你把事情想明白。伟大的哲学家黑格尔说过，存在即是合理的。我这个私有区块链之所以存在，运营多年而不倒，客人和矿工越来越多，绝不是偶然现象。这说明大家需要这个平台。有了它，很多愿望都有了实现的机会。所谓‘一桥飞架南北，天堑变通途’，这就是市场和需求，而一切违背市场规律的行为，都将被时间证明是失败且愚蠢的，就比如田秦的行为。而你跟他一起，更不会有任何好处。所以我劝你，老老实实选择正确的道路。”

“正确的道路是？”颜科问。

对方又笑了，拍拍颜科的肩膀，开口道：“你想，阿杰是区块链上的矿工，我是区块链上的管理员，田秦则是一个局外人。你觉得我和他之间，谁有更大的把握找到阿杰，然后把他交给你处置？”

颜科愣住了，他挣扎着回过头来，目光与后座上的人相遇。他没想到，对方看起来竟如此年轻，和自己年纪不相上下。

“愿意合作吗？”对方看着颜科问道，“对了，还没自我介绍，我在江湖上人称大立，你这么叫就可以了。”

大立说完，示意副驾驶上那人帮颜科解开绳索，然后伸出右手，等待颜科回应。

颜科揉着手腕说道：“合作？可我又能帮到你什么？”

“比你想象的稍微多一点吧。”大立回答。

颜科把后视镜掰过来，关掉空调打开车窗，空气顿时清新多了。

他长出一口气，通过后视镜对大立说：“想要我答应你，你要先帮我找到阿杰。”

第十四章：娓娓道来

“那好，我说说你听听，在想当初——”

“哦这还是过去的事。”

——相声《八扇屏》台词

1.

“你这么大义凛然地要用自己换赵文，倒是让人有些感动，但现在的问题是……我凭什么相信你？”

听了周可的话，田抽感觉多少有些困惑。

“你相信我能怎样？不相信又能怎样，你有得选？”周可反问。

田抽耸耸肩，“我怎么选是我的事。”

周可一脸无奈，说道：“那你说，我要怎么做，你才能相信我？”

“从你到底是谁说起吧。”周可话音刚落，田抽开口道，显然他早有准备，“一个管理员能为了掩护你担下绑架的罪名，而你又口口声声说能用自己换回赵文。显然你在管理员队伍里地位不低，你到底是什么身份？”

“哎呀，怎么一上来就问这么敏感的问题……”周可突然之间变得很娇羞，王三抽在一旁吓得一激灵，“说来惭愧，这个区块链的创始人，是我男朋友。”

“哇哦。”王三抽拙劣地模仿了一句。

“万万没想到，竟然是爱情的力量。”田抽摇摇头。

周可听了，笑道：“你不也一样么？”

“这哪里一样。”田抽一副促狭的表情，令人忍俊不禁。他把话题岔开：“那现在是否可以告诉我们，你男朋友派你来我们身边，目的是什么？”

“你又猜错了，”周可摇摇头，“我不是他派来的。我不听任何人的命令，一开始就是如此。”

“还是个女权主义者呀！”田抽赞叹道，“所以我们的行踪不是你透露给他的？”

“绝对不是，”周可斩钉截铁，“他知道我什么都不会跟他讲，但我想自从你报警后，他就一直派人盯着你们了。”

“他是个什么样的人？会想到搞这种奇怪的营生。”田抽对周可男友的动机产生了好奇。

周可沉吟许久，回答道：“一两句也说不清楚，总之他不是你想象的那种犯罪魔头，反而是一个非常谨慎的人，很少会触犯法律的底线。起码从我认识他开始，他一没杀过人，二没放过火。如果真要说他和普通人有什么不同，可能是他的骨子里有些反社会倾向吧。他看不惯社会上的种种不平等，认为人类现有的各种组织形态，都是对资源的浪费和对人类本性的抹杀，他相信人类作为一个群体的原始力量。其实他创造这个区块链本意也很模糊，但事情就这么一步步朝现在这个方向发展。他喜欢这种感觉，舞台搭好，然后静静摆在那里，坐在角落看人们上台唱戏。他说过一句话，‘如果上帝创造人类后，还需要人类依靠少数人的意志来约束他们自己，那这样的上帝也没什么值得信仰的。’这话不知道他从哪抄来的，我打包票肯定不是他自己想出来的。”

田抽回味着她的描述，不知该做何评论。最后，他决定不再追问这些事。

“咱们还是讲讲颜科的事儿吧。”田抽说。

周可目光依次和田抽、王三抽以及杨八旦接触，似乎在判断是否该对这三个人交底。王三抽见状，站起身来问他俩要不要先回避一下，还把杨八旦也拉了起来。田抽拽了一下王三抽，示意他们不用动，并直直地望着周可，有一丝挑衅的意味。

周可笑了，开口道：“好好好，大家都坐下。要不你给颜科和严林都打个电话，让他俩回来，等人齐了我再讲？”

“不用了，我口头向他俩传达就行。”田抽说道。

周可清清嗓子，娓娓道来：“你的推测大体上没错，我确实有意接近颜科。关于这件事，本来只是无心之举。你知不知道，这条私有区块链至今已经有四百多条记录了。”

“414笔，截止到我们参与进来为止。”

“记性真好，”周可说道，“关于区块链上的这些委托，我本来是从不过问的。直到有一天，我和他一块看电视，法制节目讲了颜科女儿被害的案子。当时我男朋友告诉我，这票绑架案他知道，是从我们区块上找到的安全屋。我很好奇，就去区块链上查了一下。你要知道，私有区块链管理员权限是很大的，我能查到的线索比你们普通用户多一些，所以我发现了一些很特别的事。”

田抽和小偷二人组都露出好奇的神情，示意她继续说下去。

“其实这个案子不是一起简单的绑架杀人案，背后牵扯到很多事。阿杰接了绑架犯的单子，为他提供了囚禁人质的安全屋。而绑架犯则是接受了另一笔委托，专门为上家物色合适的女童。当然，这里面还关联到其他的委托，参与到其中的不止阿杰一个人。如果颜科打算一一报仇的话，就要杀人杀到手软了。”

“所以绑架犯指引颜科去找这条私有区块链，目的不是阿杰，而是幕后的上家，可他为什么不和颜科挑明？”

“这是行规，”周可答道，“愿赌服输，被抓认栽。那个绑架颜科女儿的人，或许并不是杀害她的凶手，甚至有可能根本不是绑架她的人。但既然一切证据都指向他，如果他否认自己的罪行，反咬出更多的人，那么他的安全不但得不到保证，可能还会牵连他的家人。他知道自己背后是一股怎样的势力，只能认了，这就是业内规矩。”

听到这里，田抽看看小偷二人组，二人点头表示认同。

“好吧，所以他们到底为什么绑架颜科的女儿？”

周可露出不安的表情，没有立即回答田抽的问题，半晌才开口道：“不是什么好开口的事，确定你想听吗？”

“你这个问题问的……”田抽略显不耐烦，“都说到这个份上了，你还卖什么关子？”

“好吧。”周可调整一下坐姿，让自己看起来正式一些，“先跟你们说清楚，以下我讲的一切，都是道听途说来的，是我事后各方了解收集到的消息，完全没有任何真凭实据。跟现实有偏差的话，我不负责任的。”

“你赶紧的吧。”这次没等田抽催促，王三抽率先发话。

“据我了解，”周可一字一顿，“这件事幕后牵扯到一个为有需要的人物色以及拐卖女童的中间人，颜科女儿的案子，就是在为一个大人物物色对象。可惜在尚未交货的时候，那个大官就因为贪污腐败被调查了，委托最后没完成。颜科女儿的死，我认为可能是为了消除后患而采取的行动。毕竟社会舆论对于一个单纯的贪污犯，和一个绑架女童的贪污犯，看法绝对不会一样，为了保命，不能再横生枝节。”

“司徒局长……”田抽喃喃自语。

“咦？你怎么知道的？这可是你自己瞎猜的，我什么都没说。”周可连忙摆手。

“我不明白，”田抽没理会周可的辩白，“他们要女童干什么？”

“哎呀田老弟，你怎么什么都不知道呢！”王三抽插话道，“现在喜欢这一路的人可不少，前些日子还有个大企业家，那个叫什么‘微景’公司的老板，因为杀人被抓起来那个，不是还爆出类似的事来了？现在的人乱七八糟，只有你想不到，没有他做不到的。”

田抽摇摇头，没有说话。

“其实在这个看似阳光明媚的世上有太多难以言说事情，存在于光线照射不到的阴影里，一些骇人的犯罪是你我无法想象的。其实这件事我倒并不惊讶，只是希希这个孩子太可怜，她本来不用死的。”

周可感慨道。

“确实不会死，”田抽冷冷地说，“只不过她被一个有权有势、肆意践踏别人人格的人捏在手里，成为他的玩物，并且一辈子都会活在那些不堪回首往事的阴影之下。不知道如果让她选择，她是愿意接受这样的命运呢，还是干脆死掉比较好。”

周可没回答田抽的问题，清清嗓子，用尽量明快的口气说道：“这个事，也是颜科不在我才敢说，要是让他知道了，不知道还会做出什么出格的事来。你们不知道，这几天给我憋得这个难受啊。每天看他那个样子，觉得他应该知道事情的真相，但又觉得过于残忍，给我煎熬得不行。现在跟你们说了，也算是把心里这口气喘出来，这下舒服多了。”

说到这里，周可长出一口气，继续道：“事情反正你们都知道了，如果愿意告诉颜科我也不拦着。但你们要是敢把我供出来，我代表管理员表示，绝对不会放过你们。”

说罢她朝三人挥挥拳头。

“现在也未见放得过我们。”田抽揶揄一句，又说道：“那中间人又是谁？”

“不清楚，”周可摇摇头，“我从区块链历史链条上查到中间人的几次活动，都是这两年的事。他隐藏得很深，司徒局长出事以后更是销声匿迹。我无法判断他的身份，可从他的活动规律来看，一定是一个高明的老手。”

“继续说正事吧，后来呢？你因为知道颜科的悲惨遭遇，就刻意接近他，看看自己有多优越？”田抽沉吟了片刻，决定不再细说那些可怕的地下交易。

周可沉吟数秒，答道："我也不清楚，自己为什么会对这案子产生好奇。可能是因为去年我们谈到结婚的事吧？女人年纪大了以后，多少都会对家庭子女一类的事情产生移情心理。得知颜科的遭遇后，我突然很同情他。即使在这条区块链上，我见证了太多生命不能承受之重，可我唯独对他产生了一丝愧疚。所以我查到他，租下他隔壁的房子，想近距离看看他变成了一个什么样的人，又在怎样地生活。不过后面的事我万万没想到，谁曾想这人看起来普普通通的，竟然还是个当黑客的料，不知怎的就把我的矿机给黑了，还盗用了我的钱包用来委托，简直是太鸡贼了。我本来是瞒着男朋友出来的，结果被他这么一搞，自投罗网了。他很快就找到我，并且找了个我们的人来劝我回来。后来的事你都参与了，就不用我多说了吧？其实原本就没什么绑架案，我是突发奇想，让那个小伙子陪我演一出戏，想惊动一下颜科，让他为自己的行为感到愧疚，逗他玩玩。没想到颜科还没回来，我们被对面表演跳楼的抽哥看到了，还导致你最终报警。你知不知道，警察来敲我门时，我俩什么表情？压根就不信啊！后来那哥们趴猫眼上看，才真吓着了。当时时间太紧迫，我们不得不找一套说辞来掩盖真相。即便牺牲了他，也绝不能给警方一丝查到区块链的机会。"

"说到这儿问题就来了，"田抽耐心听周可说完，问道："你为什么要给我打电话？如果没有我的话，你那个朋友也不会有牢狱之灾。"

"这个我也没料到的。我本来是想利用你来做个旁证，让这出戏显更真实一些。谁知道你真敢报警，看来我还是太天真了。"

周可说话时，语气非但不显得失落或内疚，反而十分兴奋，丝毫不把自己朋友被关进去当回事。这让田抽心里感觉怪别扭的。

“不过我对你们的计划越来越感兴趣，所以决定继续和你们在一起，看看你们到底能玩出什么花样来。”周可继续说道，“目前为止还挺有意思的，我也想看看，你是不是有办法扳倒我们的区块链。”

“谁说我要扳倒你们？”

“那你打算干吗？”

田抽被周可问愣了。他从没想过这个问题，这条看不见摸不着的私有区块链，就像热带雨林中的一条河。森林里充满凶险，却也充满外面得不到的乐趣。森林外面的人大多害怕走进去，但总有人敢于走进森林，基于种种原因无法脱身，最后选择永远生活在这里。

这条河流滋养着森林中的万物，森林里的人也靠它得以存活，但是有人因它而生，就有人因它而亡，这就是水的力量。

“管理员赔偿阿杰的那笔交易又是怎么回事，为什么会是你的钱包地址？”田抽转移话题。

“我不知道，应该是我男朋友做的，”周可回答，“他其实一直在暗中盯着我们，知道我和你们在一起，所以故意卖个破绽。其实我估计，他不会想到你能这么快顺藤摸瓜地找到，他只是想让我看到，好逼我离开你们。其实我也是打算开溜的，不过听你说赵文被劫持，我才决定留下来。”

田抽回想了一遍周可的话，开口道：“好，目前为止你说服我了，那就说说换赵文的事吧，你有什么打算？”

“这还不容易，我给他打个电话过去，就说我被你们识破落在你们手里了。到时候约个地方一交换不就得了？他留着赵文有啥用。”

周可轻松地回答。

“的确，他留着赵文没啥用。可你觉得他为什么要挟持赵文？”

“这……”周可无语。

“我不知道你对他有多了解，但是我觉得，事情没这么简单。”田抽刚说完，手机铃声突然响起来。他看着屏幕，从客厅踱步到厨房。大概半分钟后，他又走回来，对周可说道：“我得出去一下，你们仨先琢磨琢磨吧。不过不管事情如何进展，我目前选择相信你。”

“十分感谢。”周可站起身，做了个舞蹈演员谢幕的动作。田抽突然觉得自己完全捉摸不透眼前这个看似单纯的女人，点了一下头往门外走去。开门之前，他又想起什么，停下脚步转头问周可：“对了，还不知道你男朋友怎么称呼？”

“道上的朋友都叫他大立。”

2.

“大立哥，到了。”副驾驶的笑面虎说道。

车子停住，驾驶员“余则成”拉上手刹，边熄火边说：“我就开不惯现在这电子手刹的车，一点都不踏实。”

我还不想让你开呢，颜科心里嘀咕。他和大立一起坐在后排，对前面这俩人印象非常不好。笑面虎看起来吊儿郎当，实际上不知道憋了什么坏心眼。那个“余则成”则是亲手挟持赵文的人，三个人都是不折不扣的犯罪分子。

路上，颜科问起赵文的事，大立一脸坦荡地说，他本来没交代“余则成”去做，只是他当时审时度势，认为合适才动手的。赵文现在很安全，但既然来了，大立自然不会白白扔掉一手好牌，现在一切形势都对田抽不利。颜科也清醒过来，他早该明白，光靠田抽这几个人是不可能斗得过大立的。

三人依次下车，只有“余则成”在驾驶室里没出来。颜科看看周遭的环境，这不是三里屯么？难不成阿杰在这一带买醉？笑面虎引着他和大立走到一家酒吧门口，颜科看见招牌，突然感觉这个名字似乎听过。很快他想起当时小偷二人组和田抽的谈话，他们似乎提过一个小偷聚集地就是这个名字。

“阿杰今天下午在这里，不过晚上咱们都去东坝了，没再留人盯着。我觉得他现在离开的概率不大。”笑面虎说道。

“好，颜老哥，现在阿杰找到了。”大立转身面对颜科。

“找到了，所以呢？”

“我的任务完成了呀，你不是让我帮你找到阿杰么？”

颜科心里一阵骂娘，光找到有什么用。

“怎么着？还不满意？”大立见颜科不满，说道，“你还想怎么着？干脆让我们帮你把阿杰揪出来，按刚才那样捆好了，刀也给你磨好，就等你来那最后一下？”

提到最后的解决方案，颜科不免心里有些紧张。若果真如此，居高临下的他是否下得去手？这和当时举着板砖的情况又不同了，毕竟自己不是个职业杀手。

他不知该怎么说，只嘀咕一句：“那当然好了。”

“你怎么不早说呀！”大立反倒急了，怪颜科没把事说明白，“那咱们先回吧，一块讨论一下具体方案。”

大立说第一句话的时候，颜科本以为他会翻脸，谁知道他似乎真打算送佛送到西，一时间更不知道说什么好，只好机械地和他们回到车上。

“如果只有阿杰一个人，咱们四个肯定是绰绰有余。”大立开始分析局面，“但这个酒吧里人多口杂，这里不是我们能大闹天宫的地方。我们现在必须要等，等阿杰单独现身，然后就好办了。”

“就在这里干等？”

“可以喝着水等。”颜科发现无论是大立、笑面虎还是小偷二人组，这些犯罪分子们都喜欢开些不合时宜的玩笑，“你不能急，想当好一名罪犯，要学会的第一件事就是等。再完美的计划都需要一个与之匹配的时机，时机不对，一切都是错的。”

颜科故作镇定地回答：“我已经等了很久了。”

“好，很好，那现在保持冷静。你要学会的第二件事是保持冷静。冲动犯罪的后果，就是满地的证据和板上钉钉的作案动机，只有保持冷静才能做到滴水不漏。世界上没有完美犯罪，不过可惜的是，也不会有完美侦破。”

（我什么时候已经开始学习当好一名罪犯了？）颜科心里突然一阵恐惧。（而且不知不觉已经学到第二课了。）

四个人百无聊赖地在车里等着，为了避免被人发觉，同时也是为了省油，“余则成”没有发动车子。笑面虎用颜科还给他的旭东大酒店打火机点燃一支烟，看着街上红男绿女妖魔鬼怪们来来往往，右手探出去敲着侧门，哼哼起不知名的难听歌曲。好在没唱两句，他就被大立喝止住了。

两个多小时过去了，车里的四个人几乎被冻得麻木，酒吧门打开，一个男人走了出来。

“余则成”第一个调整好坐姿，在后面打盹的大立也清醒过来。

“是他吗？”大立没见过阿杰，开口询问道。

“是。”笑面虎和颜科几乎同时确认。

笑面虎和“余则成”先压低了身子藏在驾驶座后面，四个人的眼睛随阿杰而转动。阿杰在大路上径直走，没有四下观望，很快一辆出租车停到他面前。

“现在这个科技真发达，这要是搁前几年，这个时间想在三里屯等到一辆出租车，几乎等同于彩票中奖，更何况还快过年了。”大立发出感慨，同时“余则成”搓搓手，准备发动引擎。

“等一下。”大立开口，指指酒吧门口。又有一个男人从里面走出来，只见那人紧紧裹上羽绒服，站在门口点了一根烟。

“现在酒吧都这么文明？不让在屋里抽烟？”大立问。

“有些让，有些不让。”笑面虎回答，“阿杰的车已经开走了，再不跟可就丢了。”

“跟。”

“余则成”点火起步，颜科的心跟随着引擎启动快速跳动起来。他觉得自己需要让大立把第二课再仔细给他讲一讲才好。

第四部分

管理员

第十五章：分崩离析

“就在此时，我意识到一件事，这件事从我小时候看着母亲死于癌症之日起就已经为我所知。那就是，能超越意识形态和远大抱负，超越思想和情感的，只有痛苦。”

——《海伯利安》作者丹·西蒙斯

1.

在亦庄一小区门口，阿杰乘坐的出租车停了下来。

“这阿杰果然名不虚传，北京城哪哪都有地方住。”大立感慨一句，示意“余则成”在二十米外停车，并关掉车灯。约摸半分钟后，阿杰下了出租车，转身走进小区，大立又让笑面虎先跟上去，他们三人在车里继续等。

“不紧张吧？”大立开口问颜科。

颜科看看大立，本想说不紧张，结果发现自己紧张得说不出话。上次和田抽一起伏击阿杰，他并没有这种感觉，造成区别的原因显然是大立，田抽不过是个游手好闲的无业青年，而大立则是货真价实的犯罪分子。

过了五分钟左右，大立收到信息，开口道："没事了，把车开进去。"

"为什么要开进去？"颜科问。

"太冷了，少走两步路。"

"小区里路窄车多，万一有点什么事，不容易开出来。"因为上次袭击田抽后被阉林挡在出口的事，颜科对小区内部停车还心有余悸。

"反正车是你的。"大立半开玩笑地回应，见颜科脸色不太好，又改口道："颜哥你别慌，刚才绑你的时候，我们已经把你车牌子换了，我们办事你放心。"

车子缓缓开进小区，进门时候颜科看了一眼保安，对方睡眼惺忪地看着他们。颜科总觉得但凡是保安，就一定能记清楚他们的样貌，心里不由得又紧张起来。年关将至，小区内车停得不是很满。很快"余则成"在笑面虎的引导下将车停好，三个人下车后会合，笑面虎汇报道："这栋楼，他坐电梯上到顶楼了，十九层。"

"哪间屋搞清楚了？"

笑面虎摇摇头，说道："楼里上上下下一个人都没有，没法跟得太紧，只能上去看情况了。"

"好，那你们俩上去。"大立答道，并指指颜科，示意"余则成"在楼门口望风，"把车钥匙给我，我在车里等你们。"

真鸡贼啊这人！颜科恨恨地看着大立，大立却不为所动，轻松地回答道："要不我和你上楼，让他在车里等？总得有个人断后吧。"颜科简单思考了一下，决定还是和笑面虎一起走，比起来大立，颜科还是更愿意看到笑面虎的脸。

临上楼时，大立对笑面虎耳语了几句，然后拍拍颜科的肩，说道：“别紧张，踏踏实实的。”

二人乘上电梯，十九层转瞬即到，笑面虎先一步走出来四下观望，颜科也跟了出来。这栋楼是典型的塔楼结构，电梯出来后两面有通道，都分布着两到三处户型，光从外面的情况判断，无法分辨哪一户有人。颜科没什么办法，便由着笑面虎四处观察，等待他做出自己认为正确的判断。

站了一小会儿，颜科冻得直发抖，把外套拉链紧了紧。

“你也发觉了？这顶楼冷得出奇啊。”笑面虎看颜科抱着肩膀哆嗦，开口问道。颜科点点头，没有回话。

“没道理啊，就算是楼道也不应该这么冷，从哪来的风啊……”笑面虎一边嘀咕，一边顺着冷风吹来的方向走去。颜科跟在后面，很快二人发现冷风来自楼梯间上层。笑面虎和颜科对视一下，率先往楼梯上走去，发现上面是通向天台的铁门，门还是开着的。

笑面虎扒着铁门探身观察，颜科也跟上去一起看。他们发现在楼顶的边缘有个黑色身影，看起来像个成年男子。颜科看看笑面虎，对方做个无辜的表情，意思是不确定那是不是阿杰，随后又对颜科努努嘴，意思是让他过去看看。

颜科皱眉头，回应个努嘴的表情。笑面虎立马摇头，伸出手做“请”的姿势。

颜科想了想，凑到他耳边压低声音说：“我先去，你跟着我。”

谁知笑面虎再次摇头，耳语道：“你自己去，我不去。如果不是阿杰，你赶快回来。”

颜科这时才明白，大立刚才和笑面虎悄悄说了什么。他一定是让笑面虎注意分寸，让颜科自己处理和阿杰的事情，免得留下关于他们的证据。

罢了，既然是自己的事情，别人不掺和更好。颜科下定决心，从铁门走出去，一步步逼近那个黑影。

寒风呼啸，卷起天台上积年累月的浮土。颜科不得不眯起眼睛，更加无法分辨眼前的身影。相距大约五米左右，颜科脚步变得迟疑起来，不知道接下来该做什么。

“颜先生？”黑影率先开口，让颜科猝不及防。他清清嗓子刚想说话，风却灌进嘴里，他开始猛烈地咳嗽。

“你过来一点，这样说话不方便。”

颜科听话地往对方身边走去，二人距离更近了。颜科终于看清楚对方的容貌，确实是阿杰无疑。阿杰坐在楼顶外沿，身边放着一瓶啤酒。

“颜先生怎么这么有雅兴，来屋顶看月亮？”

“你怎么……”

颜科咳嗽还没有止住。在敌人面前表现出无力，令他心生厌恶。他拼命咽了咽口水镇住咳嗽，问道：“你怎么知道我是谁？”

“我们不是见过面吗？”阿杰淡定地回答，“当然，虽然没有彼此介绍过，可通过上次你们安排的交货地点，我想起了你女儿的案子，我在电视上看过你。”

“所以你知道，我找你要干什么。”

阿杰提到颜科的女儿，让他的情绪从紧张瞬间变为痛苦和仇恨。他再次回忆起关于希希的点点滴滴，以及他的家庭如何从团圆美满走向支离破碎，他知道自己现在已经准备好了。

“我当然知道，肩膀现在还青着呢。”阿杰笑笑，伸手拿起酒瓶，这个举动让颜科身子一紧。

“你别紧张，喝酒吗？我也没做准备，早知道多拿两瓶了。”

颜科摆摆手，没有接酒瓶。阿杰又笑了，说道：“怎么不接呢，难不成你手上还有更趁手的家伙？”

阿杰这句话说得颜科一愣，他这才想到，自己不知道该如何解决掉面前这人。而对方亲自将凶器递到他面前，还被他婉拒了。一股丢人感扑面而来，他后悔为什么在路上没有向大立请教第三课是什么。

“颜先生，我同情你的遭遇。虽然我没结过婚，更没有孩子，但是失去自己最爱之人的滋味，我想不需要感同身受，旁人想一想，就已经足够痛苦。所以我理解你，而且我支持你，你应该让造成这一切的人付出代价，这其中当然也包括我。”

颜科惊讶于阿杰的坦诚，这让他更无所适从。他宁愿阿杰现在宁死不屈，和他殊死抵抗，找各种借口解释他和希希之死无关，这样他就有理由鄙视这个人，并下定决心亲手杀掉他。可现在自己面前是一个如此讲道理的人，两人之间的距离被拉近了。

阿杰变成了一个人，而非颜科所期望的禽兽。面对禽兽，你杀掉他，自己还可以是人。但是面对一个人，你杀掉他，自己就变成了禽兽。

“哎呀，这常温啤酒比冰箱里的还冷。”阿杰喝了一口啤酒，“颜先生你真不来两口？”

颜科摇摇头，既然一开始选择不接受，就打死也不能改变主意，不然气势上就更弱了。阿杰耸耸肩，将瓶中酒一饮而尽。

“其实我也不建议你用这玩意儿，”阿杰看看手中的酒瓶子，“凡是利器，都有两面性，伤人更容易伤己。你不是有经验的人，还有可能被我反制。而就算你用它伤我，我的血还会沾你一身，引人注目，所以酒瓶子不是一个好的选择。”

说完阿杰将酒瓶子顺手扔出，在天台铁门处炸碎。颜科心里一惊，好在笑面虎没有发出声响。颜科怀疑，阿杰早知道里面有人。

阿杰站起身，掸掸屁股上的土，开口道：“颜先生，你知不知道这大半夜的，我一个人跑到天台上做什么？”

颜科摇头。

“实不相瞒，我来是打算自杀的。”

阿杰的话让颜科一惊，但他没有理会颜科的表情，继续说道：“我累了，也想开了。我做的事确实不是好事，我随意窃取别人的财产，转交给另一群人使用，从不过问他们用来做什么。到现在为止，不知道有多少人因我有了作恶的机会，也不知道有多少人一辈子也不会知道，自己遮风避雨的温暖的家，曾经被用来做了什么苟且的勾当。我每提供一次安全屋，就会伤害很多人，不光是你的女儿，还有别人的女儿、家人、朋友。我不想让我的罪孽延续下去，我不打算活了。”

“你……”颜科不由自主地开口，并说出自己万万没想到的话，“你不再考虑考虑吗？你没有家人吗？”

阿杰哈哈大笑道：“颜先生，你这是在劝我活下去？不应该啊！你的立场哪里去了？”

颜科被问得哑口无言。

“颜先生，我问你个问题，”阿杰认真地说：“你想过死吗？”

突然被问到这个问题，颜科有些语塞。他当然想过，颜科脑海里又浮现出梦境里那扇永远也迈不过去的窗。他曾经无数次地想过，但是也只是想想而已。

“我实话跟你说，今天以前，我从来没想过死。”阿杰自问自答，“我不相信世界上会有人真的想死。那些求死的人，只是在‘艰难地活着’与‘痛快地死’二者之间做了痛苦的抉择而已。但凡还有那么一点希望，从本能出发，不会有人选择去死。

“起码你还有得选择，”颜科回答，“没有人问过希希她是否愿意死去。”

阿杰拍手道：“你说得太对了。即使选择本身让人痛苦，也比没的选来得好一些。我们不该剥夺别人选择的权利，所以现在我也给你一个选择：是亲手杀掉我，了结你心头的积怨，让你可以更加坦然地面对希希的死，还是站在这里看着我自己去死，丧失制裁犯罪的机会？”

“我……”颜科刚要说话，阿杰突然又补充了一句：“对了，还有一个事，我可能会反悔。你知道的，自杀未遂的人多得是。”

颜科再次无言以对。

“颜先生，你千万要守住自己的底线，你这些日子这么忙碌，想尽一切办法，不就是为了找到我，见到我，再杀掉我吗？现在机会来了，你可别放过啊。”阿杰开始鼓励起颜科，“而且我确实也有私心。虽然我一心求死，但关键时刻还真有点下不去手。你能来真是天意，来吧，你看看怎么着合适，我绝对完完全全地配合你。”

颜科看着阿杰，阿杰目光清澈无比。

“来，杀死我。”

2.

大立没有坐在车里，他讨厌身体被束缚在狭窄空间的感觉。他选择站在车外，一根接一根地抽烟。前方不远，他可以看到“余则成”正在楼门口观望，除此之外，小区内安安静静，只有楼内零星的灯光提醒他，还有人和他同处在这个空间之中。

正在思考人生时，手机不合时宜地震动，他拿出手机看看屏幕，是个陌生号码。

这个时间点，应该不会是骚扰电话吧？大立接起电话。

“喂，我是田秦。”

“哎呀，”大立直起身子，“终于等到你了。”

“赵文怎么样了？”电话那头的田抽直奔主题。

“你放心，她很好，我不会对她怎么样。”

“我想和她说话。”

大立叹口气，看看周围，依旧是安安静静，但他还是下意识走到车后面更为僻静的地方。

“我现在在外头，没跟她在一块。不过你放心，我绝对好吃好喝地供着她，就等你来解救。”

“周可在我手上。”

“这个姑娘真是让人不省心！”

大立语气中带着愤恨，他早就想到了这种情况，并且一直试图说服周可离开他们，但是并不成功。甚至在他故意暴露周可的钱包地址后，周可还是不和他联系。

“那你现在是怎么打算的。”大立问。

“很简单，一人换一人，大家以后相安无事。”

“好好好，”大立回答，“我喜欢相安无事这个词，你能这么想最好，那你看咱们具体怎么操作？”

“时间地点你来定，”田抽的回答令大立有点意外，“但是我希望尽快。”

“没问题，我尽快安排，”大立回答，“不过你确定让我来安排时间地点？”

“不利条件原理嘛，你是搞区块链的，比我更懂得这个。我已经展示出了我的诚意，希望你能够守信。”

“好，我敬你是个有胆量的人，那……”大立正说着，另一边耳朵突然听到远处传来“嘭”的一声，在静谧的午夜中格外清晰。

他被那声音分了一下心，但还是马上回应田抽道：“那你等我电话吧。”

大立放下电话，从车后悠悠走出来，正在思考下一步该如何安排，发现颜科和笑面虎从楼里跑了出来。“余则成”也吓了一跳，三个人站在一起不知道说了些什么，大立也走上前去。

“怎么了？”

“阿杰跳楼了！”笑面虎尽量压低声音。

大立看看颜科，颜科眼神游离，似乎惊魂未定。

“在哪儿？”大立问。

“楼另一侧。”笑面虎回答。四个人左右看看，似乎阿杰的坠楼并没有引起什么反响。

“去现场看一下。”大立做出决定。

就在这时，突然传出一声喊叫："哎呀，死人咧！"

在声音响起的瞬间，大立第一个冲过去，他要在事态进一步扩大前赶到现场。他必须要确认阿杰的生死，还要在人群赶到前离开。其他三个人见状，紧跟着跑了过去。

从楼的另一侧转了半圈，他们见到有个男人站在前方，手指着拐角不远处，吓破胆的模样。大立放慢脚步，慢慢走到那人旁边，顺着他的手看过去，只见一个黑影瘫在前方。

其他三人也赶过来，发现阿杰的小伙子见有人来了，有点缓过神来，又嚷嚷道："这人是不是跳楼咧？"

大立没有回答他，他对跑过来的"余则成"使个颜色，让他上去看看。"余则成"点点头，谁知道那目击者也跟着走过去，边走边说："你们这是要干什么咧？"

"余则成"有点烦躁，小声对那人嘀咕两句，大立听不真切。可那人依旧跟着他，直到到阿杰身前。

很快"余则成"跑了回来，对大立说："没有脉搏了，不过地上流了不少血，没法移动，不然容易留证据。"

大立点点头，转身拍拍颜科的肩膀，然后带头往回跑。身后那个目击者喊道："你们又干吗去？要不要打电话叫救护车咧？"

离开小区时，依旧是"余则成"开车，笑面虎坐副驾驶，大立和颜科坐在后排。四个人撤得及时，整个小区还没有被唤醒，门口的保安也没什么特殊的表示。

"什么情况？"车开远后，大立问颜科。

颜科还是之前的样子，不住地喘粗气，并不回答大立。

“颜先生，现在你已经安全了，”大立看着他，“现在告诉我，到底发生了什么，我需要知道细节。”

颜科转头看看大立，大立在他眼里看到了恐惧。

“不……不是我……”颜科喘着粗气。

“不是你什么？”大立问。

“我没有……”

“你没有什么？”大立开始不耐烦了。

“我没有……”颜科终于说出一个完整的句子，“我没有杀他。”

“具体展开讲讲？”大立循循善诱。

“我去了楼顶，阿杰就在那。他跟我说他不想活了，打算自杀。”颜科开始讲述整个过程，但是句子都很短，中间夹杂着粗气，“他说他正愁下不去手，正好我来了，让我……让我杀了他。”

“然后呢？你把他推下去了？”大立给出一个假设。

“我没有杀他！”颜科突然吼道。

“好好好，你没有杀他。那是怎么回事，怎么闹得灰头土脸的？”大立发现颜科浑身都是土，头发也乱了。

“他走近我，让我掐他脖子，还教我动作。”颜科继续回忆，“我当时很慌，我不敢动。他抓住我的手按在他脖子上。我想抽出来，但他抓得很死。”

颜科撸起袖子，大立看到他的手腕有些淤青。

“我俩争执起来，我把手抽出来，但是我用力太猛，整个身子往后栽了过去，摔倒在地上。我有点虚脱，躺在地上，这时候我看到他……”

“看到他……”见颜科不说话，大立重复最后三个字。

“他站到……站到楼顶边缘……然后就……消失了。”颜科终于把话说完。

“消失了。”大立慢慢重复颜科最后三个字，咀嚼这三个字的意思。

“我不知道发生了什么，起来跑过去看。看到楼下有个人躺在那儿，我就赶紧跑出来了。”

大立转头看看前面的笑面虎，笑面虎通微微点头。

“就是这样，他是自己跳下去的，”颜科气息渐渐平稳，“不是我干的。”

“好好好，非常好。”大立突然间看着颜科笑了起来，“这个过程非常精彩，听起来非常合理，没想到颜先生你这么快就掌握了第三个要点，就是要为自己想好一套说辞。不错不错，孺子可教。”

“我说了，他是自杀的！”颜科很不高兴，“我说的都是真的！”

大立不再笑，伸手搭在颜科肩上，看着他说：“现在楼顶和地面上充斥着你们两个搏斗的痕迹，你又有充分的犯罪动机，现场没有第三个人证明，你凭什么说，你讲的都是真话？”

“怎么没有第三个人？”颜科指着笑面虎，“他都看到了。”

“你看到什么了？”大立问笑面虎。

笑面虎一摊手，“我什么都没看见。”

“你……”颜科没想到，笑面虎翻脸不认人。

“你看，这事怎么办？”大立问颜科。

颜科刚要争辩，突然意识到了什么。他目光扫视众人，开口道：

“你们设局套我？”

“话可不能这么说，”大立反驳，“又不是我们把阿杰推下去的。”

“你明明……”颜科看到笑面虎一脸灿烂笑容，把话咽到嘴里，低头闭上了眼睛。过了几秒钟，他又抬起头说道，“你们是在威胁我。”

“我没有。”大立矢口否认。

“那你下一步打算把我怎么样？”

“没打算。”

“不可能。”

“不是，”大立一脸无可奈何，“咱们就别跟小孩似的在这儿耍赖皮玩。你放心，我不会威胁你什么，更不会把你怎么样。但是之前咱们不是约定好了么，我帮你搞定阿杰，你也要帮我。”

“我就知道，”颜科问，“你要我帮你做什么？”

“第一，你现在回家，好好睡一觉，然后把这件事忘了。啊对了，这就是第四课，事情结束后，要尽快忘掉它，当作什么都没发生过一样。”大立在百忙之中不忘继续教学，“第二，明天起来，我希望你去找田秦，然后和他一起来找我。”

“找你？”颜科没想到，“他为什么要来找你？”

“他要用周可跟我换赵文。”

“那有我什么事？”颜科问。

“我请你在适当的时候，把周可从田秦身边带走。”

“那赵文呢？”

“你问这么多干吗。”大立不太高兴。

“你根本就没打算和他交换！”

“这事跟你没关系，”大立回答，“你按我说的做就行了，好吧？具体方案回头我发给你。现在你就回家，睡觉。”

3.

他又回到那间屋子，布置简单的屋子。

房间内寂静无声，风铃挂在吊灯上，被风吹拂，却寂静无声。

他缓缓走到房间门口，试着开门，依旧锁着。他把耳朵贴近木板，与之前不同，他听不到门外有儿童的啜泣声。

“希希？你在外面吗？”他问。

突然之间，他眼前失去了依靠物，身子猛地朝前倾，还好被人拉住。他意识到有人打门，抬头一看，阿杰站在自己眼前。

“先生，你在我的安全屋里做什么？”阿杰问他。

“希希！希希！”他定定神，马上推开阿杰四处寻找，却发现房子里除了自己和阿杰之外别无他人。

“希希呢，她去哪了？”他回到阿杰身前，抱着他的肩膀问。

“什么希希？”阿杰一脸茫然。

我知道了！颜科恍然大悟，问阿杰：“你这间安全屋，是不是一会儿要交给委托人？”

“对啊，我马上要去交货，你赶紧出去！”阿杰拉着他往大门外走。

“不不不，你不能交货！”颜科猛地拉住阿杰，二人重新站定，“你不能交，你交货了，希希就会死在这里！”

“不交货的话，”阿杰伸出手来，掌心里有一把钥匙，“这个东西给谁呢？”

颜科被问得发愣。

“哦！”阿杰像突然开了窍一般，“那就给你吧。”

说罢阿杰把钥匙放到他手中，转身就跑。他不知道阿杰要去哪儿，赶忙追了过去，只见阿杰跑进他的房间，一屁股坐在窗台上。阿杰的跑动带起一阵风，吊灯上的风铃突然开始摇晃，发出“叮铃铃”的响声。

等一下，为什么风铃响了？

他还在纳闷，在窗口的阿杰突然开口：“颜科，你想过死吗？”

“什么？”颜科刚问出口，阿杰消失在窗前。他听到“嘭”的一声，是从窗外传来的，然后又是“嘭”的一声，是从身后传来的。

他转过头，发现房间的门被关上了。他走过去转动门把手，发现房门纹丝不动。

他站在那里，手里攥着房子的钥匙，却无法走出去。

吊灯上的风铃还在响，“叮铃铃”“叮铃铃”，声音越来越大，吵得他捂住了耳朵。

一瞬间，颜科从床上惊醒。

还是一个梦。

颜科揉揉额头，感觉太阳穴附近的脉搏在有力地跳动，还有窗外的呼呼风声。种种景象充斥在他脑海，令他绝望的是，这些都没让他心里的痛苦减少丝毫。

第十六章：真正对手

下面是比蓝天还清澄的碧波，

上面是金黄色的灿烂的阳光，

而它，不安地，在祈求风暴，

仿佛是在风暴中才有着安详！

——《帆》 莱蒙托夫（余振译）

1.

早晨田抽接到大立的电话。

“今天下午两点，就在你附近，荣丰2008小区。门牌号我一会儿给你发过去，如何？”

“可以。”田抽回答。

“你如果不放心，可以多带点人。”大立的口气听起来很放松。

田抽笑道：“那我问问我妈有没有时间。”

“真会开玩笑。”大立赞扬道，“另外我跟你透露个事情。这次我挑的小区，是以前我委托阿杰拿的安全屋。这件事因阿杰而起，最后因阿杰而结束，这才圆满，你说是不是？”

“你说什么都对。”田抽挂了电话，看看旁边等着的小偷二人组和周可。

田抽对三人说道：“下午我和周可去就行了，二位老哥这几天辛苦了，往后就不用麻烦你们了。”

“就没事了？”王三抽有点儿失落，“感觉还没使上劲呢。”

田抽依次拍拍两人肩膀，开口道：“二位老哥这几天辛苦了，我已经让阉林帮你俩抢火车票去了，看看能不能在节前搞到票回家过年，车票钱算我的。”

田抽说完，周可也学样上前依次拍拍二人肩膀，感谢二人的热心相助。

就在此时，外面大门传来开锁声。四人一起把目光转向大门，推门而入的颜科被四人吓了一跳。

“你怎么回来了？”田抽问，“这一天你去哪了？”

“没什么。”颜科搪塞道。在众人的注视下，他有点手足无措，连站哪都不知道。最终，颜科来到客厅坐下，试图为自己解围，说道：“你们都看着我干吗？”

小偷二人组摇摇头表示没事，各自坐下来，周可也跟着坐下，只剩田抽还站着。他清清嗓子，用不好意思的语气对颜科说：“颜哥，有个事我得跟你说一下。”

“你讲。”颜科很平静。

“下午我要带着周可去和管理员换文兄，等把她踏踏实实地接回来，我也不想再往下追究了。一来快要过年，二来我也累了，我得承认自己没有能力和他们周旋。”田抽言辞恳切，语气消沉，“关于你的事，我只能帮你到这儿了。如果你还想找阿杰，还是另请高明帮吧，不好意思。”

颜科听了，张张嘴似乎要说什么，但最终摇摇头答道：“罢了，我也觉得累，不想再折腾了。而且我也想明白了，即使找到阿杰，我也不一定下得了决心动他。即使我下得了决心，报仇也不一定会减少我的痛苦。不管怎样希希也不会回来，没必要了。”

“哇哦，”周可在一旁发出赞叹声音，“没想到你竟然想通了。我还以为你这辈子都走不出来呢。”

周可说完，王三抽也在一旁附和：“老弟你这么想就对了，日子还得过啊。你不能老想那些破事，时间长了容易崩溃。”

颜科朝他们摆摆手，示意不用再说了，自己也再没回话，不像是从阴影里走出来的样子。五个人陷入短暂的沉默，最后颜科先开口道：“对了，你说下午你们去换人？就你们两个？”

“对的。”田抽点点头，“两位老哥跟这事没关系，没必要再给他们添麻烦，只要管理员守约，我一个人就够了。”

“这不行吧，大……”颜科话说一半突然停住，众人都等他说完。过了半晌，他才恢复镇定，继续说道：“大Boss会乖乖守约吗？”

“我们在明，他们在暗。如果真对我不利，我带多少人也白搭。”

“不不不，还是应该有点准备。”颜科极力否定田抽的右倾机会主义，“对了，严林呢？他不跟你一起去？”

“哦，他在家帮两位老哥刷票。他还得看店，不想折腾他了。”田抽回答。

颜科沉默片刻，站了起来说道，“我跟你一起去。”

“你这是何必？”田抽没有答应，也没否决，而是抛出一句客气话。

“要不是我，事情也不会闹到今天这一步。既然想把它结束掉，有始有终才算圆满，对吧？”

“你们俩说话的语气还挺像。”田抽嘀咕了一句，“好，那我们三个人去。”

这时候田抽手机响了，他接起来，嗯嗯啊啊几句，挂了电话，然后转身朝小偷二人组说：“阉林来电话，说给你们抢到票了，今天晚上回宝鸡的。不过是两张硬座，你们应该没问题吧？”

“那必须的啊，要是能买到卧铺我俩还真没坐过呢。”王三抽高兴地说，“那不说了，我俩回家收拾收拾行李去。下午你那儿要是安全完事，给来个消息吧，我哥俩也安心点。”

田抽点点头，依次和两个人拥抱。颜科也站起身拥抱，最后王三抽想去拥抱周可，被周可婉拒了。

“青山常在绿水长流，哥几个后会有期。”王三抽和杨八旦穿好外套。

三个人送他们到门口，俩人朝屋里的人抱拳拱手正要离开，王三抽的眼角竟然涌出一点泪来。

田抽见状笑道：“王哥，你能不能理智一点？”

“好的好的，”王三抽擦擦眼泪，“没想到短短几天的相处，还跟你们处出感情来了。算了算了不说了，赶紧走吧，要不一会儿更难受。”

三个人目送小偷二人组离开，回到客厅坐下，屋里再次陷入沉静。

2.

笑面虎朝窗外看出去，小区门前冷落车马稀，除了几个买菜的大爷大妈，再没什么人来往。

他从窗口收回身子，对坐在里面的大立说："目前看没什么问题。"

"能有什么问题？"大立反问，"你说说，能有什么问题呢？"这句话不是对笑面虎说的，而是给身旁的赵文听。赵文摇摇头，不置可否。

"赵小姐，你的心上人就要来解救你了，你怎么一点也不高兴呢？"大立调侃赵文，显然赵文并没有心情聊这些事。大立吃了个瘪，变得兴致寥寥，不再与她攀谈，转而低头刷起了手机。

过了一会儿，笑面虎接了个电话，回身说："他们终于来了，迟到整整一刻钟啊，现在刚进小区门，三个人。"

"来了就好。"大立站起来整整仪表，朝笑面虎使个眼色。笑面虎走到赵文身后掏出了绳子，大立开口道："赵小姐，辛苦你一会儿，我怕一会儿你心上人来了过于激动，你俩当场亲热，我们看着怪尴尬的，所以还得束缚你一会儿。"

赵文没有回话，任笑面虎在后面绑住她双手，自己低头看地。

"赵小姐，我发现你挺奇怪啊，自从我们带走你开始，你一句话不说，身体倒挺配合，你这是吃了什么药还是怎么着？"

赵文没回话，但她心里回想起取钥匙之前田抽嘱咐的话："如果发生什么特殊情况，切记尽量不要抵抗，见机行事，我……我们一定会想办法救你出来。"

赵文想到田抽在说"我……我们"的时候，脸微微红了一下，顿时觉得可笑，嘴角不自觉地上翘。

“您这是乐什么呢？”大立有点慌，“您可别精神失常啊，回头田秦说是我弄的，这责任我可担不起。”

赵文稳住表情，抬起头来冷冷地看看大立，开口道：“不劳你费心。”

“好好好，各项功能都还正常就好。”大立放心，把注意力集中在了房子门口。很快门铃声音响起，笑面虎上前，先在猫眼看看，然后打开防盗门。

“哎呀！田先生终于来了，快进来坐，快进来坐！来来来坐你女朋友边上吧！你俩好几天没见面了，肯定怪想念的吧！”

大立热情得像老丈人第一次见亲家似的，把田抽拉进屋里，甚至都没管后面跟着的颜科和周可。

“田先生咱俩算是神交已久，今天第一次正式见面，真是一个值得纪念的日子。”

田抽的手被大立紧紧握着，他却走到赵文身边，看看她身后束缚的绳子。二人目光相对，赵文朝他坚定地点了一下头。田抽也点点头，转过来面对大立，两个人之间的距离大概三十厘米左右。田抽开口道：“立哥，我来接赵文走，周可给你送来了，咱们就此别过吧。”

“不是，你先等一下。”大立没有松手，两人在手掌上暗暗较劲，“咱们这好不容易见面，怎么也得聊会儿天再走吧。”

他又转脸看向周可，说道：“可啊，你说你这些天也不着家，我看你现在气色还可以，一点都不像被他们抓在手上的样子，这说明田先生对你挺照顾的，是不是？那我可得好好感谢感谢他。”说到这里，大立的语气变得有些阴阳怪气，显然周可的所作所为令他不太高兴。

笑面虎在一旁露出灿烂的微笑，连说对对对。颜科看着他，打了一个寒战。

“不用谢了。”田抽冷冷答道，说罢走过去想要给赵文解开绳子，结果走到一半就感觉身后有一股力量，再一看，笑面虎已经抓住他的胳膊。他向下一压，田抽肩周吃痛，不由得弯下腰，被笑面虎按在沙发靠背上，脸就贴在赵文身旁不远处。

“大立你什么意思？”

“我就说你着什么急啊，你看，这不是产生了无谓的冲突了吗？可啊，你说你这朋友平时性子也这么着急吗？”

周可并没有理会大立，反是径直走到笑面虎身边，拉着他的胳膊，说道：“你把人放开。”

笑面虎有点为难，显然周可平时还是有点威严。田抽笑出声来，说道：“立哥，你女朋友好像不听你的。”

“她确实不听我的，”大立也笑了，“但是你以为你的朋友就听你的了？”

说罢大立看看颜科，颜科愣了一下，缓缓移动步子走到周可身边，一揽手把她连胳膊带腰抱住。

“不是，大哥，我让你帮我盯着媳妇，不是让你占她便宜啊！”大立哭笑不得。

颜科听了，又要放开手，周可也开始挣扎。大立忙道：“算了算了，就这样吧，就这样吧。”

说罢，大立打开了里屋的门，示意颜科把周可先弄进去。颜科正愁老抱着她不是回事，连拉带拽地把周可扔进里屋。

大立转手关上屋门并上了锁，重新整整衣服，在田抽和赵文面前坐下，继续道："好啦，田先生，现在你还着急么？可不可以好好谈谈了。"

"有什么可谈的？"田抽被笑面虎压着，说话有点费劲，但是还是勉强地开口道，"我就是来跟你换人的，说好的诚实守信，你给我来这么一出是怎么回事？"

"你来跟我换人是一档子事。"大立不紧不慢，"我现在要跟你谈的是另外一档子事，你这几天在我的区块链里瞎折腾，影响我正常业务这事怎么算？"

"你有什么正常业务啊？"田抽不甘示弱地反问。

"你这人怎么这样呢！"大立急了，"你自己说说，是不是你把我兄弟折腾进去的？我认倒霉不跟你计较，是不是已经够意思了？结果你还不满意，又把我女朋友拐带走，我一报还一报，把你女朋友接过来，也没对她动粗，这做法过分吗？到现在为止咱们打平。然后你在我区块链上乱发委托，瞎接单子，影响我区块链声誉。你看看，我饶你一次，打平一次，最后你还是欠我一次，我这账算的清楚不清楚？"

大立连续发问，又意犹未尽地补充了一句，"对了，我还没跟你说呢。当初在北京西站，要不是我的人帮你，你早就让这大哥给掐死了！你知道不知道？你以为那一嗓子'警察来了'是哪个热心群众喊的？"

这一节田抽确实没想到，回想起来，当时确实没有警察赶到，人群中这一声喊，确实让颜科仓皇而逃。如果真如大立所说，他的确救了自己一命。

“你喊它干什么？”田抽问。

大立情绪缓和了一点，回答道：“还不是看你这人挺有意思，想多看看你们在闹哪一出？我可不想因为我的区块链造成什么意外的案子出来。”

大立说完，转头看看颜科，颜科脸上有点挂不住，假装听不见一般，转头往窗外看去。

“几点了？”田抽突然问了句不挨边的话。

“两点二十五，怎么了？”大立下意识地看了一眼表，回答田抽。

“没事，挺好。”

这时候，楼外突然一片嘈杂，还传来了音乐声。

“什么情况？”大立回头问颜科。

“好像是……”颜科看着外面，“跳广场舞的。”

“大白天的跳广场舞，怎么这么闲啊！”大立埋怨了一句，没发觉田抽露出一丝不易察觉的微笑。不过离田抽不远的赵文看到了，她眉头一皱，不知道田抽高兴个什么劲，小声问他：“你干吗呢？”

“一会儿你就知道了。”田抽小声回答。

“还交头接耳！”大立回头斥责二人，“这么不遵守课堂秩序呢。”他把话题转回去，再次质问田抽：“你说吧，怎么办？”

“那我给你赔个不是吧。”田抽懒散地回答。

“说得轻巧啊，”大立更生气了，“当我跟你玩过家家呢，你是真不拿我当犯罪分子啊。说实话我真没打算把你怎么样，但是现在我看……”

大立话说到一半，听到外面的声音更加嘈杂了，还夹杂着一些尖叫，显然是出了什么特别的事情。

“干吗呢到底？”大立站起身来往颜科身边走。颜科看着外面也有点奇怪，开口道：“不知道，楼下广场舞大妈全都往咱这边看呢。”

大立走到窗边，发现楼下红红绿绿的大妈大爷们齐刷刷地看向他们这边，他下意识地躲开窗边，把颜科也拉开，喃喃自语道：“这什么情况，难道暴露了？”

大立还在纳闷，楼下一声喊叫解答了他的疑惑：“有人跳楼啊！”

跳楼？

大立听得一愣，自己骂了一句：“妈的最近怎么跟跳楼脱不开关系了！”说罢他拿出手机拨通了一个号码，问道：“副站长，什么情况下头？”

副站长，这称号和“余则成”却有异曲同工之妙啊。田抽在一旁暗暗想笑。

“什么玩意儿？你这玩什么呢？你赶紧到楼下看看出什么事了。”

大立挂了电话，冲笑面虎抱怨道：“好好的让他在下面盯梢，结果告诉我什么被宣传保健品的给缠上了，非让他买，你说这人还能干点什么？”

过了几分钟，只听消防车、警车和急救车的警报声越来越近，在楼下形成大合奏的趋势。外面的声势如炸开锅一般，田抽不用往外看，也能猜到场面有多混乱。

此时大立手机响起，他接起电话：“你说……什么玩意？我们正上方？怎么可能……真的假的？现在？我操！”大立在一句骂街声中挂断电话。

“怎么了立哥？”

“咱们楼正上方有人跳楼，副站长在下面听到群众和消防员汇报情况，说看见咱们这屋有人，让他们上咱们屋里开窗户接人。”大立紧皱眉头，“说消防员马上就要上来了。”

“那怎么办？”

大立瞪了一眼笑面虎，开口道：“撤。”

笑面虎看看被压在身下的田抽和赵文，问道：“咱们算上颜科一共就仨人，如果再拉他们三个一块出去，是不是太不方便了？”

“不管他们了。”大立跑过去打开里屋的门，把周可拉了出来，“咱们仨走楼梯出去。”

笑面虎点点头，放开了田抽。田抽赶紧过去给赵文松绑，并紧紧地抓住她的手。

大立回头看了一眼田抽，从牙缝里蹦出来几个字：“田先生，你今天运气好，就当我刚才都白说了。从现在开始就算两不相欠，后会有期吧。”

田抽对大立拱拱手，看着他们离开这间房子。

赵文被田抽扶了起来，紧紧抱住了田抽。田抽有点反应不及，连忙开口道：“文兄，咱们当务之急是赶紧离开，一会儿消防员来了，我也说不清楚。”

赵文松开了田抽点点头，二人也往门口走去。路过呆若木鸡的颜科时，田抽问了一句：“你不走等着接待消防员同志呢？”颜科被问得醒过味来，赶忙跟着田抽离开。

从屋里出来，颜科跟田抽和赵文来到楼梯间，三个人跑下两层楼，就在颜科还打算继续往下跑时，发现前方的田抽拉着赵文出了楼梯间进入楼道，他下意识地跟上去，二人拐了两道弯，在一户门前停住了，田抽敲敲防盗门。

颜科不知道田抽葫芦里卖的是什么药，只好站在二人身后一起等。很快门开了，颜科这才发现屋里的是杨八旦。

杨八旦打开房门，把三个人让进去，颜科一脸茫然地看着他。杨八旦则露出了久违的笑容，这让颜科更摸不到头脑。

走进客厅，颜科发现还有一个人正坐在里面，那人见他们到了，站起身子张开双臂，说道：“Welcome！”

颜科呆在原地，感觉自己的心脏骤停了五秒钟左右，全身僵直得无法行动。过了很久，他才下意识地开口。

“阿……阿杰？”

3.

阿杰倒了一杯温水，笑着放在一脸难以置信的颜科面前，一旁的田抽和杨八旦更是笑得开了花。唯独赵文不明就里，看着几个人笑，也跟着不咸不淡地笑起来。

“这到底是怎么回事？”颜科感觉自己大脑容量不足。

“你这个叛徒，还好意思问我是怎么回事！”田抽开口道：“我还没找你兴师问罪呢。”

田抽这一句“叛徒”骂得颜科无地自容，不再开口。

“田秦，算了吧，颜先生也是没有办法。”阿杰站出来为颜科说话，“再说，你不是也利用他了，就算扯平了。”

田抽听了阿杰的辩白，开口道：“好吧，反正这本来就是你们两个的事情。现在既然颜科也想通了，阿杰也活得好好的，这事就算过去了。”他站起身走到窗边往下看，笑着说道：“今天这出戏看起来有点大了，正好趁躲着这点时间把事情给你讲清楚，完事咱们再去派出所赎抽哥。”

田抽话一出口，颜科便对刚才的事情明白了三分，但他不明白阿杰死而复生是怎么一回事。一旁的赵文也说道：“赶快讲啊，我什么都不知道。”

“你怎么刚被解救出来就这个样子，心这么大呢？”田抽批评了赵文一句，赵文撇撇嘴，没有理会。

“好了，事情是这样的。”田抽说道，“那天你和大立他们跟踪阿杰，整个过程我们都策划好了，阿杰故意到天台等你。当然，这里面也有很多不确定因素，但综合周可对于大立行事风格的描述，可能性最大的一种情况，就是他让你自己去天台和阿杰决一死战，自己则在远处观望。他非常谨慎，不会轻易让自己手上沾上荤腥。

“后来事情的发展验证了我们的推测，到天台的只有你一人。阿杰对你说的那番话，也是我们事先演习好的，因为很不幸，你有一个最大的弱点，就是优柔寡断。”

说到这里，颜科想要反驳，但田抽没给他机会。

“你别着急否认，你是什么样的人，你自己心里清楚。你根本没有胆量杀阿杰，你杀人的勇气完全来自你复仇的怒火。一旦你的人性占据上风，你是说什么也不可能下得去手的。”

说到这里，阿杰插了一句：“颜先生，虽然昨晚在天台上我对你说的话是演习过的，但我保证说的都是心里话，除了想死那件事之外。”

颜科看看阿杰，点点头，示意田抽继续讲。

“后面的事其实是个简单的障眼法，楼顶下方的顶层阳台，是阿杰早就经准备好的一间安全屋。我们的人在窗户边做好了准备，阿杰跳下去，借助空调室外机做个跳板，就会跳到窗台里面，所以阿杰根本就没有跳到楼下。而躺在楼下的，其实是另一个人。当你站起身来，跑到楼顶边缘的时候，真正的阿杰早已经在楼下房间里了，而你只是看到了一个替代品。”

“可我们下去的时候……”

“对，你们下去的时候，躺在地上的是货真价实的阿杰。其实这也简单，我一直在暗中观察你们的行动。你们往楼下跑的时候，我给大立打了个电话，约今天见面的事，这样就会拖延一点时间。但是这点时间还不够，你们后面还上了我们一个当。记得当时有个目击者突然喊了一声吗？那个小伙子其实是肖湖酒吧的酒保小鹏，我们安排他在那边埋伏，等你们出来后喊一声，你们就会认为阿杰是在那边，自然而然循声跑过去。其实你们对这个小区不了解，你们从右边过去其实是绕远的，真正的近路是从左边跑，会节省大概半分钟。你们跑向楼后的同时，阿杰已经通过楼梯来到一楼，你们刚走他就跑出楼门，从左边绕到楼后，在你们到达以前躺到那里，完成‘尸体’的交接。”

颜科恍然大悟地点点头，但又说道：“不对啊，当时那个‘余则成’过去探了阿杰脉搏，说已经……”

“说已经没有脉了，”田抽笑笑，“其实这里是整个方案最薄弱的一环。阿杰当然不可能没有脉搏，反而一路跑下来，他的心率应该非常快才对。所以我们在这尽可能地设置了障碍，包括让酒保跟着副站长一起过去，在有旁观者的情况下，一心想尽快脱身的他不可能仔细地检查阿杰的情况，以免被人记住出岔子。我们让阿杰保持一个别扭姿态趴着，只有左臂露在外面，在不翻动他身体的情况下，副站长能做的只有检查他左臂的脉搏。”

“那他左臂的脉搏？”

“靠的是这玩意儿。”阿杰从兜里掏出来一个东西，在众人面前晃晃。颜科发现那是一个黑色橡皮筋，女人扎头发用的，与此同时赵文惊呼了一声。阿杰看看众人，继续说道：“压迫上臂腋下动脉可以造成脉搏停止的假象，为了避免失误，必须找一个能固定的压迫物。田抽顺手给了我这个，不得不说这东西质量真好，我生怕会把它会崩，还好并没有。我唯一奇怪的是，田秦一个大男人，为什么要在手腕上戴这东西。”

“你赶紧还给我吧，”田抽从阿杰手上抢过橡皮筋，放在手心上递到赵文面前。

赵文突然觉得有些恍惚，不知道自己身处何时，身在何地。

“系上吧。”田抽开口。

赵文笑笑，接过小头绳，但并没有扎头发。她反手抓过田抽胳膊，把它再一次戴在他手腕上。此时气氛有些暧昧，其他几个人不得不干咳几声，把田抽和赵文拉了回来。

“好了，现在整个过程都给你解释清楚了，你还有什么不满意的吗，叛徒同志？”面对田抽的揶揄，颜科这次心里稍微平和了一点，又问道：“你刚才说整个计划还有那个肖湖的参与？”

“要是没有肖爷这事还真成不了，”田抽回答，“包括今天的安排，负责在小区里拖住副站长的保健品推销员就是他的人假扮的。不过今天首功还是要算在舍生取义的抽哥身上。说起抽哥真是不服不行，真真正正的资深表演艺术家，中午在家门口诀别的那两滴泪，把我都给惊着了。”

“你们早就预谋好了啊。”颜科看起来难受得要命。

“这也得感谢大立大意，他竟然好死不死选了阿杰的安全屋。要知道阿杰对他每个安全屋都了如指掌，不然我们怎么会那么巧赶在小区广场人最多的时候演这一出大戏呢？当然我们为了赶上时间，不得不故意迟到一刻钟，这么没道德的行为本来我是做不出的。”

颜科疑问：“你和肖湖他们又是怎么搅和到一块的？”

“不是我们搅和到一块，而是本来就在一块。”田抽摇摇头，“你还记得上次我们伏击阿杰，结果他被人救走吗？”

颜科点点头。

“那次救走阿杰的，按你的说法，是个戴着帽子墨镜口罩，包裹得死死的本看不出来样貌的人，对吧。”

颜科又点点头。

“但很可惜，有一个最该包上的地方，他给忘了。”

“什么地方？”颜科不解。

田抽举起手掌，有点松垮的小头绳退到小臂中间，“手。”

“手？”

“对的，”田抽点点头，“我从后面追，那个驾驶员伸手到副驾驶开门，因此我看到了驾驶员的手。那双手我很难忘记，因为它太白了，白得不像人类的手。当然，这世上有无数个手非常白的男人，但是很可惜我只认识一个。”

“谁啊？”颜科不知道这回事。

“肖爷酒吧的调酒师，小翔。”阿杰在旁边补充道。

“哦……”颜科逐渐明白了，“所以说肖爷和阿杰，原本就是一头的。”

颜科说完，除了赵文，剩下的几个人一起点点头。

“我总感觉肖爷之前在骗我，去过阚林家后，我又独自去了酒吧，见到了肖爷。”田抽继续说，“他承认确实和阿杰认识，而且关系不错，之前他怕我会对阿杰不利，所以谎称和他不熟。后来阿杰出了危险，他不得不派小翔过去接应，这才露了马脚。不过好在我和他把事情说清楚以后，他表示愿意帮我，也算是阴错阳差，因祸得福吧。”

田抽说到这里，大家听到楼外声音慢慢退去。杨八旦走到窗前观察片刻，回来说：“都撤了，估计已经把老三给劝下来了。”

“好吧，那咱们也别聊了，以后还有时间。”田抽站起身，“我和旦哥先去派出所给抽哥赎身，你们先回去休息会儿吧。”

“我也跟你一起去。”赵文走到田抽身边。

“你就别……”田抽刚要拒绝，看到赵文坚定的眼神，改口道，“别不去啊。”

其他几个人笑了两声，这时颜科发现其实只剩他和阿杰两人了。前一晚还在天台生死相搏的二人，突然变成同一战壕的战友，这倒和之前与田抽的相识的过程很像。

不过这次颜科显得有些腼腆起来，还是阿杰先开口：“颜先生，咱俩要不先找个地方喝两盅？”

第十七章：主动出击

信者，诚也。从人从言。会意。人言则无不信者，故从人言。

——《说文解字》

1.

从派出所回来的路上，田抽开车，赵文在副驾驶，王三抽和杨八旦坐在后排。

“明年咱俩得调整一下方针政策了，我说什么也不能再表演跳楼了。”王三抽拿着手机对杨八旦感叹道，“几个派出所辖区，我基本上都跳过了。现在公安系统都联网，长此以往容易被盯上。”

杨八旦听了点点头，若有所思地看着窗外。

“你们明年还要继续干这行？”田抽问。

“那还能干啥？”王三抽反问。

赵文转身对二人开口道：“你们俩这么聪明，又年富力强的，干点什么不行，何必非要干这鸡鸣狗盗的事呢。”

“我要是年轻个十岁也行，”王三抽回答，“我就去考中央戏剧学院，绝对秒杀现在这些小鲜肉，大不了我再整个容。”

“你现在这样挺好的，”赵文看看王三抽，“就别麻烦大夫了。”

“论演技抽哥确实是登峰造极，可我纳闷，那会儿你俩假装走的时候，是怎么哭出来的？”田抽问。

“嗨，想点糟心事就成了，都是岁月磨砺出来的。”王三抽显得很不当回事，“你不知道我这些年各类表演，流眼泪算什么？还有号啕大哭的，撒泼打滚的，屎尿齐流的……”

“可以了可以了。”赵文打断王三抽，她害怕听到更多催吐的内容。

“对了抽哥，”田抽问，“我一直想问你，你职业生涯这么多次跳楼，有没有哪次真跳了？”

“你这话说的，好像我是天桥的把式——光说不练一样。下面那么多观众扔下手头工作，冬练三九夏练三伏在那儿眼巴巴地站着，消防车也到了，大垫子也充起来了，有时候不跳真对不起大家伙。我个人的理念是，该跳的时候必须得跳，具体跳的次数……印象里得有五六回吧？”

“八回了。”旁边的杨八旦补充了一句。

赵文听了夸赞了一句：“旦哥真贴心。”

“抽哥，”田抽继续问，“你跳了这么多次楼，每次临跳前都会想些什么？”

“想什么呢……”王三抽陷入沉思，“大概就是想怎样才能在落地之前学会飞吧。”

“抽哥还会搞心灵鸡汤呢。”赵文赞叹道。

王三抽回答：“我开玩笑的，其实主要是想千万别跳歪了。”

车子驶过大街小巷，几天下来，这座城市进入新年最后的倒计时阶段，店家都应景地挂上红灯笼和对联。其中很多可能是去年，甚至几年前挂的，等到想起来的时候，发现正好快到下一个春节，就开开心心地继续挂着。

这时田抽接到阿杰的电话，说颜科已经醉倒了，现在他要拉着颜科去自己的暂住地休息，让田抽不必担心。田抽回答：“你俩谁也不值得我担心。”

田抽挂了电话，继续驾驶，后面的王三抽搭话道：“对了田兄弟，现在赵姑娘也接回来了，颜科的事也了了，你后面有什么打算没有？真的就像跟大立说的，以后两不相欠，这事就算过去了？”

田抽笑道：“这个问题就不是我能决定的了。”

“那谁决定？”

“难道你没发现，咱们的大杀器很久没出场了吗？”田抽笑着将油门加大，车子转弯驶入南新华街，前方不远就是琉璃厂。

2.

阉林正专心致志地修补一把瓷质马克杯，杯子的主人是个高中生，说这个杯子是前女友送的，前两天刚与他分手。分手当天晚上，男孩一怒之下把杯子摔了，第二天醒来又觉得后悔，便找到在网上挂单经营焗瓷生意的阉林，希望他把这个杯子焗好，他再拿去送给前女友，取“破镜重圆”之意。

阉林一边耐心地用台钻在瓷面上打孔，一边暗笑这个小男生太傻太天真，与其着急地想方设法追回姑娘，不如静下心想想究竟是哪里出了问题。接货的时候，他没问男生二人为什么分手（实际上他连修补这个杯子的原因都不想听），不过对于这个年纪的孩子来说，显然最大的可能性还是移情别恋。若真是如此，那修补这个杯子就没什么意义，闹不好会当场二次死亡。不过开张营业不需问青红皂白，阉林做好自己的事就是了。

想到这里，他不禁佩服起赵文对田抽这段跨世纪的单相思。说是“单相思”不完全准确，他知道田抽心里也有赵文。但以他的性子，不会主动追求任何一个人。而赵文看似大大咧咧，这方面却也很保守，二人磕磕绊绊地过了十来年，都快三十岁了，还在这儿耗着。

阉林盼着经过这次的事情，二人的发展可以提点速。

正琢磨着，店门突然被人推开，紧接着是一系列叮叮咣咣的声音。

“阉林你干吗呢，怎么满地都是红牛罐子？”田抽数落着走了进来，身后跟着赵文和小偷二人组，不大的店面顿时显得十分拥挤。四人跨过地上的红牛罐，依次走到他的面前。

“我说你这是在干什么呢？怎么不干正事呢？”田抽问。

“我这就是正事啊，”阉林没有抬头，“‘严林焗瓷金缮作坊’的名号可不是闹着玩的。”

“好好好，”田抽服软，“那我交代你的闲事呢？”

“你们先坐一会儿，我这儿还差一点。”阉林很专注地埋头工作，“我身后有红牛，随便拿别客气。”

没人拿红牛，大家各自找地方坐下。这时赵文注意到阉林隔桌的电脑屏幕亮着，走过去想抓起鼠标。这时候阉林突然冒出一句：“别动电脑。”

“玩把扫雷也不行啊！”赵文有点不高兴。

“一会儿出了问题，你问问田抽饶不饶得了你。”阉林头也不抬地说。

赵文听了，看看田抽。田抽开口道：“饶得了，饶得了。”

真是太阳打西边出来了，阉林心想，田抽竟对赵文态度如此和缓，难不成真有戏？阉林正想着，赵文像接到圣旨般又去抓鼠标，还没等阉林发话，田抽先开口：“不过你还是等会儿再玩吧。”

赵文“哦”了一声，没再碰电脑。

（夫唱妇随啊！）

过了几分钟，阉林做完手上的活，放下杯子，掸掸身上的瓷粉，摘下围裙放在桌子上，转身面对四人。

“大立这个区块链，从实质上讲也不是一个完全的私有链，它保留了公有链的挖矿机制和一定程度上的去中心性，但是它的服务器部署还是中心化的，而管理员在最大程度上限制了矿工和用户的权限，是一个结构特殊的区块链。具体的技术问题我就不给你们展开讲了。”

阉林说完，环顾四周看大家的反应。赵文和王三抽点点头。阉林继续说道：“那我就用尽量简单的语言跟你们介绍一下这个区块链的工作原理，你们看如何？”

这次还没等其他人表示，田抽先说话了：“这我也不想听，你直接说正经的吧。”

“好，”阉林早料到是这样的结局，点点头继续道，“是这样，我们目前所掌握的权限，均不足以在业务上摧毁这个区块链。但当然，大立的这个区块链有一个小漏洞，那就是并没有限制矿工和交易参与人的数量，所以我们有个笨办法，就是使用类似比特币所谓的51%攻击原理，注册多个矿工账号，让我们的算力远远高于真正矿工的算力，这样就可以随意地控制区块链后面所有交易的走向。这个方案我考虑过，但有两个问题，一来这么操作太过明目张胆，管理员一旦发现马上就可以予以遏制，即使我手上有周可的部分管理员权限，可跟大立比手快的话，不一定有胜算；另一方面，就是这个方法太愣了，毫无美感可言，我不喜欢。”

“说正经的。”田抽再次警告阉林。

“好吧好吧，后来我想，区块链技术相比于传统的中心化数据库，最大的优点是不可篡改性，可以让本身不存在互信关系的参与人建立信任机制，从而完成交易。大立的私有区块链也一样，由于账本的去中心化和交易的签名机制，所有的交易都有迹可循，且难以篡改，信任关系由此得以建立。也就是说，我是一个委托人，你是一个矿工，我们本身彼此都不相信，但由于区块链的不可篡改性和可追溯性，我们认为在这里完成交易最为可信，这才是大立私有区块链赖以为生的基础。所以……”

“所以，我们只要破坏这层信任关系，区块链就没有存在的意义了。”田抽打断阉林说道。阉林有点不高兴，田抽总是在事实已经很明白的时候出来插话，彰显他那自以为是的小聪明。更令人恼火的是，其他人似乎反应真比他慢那么一点，小偷二人组和赵文都露出恍然大悟的样子。

“这个方案看起来可行。”田抽问，“具体怎么操作？”

“我还不知道这个方案可行？要是等你拍板黄花菜都凉了！”阉林终于有机会奚落田抽，心里暗爽了一下，“这两天趁你们拖住大立时，我已经把方案付诸实践了。现在要做的只有等待，看这个区块链在大立不知不觉的情况下会演变成什么样子。”

阉林说完志得意满，目光锁定在电脑显示器上。其他人跟着看过去，由于不明就里，因此还是一脸茫然，其中也包括田抽。

阉林很喜欢这种把他人都蒙在鼓里的感觉，也体会到田抽之前凌虐众人智商的快感，开始缓缓说明自己的具体方案。

“记得我们之前为了引出阿杰发的几笔委托吧？其中绝大部分都被我们自己的账户接单，不过也有一单是阿杰接的，也就是文兄被掳的一次。”阉林说到这里看了一眼赵文，她微笑着回应道：“谢谢你的提醒。”旁边的田抽让他别说没用的。

阉林继续说：“首先我先以委托人的身份再次发起违约赔偿，钱就回到了我们的账户上。”

“好的，谢谢你保住了我们的贴身财产，然后呢？”田抽问。

阉林从身后的箱子里抽出一罐红牛：“然后我用阿杰的账户，找到了一个新的安全屋委托，并接了单，约定昨天晚上交货，应该和阿杰跳楼的时间差不多。显而易见，我不是阿杰，哪里有货可交，自然而然就真实地违约了。

“短短几天时间内，过去几年从未出现过违约行为的私有区块链，接连出现三次违约，而且违约都出现在业内最有口碑的阿杰身上，其他的矿工和委托人不可能视而不见。这个区块链最大的弊端也就出现了，那就是信息不对称。”

阉林特意停顿了一秒多，见田抽并没有接话，显然思路没有完全跟上自己，心中又暗喜了一阵，但是也只是很短的一阵。

田抽开口道：“你的意思是，这个区块链虽然具有很好的隐蔽性和不可抵赖性，但是由于交易规则十分简单，缺少完整的服务和评价体系，所以一旦出现信任危机，管理员很难快速响应，原本素不相识的矿工和委托人更不知道究竟发生了什么，信任也就开始垮塌。”

“你说的……没错。”阉林不得不承认，“然后我就开始等，从昨天晚上到了今天中午，果不其然，没有新的委托，也没有一个矿工去接历史存留的单子，整个区块链在这段时间没有生成新的区块，大家都在驻足观望。”

“不光因为这个。”田抽补充道：“你们别忘了，前几天抽哥和旦哥去肖爷酒吧，还传出消息，说阿杰被警方控制了。虽然我们本意只是引阿杰现身，但是他没有出来声明，所以这个谣言没有被打破。如果把这件事和区块链上阿杰违约事件结合在一起，想法比较多的人会认为……”

“区块链被警方盯上了！”阉林听了，把红牛往桌子上一拍，洒了几滴到桌子上，“妙哉妙哉，简直是搂草打兔子，无心插柳柳成荫啊！”

田抽也点点头：“有些事不怕你不琢磨，就怕你瞎琢磨。一旦有人开始怀疑，在相关群体内一传播，一传十十传百，说不好传成什么样子。所谓宁可信其有，不可信其无，这样一来就更没人敢出头了。”

“有道理。”阉林一口喝干剩下的红牛，“不过这还没完，到了中午的时候，我抛下最后一枚炸弹。”

“你是不是动了周可的管理员权限？”田抽问。

非常可惜的是，田抽又猜对了，阉林略带失落地回答：“没错，我使用周可的管理员权限，在区块链上发了一个新的公告，内容照搬之前那个，连标点符号都一模一样，就说这两笔单子恶意违约，然后赔给阿杰双倍手续费……对了，话说可姐上哪去了，我还得给她赔个不是，这两笔赔偿花了她账上不少比特币。”

“她跟大立回去了。”田抽回答了一句，然后陷入了思考，“我琢磨琢磨你这个事啊……”

“你还琢磨什么呀，”阉林心里又高兴了，“道理很简单嘛，前两天刚发公告，说以后对违约行为严惩不贷，今天又主动赔钱，大家怎么想？第一，违约成本太低；第二，区块链威慑力太弱；第三，管理员太低能。”

“第四，管理员也被警方控制了！”田抽补充了一个猜想。

“对对对！棒呆了！”阉林笑得乐不可支。

“我提个问题啊。”赵文在一旁举起手来，阉林示意她可以提问，“大立他们现在不是已经回去了么，他们作为管理员，看到这些不可以删掉么？”

“奥妙就在这里。”阉林刚要回答，却被田抽抢先了，他恨自己张嘴太慢了（早该想到的），“这个私有区块链的最大特征是什么？刚才刚教过的知识点这么快就忘了？就是不可篡改，不可抵赖。如果大立按你说的做了，那么他面临的危机就不是信任问题，而是事关区块链存亡的根基问题了。现在区块链的信息不对称和不可篡改性出现了无法调和的矛盾，除非用户们坚定地相信他、拥护他、支持他，继续在上面发布委托生成新的区块，否则这个难题他无法靠自己解决。”

“所以我们现在什么都不用做了？”王三抽插话道。

“什么都不做，”阉林回答，“就在这儿等。”

五个人把目光聚焦在电脑屏幕上，等待事情下一步的进展。

“真不喝红牛吗？”阉林又问。

第十八章：最后独白

“老吾老以及人之老，幼吾幼以及人之幼。”

——《孟子·梁惠王上》

1.

爆竹声声辞旧岁，欢声笑语迎新年。

田抽在床上躺着，春节联欢晚会准时开始，唱起多年不变的经典曲目。可他基本上什么也听不清，窗外鞭炮声音此起彼伏，在光影的衬托下，所有感官都已经失灵，除了呆躺着别无他法。田抽曾经自嘲过，这句描述除夕之夜的对联，对他而言该改为“爆竹声声被吵醒，欢声笑语靠电视”。

大概零点过后半个小时，外面的声音渐渐式微，在警察和城管部门的合力劝说下，放炮大军开始纷纷归家，换一个更舒适的环境去发红包和抢红包。

田抽的手机震动了半宿，他一条消息都没打开看，也没抢任何一个红包。一点点零钱在亲戚朋友之间来回转，这样的游戏有什么意思呢？难道还能发家致富不成？为了避免不赚反赔，装死是最好的办法。

手机并没有给他太多消极怠工的机会，很快它又开始震动，频率不同于消息，是来电话了。预见到耳朵会在这两天间歇性失聪，田抽把手机调整到震动状态，用触觉换听觉。他好奇地拿起手机，想知道是谁在这时候给自己打电话，显然对方有急事。

陌生号码。

除夕夜十二点半，再敬业的骚扰电话也应该下班了吧？田抽接了起来。

“我是×××。”

“谁？”

无论是电话听筒里，还是田抽耳边，都被爆竹声环绕，他完全听不清对方说话。不过听起来是个女人的声音，田抽心里多少有数了。

“我的声音你听不出来？”对方提高嗓门，感觉已经近乎于呼喊。

“听不出来。”田抽决定装傻到底。

“我的声音你也听不出来吗？”

对面沉默了一小会儿，换了一个男人的声音重复相同的话。这次田抽突然玩笑不起来了，这个人的声音他也听得出来。

“喂？震聋啦？”对方还在追问。

田抽料想他这几天应该会来联系自己，或者至少有点什么行动表示一下。自从阉林一番操作以来，已经三天没有任何音讯。但他没想到对方会选在这个时间点。谁家过年还不得吃顿饺子？

思考片刻，田抽回答：“你找我干什么？”

“聊聊呗。”

“大过年的聊什么。”

“给你拜年啊。”

“儿媳妇回门也得等初一白天啊。”

“哎呀等不及啦。”对方开朗地回答，一点都不像有烦心事，“我俩就在你家楼下，本来打算直接敲门，她非说打个电话问问……”

“别来别来。”田抽没这个心理准备，慌忙打断。

“……才显得比较礼貌一些，现在电话打完了。”对方显然并没理会田抽的拒绝，“我俩上楼了，准备开门啊。”

“别别别……”

对方没有给田抽继续拒绝的机会。他把手机从耳边拿到眼前，觉得这事有些魔幻，很快门铃响起，提醒他这是真的。

田抽站起身，看看自己的打扮，穿着还算得体，便缓缓走到大门口，通过猫眼看看外面。眼前只有两个人，手里还拎着年货，见对方没有耍花样的意思，便把门打开。

“田兄弟过年好啊！”大立喜笑颜开，“我们俩给你拜年啦！小小意思不成敬意，你可别嫌寒酸啊。”

大立一边说话一边和周可前后脚踏入田抽家门，把手里的东西往地上一放，就大大咧咧地进了客厅。田抽看了一眼周可，她无奈地耸耸肩，什么也没说，跟着大立一起进屋。

“这年头你还看春晚啊。”大立直接坐在沙发上，盯着电视屏幕。

“你到底有何贵干？”田抽不想和他聊家常。

大立咂咂嘴，开口道：“田兄弟，今天我俩登门拜访，主要是两件事，这不是过年了么。琢磨着给你拜个年，走动走动，增进一下感情。”

“直接说第二吧。”

“这第二嘛，你自己心里也应该有数。”大立显得有些促狭，“我这个区块链，我个人表示还是认栽吧，所以今天来呢……”

“找我算账？”

“不不不，”大立连忙摆手，“你放心，我没有找你算账的意思。这个区块链于我来说没什么，之前也和颜科说过，不过是玩玩罢了，做成现在这个样子，并不是我的本意。”

田抽笑道：“那你之前又绑人又威胁的，是干什么呢？”

“这是两码事。之前你们在我的区块链上捣乱，我自然要管一管。现在你们利用区块链上的漏洞，从原理上制止了它的发展，让我对信任关系这件事有了更深的理解。这一点我一是敬佩，二是服气。”大立的语气越来越严肃，“所以我认了。即使我有办法，也没有兴趣再恢复它的运行了。我今天来就是告诉你，新年新气象，这个区块链从今天开始，我要把它的服务彻底停掉。”

田抽看了一眼在旁边没有落座的周可，她点点头表示肯定。

“不过你也别高兴，你并没有取得什么胜利，”大立又开口，“这个世界看上去光鲜亮丽，外面的烟花映照家家团圆，但有光的地方就会有阴影，我的区块链只是地下世界的冰山一角，甚至都谈不上什么地下世界。在你不知道的角落，还有许多运转流畅的犯罪体系，规模甚至大到超乎你我想象，可能没人能阻止它们运行。”

“不过你的区块链最终还是失败了，”田抽回答，“这总比成功要好一些。”

“看起来是这样，”大立回答，“好了，该说的我都说完了，我看你也没有留我吃饺子的意思……啊不对，我估计你这儿压根就没饺子。我给你的礼物里有一盒速冻的，一会儿你要是饿就煮了吧，三鲜的，味道不错。我俩呢，就告辞了。”

大立说完站起身，走到田抽面前伸出右手，“我估计你也不想交我这个朋友，不管以后我们会不会有什么瓜葛，今天我真诚地来给你拜年。”

田抽想了想，伸出右手握住了大立。

“对了，”大立并没有马上放手，“帮我把新春祝福也带给你的几个朋友吧，我俩就不挨个拜访了。你的朋友们都很棒，有这样的朋友令人羡慕。”

“拜年的话我会带到的，后面的奉承我就不转达了。”田抽回答。

大立哈哈大笑，回答：“你怎么配有他们这样的朋友。”

田抽没有回答，两人把手放下。旁边的周可走过来开口问道：“颜科怎么样了？”

“应该……还不错吧。”

“他女儿的案子，不再继续查了？”

“他应该不会再查了。”田抽把重音放在“他”字上。

“什么意思？”周可挑着眉毛看田抽。

“没什么，”田抽伸手，“祝你新年快乐。”

“哦，新年快乐。”周可轻轻握了一下田抽的手。“顺便劝你一句，趁早和赵文断了联系吧。她挺好的，你别耽误人家了。”周可放开手的时候补充道。

田抽笑笑，没有回答。

送二人出门后，田抽回到客厅，电视上的春晚到了收尾阶段，外面的爆竹声音也只剩零星点点，他突然产生了一个想法。

田抽迅速来到门口，开门喊了一声：“等一下！”

“干什么？”还在等电梯的大立和周可闻声走回来，“要煮饺子么？”

“我有个小请求，我感觉你应该可以答应我。”田抽开口。

2.

颜科打开阉林小店的门，发现店里无比热闹，除了店主外，小偷二人组和阿杰在坐着聊天。

“哟，颜先生来了，”阉林一眼看见他，“来来来，喝罐红牛不？”

颜科摆摆手道：“我正好路过，以为大年初一你不会开门，没想到这么热闹。”

“都是一些无家可归的人哪！”王三抽笑着回答，站起身来示意颜科坐在他的位置上。

“不必了，”颜科笑着摆摆手，表示他不坐，“我本来想打个电话说一声，正好路过就来看看，当面告个辞。”

“告辞？”这次开口的是阿杰，“你要去哪？”

“也不去哪。”颜科回答，“这不是过年了么，昨晚回家和父母吃饭，突然觉得很久没和他们在一块好好待会儿了。这半年他们很辛苦，我也累了，决定出去放松放松，带他们出去自驾游，走到哪算哪，什么时候玩不动了再回来。”

“真潇洒，”王三抽啧啧称赞，“离婚了还这么有钱，果然黑人家电脑的功夫不是白练的。”

杨八旦捅了一下王三抽，让他别张嘴乱说。颜科倒不太在意一样，回答道：“也没多少钱，花到没就是了。再说我父母也有钱，我啃啃老也没什么。玩一圈回来，我也该重新找工作，一天到晚闲着，真的啃老了。”

几个人都点点头，似乎都想说点什么，却又不知道该说什么。

“你们呢？”颜科再次开口，“你们就不找点工作？来年还继续干这些……违法乱纪的事？”

阉林自忖这话肯定不是跟他说的，于是看向小偷二人组和阿杰。这个问题大概有些尴尬，三人一时都没开口，于是颜科补充道：“其实你们都是很善良的人，不然你们也不会帮我们做这些事。我不相信你们在犯案的时候没有愧疚感。我还是希望你们都能做点更有意义的事情，最起码可以不伤害别人。我宁愿相信你们绝不是因为热爱才选择做这个，更不是因为走投无路。有时候境况确实糟糕，但我还是觉得人很少会真的走投无路。我之前就以为自己已经走投无路，现在想来还是我太狭隘，其实自己还能做很多事。当然，人活一辈子到底为了什么，我也说不清楚，但是不管怎样，也得给自己的一生一个体面的交代才好。”

见三人还是不说话，颜科改口道：“我大概管得有点宽了，不好意思。不管怎么样，祝各位新年快乐。”

“不，你说得挺对，我会好好想想的。”阿杰首先回应。

“对，好好想想。”王三抽附和，还拍拍一旁杨八旦的肩膀，杨八旦庄重地点点头。

“对了，田抽今天没在，你要不要给他打个电话道别？”阉林问。

“好，一会儿我就给他打过去。”颜科点点头，“那我就不打扰各位了。我父母还在车上等着，咱们有缘再见吧。”

“有缘再见，新年快乐。”四人纷纷送上最后的祝福，目送着颜科离开了。

“可话说回来，不干这个，还能干点什么？”王三抽坐回自己的位置，开始自忖起来。

“焗瓷金缮手艺，包教包会不包分配。”阉林处理着手上那个饱含高中生浓浓爱意的马克杯，小声嘟囔道。

“我总不能真的去报电影学院吧？”王三抽没有理会阉林的话，还在和杨八旦讨论，“要不咱们去蓝翔学开挖掘机？”

“电脑技术我也可以教你们。”阉林补充。

“学烹饪怎么样？”杨八旦问。

“其实我靠配钥匙的技术应该能混碗饭吃。”阿杰也加入了小偷二人组的讨论。

“你们听没听我说话啊！”阉林生气地大喊。

3.

“好，好，那你们一路注意安全吧……好，过年好……再见。”田抽挂掉电话。

“是颜科啊。”

田抽点点头，拿起面前的杯子，喝了一口威士忌。他几乎不喝酒，更不怎么喝洋酒，若不是对方执意推荐，他不会拿起酒杯。

“他女儿的事，不再追究了？”

“应该如此。”

“其实这样也挺好。”对面的人仰身靠在椅背上，像是在伸懒腰，“人世的事大多都是命，不是想变就变的，这不是迷信。命里有时终须有，命里无时莫强求。这两句话大家想得明白，但是最讨厌的就是你以为你命里有，最后发现其实它没有。颜科要是真能想开，那对他来说是好事。他无论再做什么，也只能让事情变得更糟。”

田抽若有似无地点点头，像是对他的话的肯定，又像是在敷衍。他盯着酒里的冰块，冰块随时间慢慢融化，在棕黄色的液体里漾开，好像就此消融不见，但是仔细观察的话，会发现由于密度不同，融化的清水会形成絮状的波纹，你不动这个酒杯，它就久久不会消失。

“不说他了。”对方欠身回来，双肘架在桌面上，抓住自己的酒杯，“大年初一这么好的日子，你跑到酒吧里来找我，不是为了闲聊吧？”

田抽四下望望，整个酒吧除了他们二人，只剩吧台上一个身影在娴熟地擦着杯子，旁边还有一人坐在吧凳上撑着下巴打哈欠，此外无其他客人。这样的酒吧还在开张营业，好像专门为他准备的一样。

“我有个疑问，一直不太确定，所以想来问您。”田抽目光回到对面的肖湖身上。

和这个小老头面对面时间长了，田抽感觉他身上那种独特的气场渐渐消失，现在就和普通的广场舞大爷没什么区别，甚至比他们还要萎靡和消沉。

“关于什么？”

“关于颜科的女儿。”

“颜科的女儿，不是不追究了么？”肖湖面露好奇。

“颜科是不追究了，”田抽回答，“就像您说的，颜科不追究对他是好事。但是我不是颜科，所以我还想追究一下。”

“那你说吧。”肖湖摆出洗耳恭听的姿态。

“关于颜科女儿案子的始末，”得到了肖湖的放行后，田抽开始直入主题，“其中提到了关于一个落马的贪官的一些肮脏的交易。周可和我叙述的整个过程我都没有异议，只是她的话里有一个明显的破绽，让我想不通。”

“什么破绽？”肖湖问。

“你怎么不问问，这笔肮脏交易是什么？”

“你这个年轻人怎么这么没劲呢。”肖湖露出一丝玩味的笑容，啜了一口酒，示意田抽也喝。

田抽没喝，继续说道：“好的，我继续说。这个疑问就是，按周可说的，那个落马贪官司徒局长为了得到女童，委托一个在行业内只手遮天的神秘人物色，神秘人则委托绑架犯进行绑架。这里面还牵扯到其他区块链交易，但主线是这两条。我们来推想一下啊，首先说这个绑匪，他没有任何道理杀害颜科的女儿，这对他来说毫无意义，他想要的只是钱罢了，凶手肯定不是绑匪。”

肖湖点点头。

“下面我们来说司徒局长。司徒局长如果知道自己大限将至，他希望减少对自己不利的罪状，所以想杀人了事。这从情理上讲得通，但却面临两个问题。第一，如果是这样做，绑匪其实是对神秘中间人违约了，可区块链没有发生任何违约事件，第一笔违约是周可造成的。所以说是神秘中间人甘愿吃瘪？我觉得不太合理。”

“第二呢？”

“第二，”田抽回答，“司徒局长怎么知道安全屋在哪？”

“问得好。”肖湖深以为然地点点头。

“对于第一条疑问，我觉得更合理的解释是，凶手不是司徒局长的人，而是那个中间人。只有他下手，既保证自己不会违约，也不会让上游判定自己违约。人家已经火烧眉毛了，哪有心思管这个？”

“确实更合理。”

“而基于第二条疑问，我只能推测，这个中间人可以知道安全屋在哪。知道安全屋在哪的人有两个，一个是绑匪，他的嫌疑刚才已经被排除了，另一个就是……”

“阿杰。”肖湖替田抽回答。

“正是，”田抽看着肖湖，“可阿杰显然不是什么神秘的江湖大佬，但阿杰一定和神秘的江湖大佬有不错的关系。由于这个原因，大佬不希望外人知道自己和阿杰关系不错，却因为一个小小的失误暴露了这层关系。大佬于不得不尽量帮助这个人，希望他把注意力转移到其他事身上。等事情解决，也就不会有人想起这件事。”

“所以你推测的神秘江湖大佬，”肖湖靠得离田抽更近了一点，“就是我呗。”

“基本上是这样。”此时，田抽拿起自己面前的那杯冰块已经完全化掉的酒一饮而尽，分不清哪一部分是酒，哪一部分是水。

这次换肖湖沉默了，一直盯着桌子。许久，他重新抬头，目光却变得柔和而慈祥，这让田抽莫名地打了个冷战。

“田秦，你知不知道，对于我这样一个人来说，‘金盆洗手’这四个字其实很遥远。身在这个圈子，你只要进来，就会沾上这股味道，而且很难洗掉，更何况是在这里浸淫了几十年的人，想退出去是永远不可能做到的。”肖湖一字一字地开始说起一个看似毫不相关的话题，“我肖某从出师以来，风风雨雨六十多年，我与天斗过，与地斗过，却永远斗不过一些人。他们比天地还要可怕一些，可以随时置我于死地，因为我不管混得多好，也还是一个贼，这就是我的可悲之处。”

“其实您的可悲之处在于，”田抽也看着肖湖，“即使给自己的行为找再多的借口，即使连自己都骗过去了，其实也不过是因为您压根放不下‘肖爷’这个名号。”

肖湖又笑了，眼神又变得淡然如水，说道：“田秦，说白了，这些都是你的凭空猜测，并没有证据。看在咱俩相识一场的份上，我不会怪你诽谤的。”

“那我谢谢您。”田抽笑着回答，“我确实没有证据，所以我说了，这只是一个我没想通的疑问，来找您聊一聊，听听您的建议。”

“那我的建议就是，”肖湖喝掉杯中酒，二人面前都是空杯子，“好好走自己的路，你的人生还长得很。”

田抽点点头，“那我也斗胆给您一个建议，建议您也好自为之。

您的人生之路已经不长了，希望能有所善终。”

肖湖冲小鹏打了个响指，小鹏非常识趣地拿着酒瓶跑了过来，给二人重新倒上四分之一杯的威士忌，又抱着酒瓶跑回去。

“干杯吧。”肖湖拿起酒杯，田抽也拿起酒杯。被小翔擦得锃亮的玻璃杯在空中相撞，发出清脆悦耳的声音，两人将杯中酒一饮而尽。

田抽放下杯子，站起身来向大门口走去。肖湖纹丝不动，任田抽走远。走到吧台旁边的时候，田抽看了一眼吧台内的小翔，突然用很响亮的声音问：“对了，小翔，我听说你是前几个月才被肖爷带来这里的，对吧？”

小翔看看里面的肖湖，肖湖依旧像个雕像一样，没有任何行动。他回头看着田抽，点点头。

“好像就是在颜科女儿被害案后不久？”田抽又问了一句。

小翔这次没有任何表示。

田抽看看小翔擦杯子的两只煞白的手，开口道：“希望你的手永远都这么干净才好。”

旁边莫名其妙的小鹏搭话：“田哥，你这是说什么咧？”

“没什么。”田抽对小鹏笑笑，拍拍他的肩膀，“都结束了，是吧？”

说完，他便走出肖湖的酒吧。

终章：老树新花

我是女生，奇怪的女生。

我是女生，你不懂女生。

——《我是女生》林文炫作词

1.

正月初五，俗称“破五”，是一年之中众多吃饺子的节日之一。不过如今物质资源极大丰富，人民生活水平逐步提高，在吃的方面大家再没有那么多顾忌，不必拘泥于饺子。

想到这里，容婷不禁松了一口气。

虽然不屑于在合适的日子吃饺子，但她在过年期间还有一个特定习惯，就是一定要在大年初五这一天逛一次厂甸庙会。厂甸指西城区南新华街和琉璃厂交会的一带地区，是北京城中历史悠久的庙会所在。小时候每到过年期间，南新华街整条街都会封路，马路两边摆上各种小摊。前些年，大概是因为封路阻碍交通，厂甸庙会搬到了往南几公里的陶然亭公园，落得个有名无实。

今年庙会重回琉璃厂，按网上说的，这次不同以往，不会出现烤大串卖菜刀这些乌烟瘴气的东西。琉璃厂附近的文玩店们成为这次庙会的主角，中国书店、荣宝斋、一得阁等老字号商家都会推出相关活动，吸引对文玩历史感兴趣的游客。容婷家就在前门外，从小学到高中都在附近生活，每天被琉璃厂的氛围耳濡目染。她老早就决定，初五这一天来逛逛，即使最近心情很差。

至于为什么心情不好，还不是因为那个倒霉催的二货赵冬。

且不说他一天到晚微信不爱回，聊天不爱搭话，最近连牵手时都常找机会撇开。不是后背痒痒，就是眼睛进沙子，反正非得用本来攥着她的那只手。最最要命的是，听她的闺蜜说，最近赵冬竟然跟他们班上那个小狐狸精勾搭到一块。她找他问问题，他竟然二话不说就帮她讲，中午她凑到他座位上吃饭，他也一不躲二不拒绝，这摆明了就是对她有意思啊。

最最最要命的是，年前她联系赵冬出来，在宣武门的肯德基内义正词严地提出分手，他竟然沉默不语。容婷气得要死，心里好大的火发不出来，当场哭个不停。赵冬竟也不说两句好听的，还觍着脸问她："你是不是饿了，要不要我帮你点碗皮蛋瘦肉粥？"

这都什么时候了，谁要喝那破玩意儿啊！容婷哭得更厉害了，整个餐厅的人都被他俩吸引。就在她好不容易控制住情绪，呼吸逐渐平稳的时候，赵冬这小子发出最后一击：

"好吧好吧，那就听你的，分手吧。"

他同意了！

这个臭不要脸的就这么同意了！

容婷被气得无话可说，转身便跑出了肯德基的大门，后来就出现在自己家的床上，中间过程的记忆已经模糊了。从那天晚上一直到今天早上，赵冬完全没有音信，既没有联系她，也没有更新朋友圈，彻底消失在她的世界里。最后她意识到，自己确实和他分手了。

浑浑噩噩地在家里混了几天，中途只强颜欢笑地跟父母去四处拜了拜年（看在压岁钱的份上），直到大年初五。今天起床，容婷想了想，决定还是按计划去庙会，不能因为一个渣男毁了自己多年来的习惯，毁了一个十六岁少女的花季雨季。

哼，不就是个老爷们儿么？追我的人多得是，期末考试前我还收到班里那个谁的小纸条呢，虽然长得寒碜了一点，但仔细想想……还是算了。

容婷晃晃脑袋，让自己不要思考这些乱七八糟的东西。她走出院门，顺耀武胡同往西，拐到延寿街一直走下去，来到琉璃厂古文化区边缘地带，渐渐融入了庙会的热闹氛围。

正要从东琉璃厂走到南新华街，突然有个中年男子走到容婷面前，吓了她一跳。

中年男子问：“姑娘，要看看……看看我的宝贝不？”

难不成是耍流氓？容婷脑海中冒出无数影视和动漫中穿长款风衣的猥琐男，这光天化日大庭广众的，他又穿得挺扎实，方便么？

容婷愣神的工夫，那男子似乎显得非常紧张，结结巴巴地改口道：“不是，我……我的意思是，姑娘来我们摊位看……看呗！就……就在那。”说着他指指不远处一个摊位，另一个中年男子坐在里面，微笑着朝他们招手。

看看就看看，容婷不信邪，这光天化日朗朗乾坤的，他们还敢怎么样？况且这个摊位看起来很正规，便跟着走了过去。

“姑娘请坐。”摊位上的男子笑容满面，做了个“请”的手势，让容婷坐下。这人看起来比刚才那个口吃大叔正常得多。容婷再转头，发现口吃大叔消失在人潮里，大概是去揽客了。

“姑娘，刻章还是写字？”

原来是卖篆刻和毛笔字的，还搞得这么神秘兮兮，一条街不都是这些吗？容婷松了一口气，回答道：“不必了叔叔，我用不着。”

正要起身离开，笑脸大叔撑在桌子上，凑近一点开口道：“别急啊姑娘，要不我给你测个字？”

“我不算命。”容婷屁股已经离开座位。

“姑娘最近感情是不是不顺？”

容婷愣住，与笑脸大叔对视两秒。对方笑得意味深长，看着容婷又坐下来。

“看你年纪轻轻的，还在上学吧？”笑脸大叔凑得更近了一点，“早恋不是什么太好的事，却也不易，且行且珍惜吧。叔叔今天免费给你测。”他拿出一张宣纸，一根毛笔，“来，你随便写一个字。”

容婷想了想，蘸墨起笔，歪歪扭扭地写了一个“冬”字。

“‘冬’，妙啊。”大叔拿过容婷的字，“就是写得差点意思。”

容婷没回话，心想这个算命的嘴怎么这么欠。

“‘冬，四时尽也’，这是说文解字的解法，”大叔悠悠开口，“意思就是，冬天是四季的终结。”

“终结。”容婷喃喃说出了最后两个字，点点头。

“不是，”大叔发现容婷苗头不对，连忙继续道，“我没说你俩要吹，你听我把话说完。”

“那您说。”

“冬字上半部分，是古语‘终’字简写，代表终结。从字意上讲是结束的意思，”大叔边说边观察容婷的表情，“但是你看下面还有两个点，像不像省略号？有未完待续之意，这就值得琢磨了。”

怎么这还有省略号的事啊？一开始容婷还觉得这大叔说得靠谱，听着听着就不对劲了，刚要再问，大叔又道：“春时何所起，秋时何所终。一事既成喜，一事亦成空。”

“这又是什么意思？”

“这是你这个字的签文，具体是什么意思，就要看自己领悟了。”大叔正说着，容婷听到后面又传来脚步声。

“给……给这个小伙子也测测。”是口吃大叔的声音。

“不是，我就是去琉璃厂取个东西路过，我不是……”

一个熟悉的声音传来，容婷听到心里“噔”的一声，刚要转头，那人先开了口：“容婷？你怎么在这儿？”

容婷缓缓回过头，率先映入眼帘的，是抱在怀里的一个马克杯，用泡沫塑料裹着。虽然看不真着，但十分眼熟，再抬眼，果然是这个挨千刀死不了的赵冬。

2.

赵文一脚踏进阉林的店，觉得气氛十分诡异。

屋内只有田抽和阉林两人，阉林此时正在盯着电脑，田抽则站在阉林的操作桌前，一手撑着桌角，一手拿着对讲机，十分激动地说道：“怎么样了？现在应该……好，很好，你在心里过一遍内容，马上就到你上阵了……保持稳定，下面开始非常关键了……”

赵文不明所以，走到阉林面前问：“你们干吗呢？”

阉林没回头，依旧死死盯着电脑屏幕，吐出两个字：“工作。”

“什么工作？”赵文再问，阉林不再回答，而是指指田抽，意思是你自己问他好了。赵文又转向田抽，刚要开口，对方却伸手制止，用口型对她说：“等一会儿。”

赵文噘噘嘴，找了个地方坐下来，继续听田抽与用对讲机说话。那边似乎是个男的，听声音并不认识。

“……好，下面就主要看你的了，注意按排练的走。耳机一定要遮盖好，别被发现，我这面先静音了，就这样，out。”

随着一句蹩脚的英语，田抽终于放下对讲机，一屁股坐在椅子上。

“大哥，玩什么呢？”赵文终于有机会提问。

“工作。”田抽答完，阉林转过头来对赵文微笑一下，大意是“你看我说的没错吧”。

“什么工作？”

“接单呀，”田抽的语气十分自然，“对了，没跟你介绍，现在我们身份不同以往。重新认识一下，我们现在是原大立牌私有区块链的新管理员。”

田抽伸出右手，赵文把它打掉，说道：“什么新管理员？大立那个区块链不是已经被你们玩坏了么？”

“当然没有，活得好好的呢，只不过大立不想玩了。”田抽从旁抽出一罐红牛，打开喝了一口，“大立来找我的时候，我突发奇想，觉得这个区块链其实挺好的。大家在上面群策群力，有人提出需求，有人接受委托，完成靠自己的力量办不到的事。所以我让他先不要关闭服务，而是把管理员的所有权限都转交给我。”

“你可真闲啊！”赵文发出感叹，她本以为这件事终于可以告一段落，没想到田抽还没玩够，不说赶紧离这个犯罪窝点远一点，反倒管理起来了。

“怎么了？就许大立用这玩意儿搞犯罪实验，不许我拨乱反正搞点正能量？”田抽问。

“许许许。”赵文拗不过他，“话说回来，你这接的是什么单？”

“阉林介绍的生意，”田抽用下巴朝阉林的方向点了一下，回答道，“他焗瓷作坊的一个客户，小高中生，想追回刚跟他分手的女朋友。我给他设计了一场大戏，当然，少不了区块链上优秀矿工们的帮助。”

“你疯了吧？让一堆罪犯帮高中生泡妞？”赵文一脸不可思议。

“错矣，我发的委托都不犯法，接单的矿工们自然也不是罪犯。”田抽义正词严地反驳，“而且泡妞这个词真粗俗。”

赵文没理会田抽的反驳，她突然发现一个问题，那就是——她也感兴趣了，或许是女人天生的八卦之心作祟。于是她开口问：“具体怎么回事，给我展开讲讲。”

田抽露出惊讶的表情，并没想到赵文会好奇这件事。他瞟了一眼桌上的对讲机，对面没有声音，大概行动正在顺利进行。于是他便让阉林把赵冬分手的过程同赵文又复述了一遍。

“我的妈呀，这个赵冬，小小年纪思路就这么直男！”赵文听着田抽的叙述，不由感慨，“还什么皮蛋瘦肉粥，简直把人气死啊。”

“就是就是，”田抽非常赞同地点点头，“没有麦当劳的猪柳蛋，谁喝得下去肯德基的皮蛋瘦肉粥。”

“谁说这个了！”赵文本以为田抽脑袋开窍了，不会像那个赵冬一下不灵光，正要高兴，谁知他跟自己完全不是一个思路，气得赵文直跺脚。当然，现在不是考虑这些问题的时候，赵文忽然意识到，按田抽的思维，他主导的这场“爱情保卫战”很令人担忧。

“算了，不扯别的了，你的作战计划是什么，快给我讲讲。”赵文问道。

“首先，在区块链上发布委托，搞到一个厂甸庙会摊位，临时租用半天，然后……”

田抽说完露出得意的表情，显然对自己的安排十分满意，便开始娓娓道来。说到最后，田抽挑起眉毛看着赵文，想让她评价下自己的安排。赵文感觉田抽的安排略显刻意，整体效果很难判断，不由得更加担心了。

正在此时，田抽突然眉头一皱，说道：“阉林你这红牛是不是过期了？”

“没有啊，红牛还能过期？”阉林一脸茫然，看看自己眼前那一罐。

“不行，我得去趟厕所，你照看一下啊。”田抽没等阉林检查到具体生产日期，就奔出店门。

3.

“真巧啊。”赵冬笑笑。

“正好轮到你，我先走了。”容婷刚一起身，赵冬突然把杯子塞进她手里。她下意识伸手接住，并被堵在当场。

“这个杯子，”赵冬说道，“给你。”

容婷瞄了一眼杯子，想起是她曾经送的那个。人说送一杯子意为“一辈子”，现在想想真是幼稚得可笑。她说：“物归原主是吧，行，我收下了，正好两不相欠。”说罢转身把它放在算命的桌子上又道：“叔叔，这杯子送您了，就当是测字的报酬。”

“哎呀，这么贵重的东西，我可不能收。”微笑大叔收起微笑，“这小伙子还没测呢，你不一起听听？”

“跟我有什么关系？”容婷准备离开，却被赵冬伸手拉住。

“你干什么？”容婷问。

“这个……”赵冬显得十分紧张，“这个杯子你还是带回去吧。”

“行，我带回去，这下你满意了吧。”容婷只想尽快脱身，拿起了杯子就往回走。不知是不是错觉，拿起杯子的瞬间，她感觉赵冬似乎松了一口气。

好吧，看来他是彻底放下了。

容婷忍住眼泪，头也不回地离开，谁知道千钧一发之际，她只感到身前突然出现一个黑影，手上的重量瞬间消失，等回过神来的时候，看到一个男人抱着杯子往胡同里跑去。

“站住！”赵冬一个箭步冲上去，容婷才闹明白自己遇到抢劫的了。可一个破杯子有什么好抢的？难不成是被人误以为是文物？她怕赵冬有什么危险，想跟过去看看，却被摊上的大叔叫住。他说：“你去也没用，老实在这儿等吧，看看是成喜还是成空。”

几分钟过去，容婷看到胡同口出现赵冬的人影，并很快地跑了过来，手里抱着那个杯子。等走近了，容婷才发现他左眼有点异样。她吓了一跳，赶快跑过去细看，赵冬左眼眶似乎中了一拳，周围泛起青紫，眼皮也有些睁不开。

“你怎么回事？”容婷顾不上别的，主动问道。

“那小子打了我一拳，”赵冬努力睁着左眼，“不过没事，东西抢回来了。”

“人呢？报警啊！”容婷说道。

“跑了，算了吧，这儿这么多人，一眨眼就没影了，我连他长什么样都没看清。”赵冬满不在乎的样子，“这个还是给你。”

容婷接过杯子，上面粘了不少土，不过看起来还是完好的。她小声嘀咕着：“一个破杯子，你扔了就是了，何必冒着危险去追。”

“容婷，我还有话要跟你说。”赵冬口气突然变得严肃起来。

容婷抬起头看着赵冬的眼睛，突然觉得他现在这个样子有点可笑。为了顾及到他的尊严，她忍住了。

“我……哎？你等一下啊。”赵冬刚要开口，突然停住了，两眼斜斜看向一边，伸出手捂住左耳。

“怎么了？你耳朵也受伤了？疼不疼？”容婷以为他哪里不舒服。

“不是不是，”发现容婷靠近自己了一点，赵冬竟下意识地往后躲了躲，生怕两个人距离太近，还命令她道：“你先站好别动！”

容婷想也没想，就站好不动了。

“呃……什么情况……好。”赵冬眼神游离，嘴里不知道念叨着什么。数秒钟后恢复过来，像是下定决心一样说道，“那你准备好，我开始说了。”

“那你说吧。”容婷静静看着他。

“我这几天一直在想，我们是不是应该在一起，毕竟我们还在上学，精力和阅历都不足以支撑对彼此的责任。我可能会因为年轻不懂事，而在无意间伤害你，而你也可能会因为微小的理由对我产生厌恶。我们的未来很难预知，甚至有很大的可能，我们的未来会毫无关联，这些都说明一件事，我们分手可能不是好事，但是也不会是什么坏事。和我们的人生相比，这并不算什么。”

容婷发觉赵冬说这段话的时候有些吃力，不太清楚赵冬想表达什么，甚至感觉赵冬自己都不太清楚自己想表达什么。但是她觉得此时此刻的赵冬，前所未有地认真，所以还是继续听下去。

“这个杯子，在你和我说分手那天晚上，我亲手把它摔了。当时我很生气，可能你不知道，但是我确实很生气，也很不甘。但在摔碎它的刹那，看着满地的碎片我才意识到，自己很喜欢你，所以才会失去理智。我知道之前我很不称职，可能以后也不称职，但是我决定要努力成长，多理解你的想法，体谅你的不满。”

赵冬拿起杯子，把包裹的塑料泡沫拆开递给容婷：“即使我们人生的道路充满未知，即使我们应该平静接受分手的事实，踏踏实实地学习和生活，我还是不想那么做。我不希望在五年、十年以后，甚至在我老了以后，某一个时刻因为想起年少时错过了与我喜欢的人相伴到老的机会而后悔，即使可能性微乎其微，可只要我选择放弃，它就不会重来。我不希望多年以后，发现自己放不下的依旧是你。那时也许我们已经天各一方，过着各自的生活，只能从别人口中听说彼此的近况，那样的人生该有多失败啊。我希望的是，未来有一天你会枕着我的胳膊，躺在我的怀里，和我看同一部电影，电影很无聊，你渐渐睡去。我希望的是，未来有一天我们一起出去买菜和散步，回到属于我们的家里一躺就是一整天，说很多毫无意义的废话。所以，为了不让我们成为被时间耽搁的两个人，为了我的愿望，我们不要分手，好不好？”

“这话……”容婷有点听愣了，“这话是你自己编的么？”

赵冬愣了两秒，没有回答，而是上前把容婷搂在怀里。

4.

赵文通过对讲机，一字一句地把这段话说给赵冬，并听着他一字不漏地转述给容婷。有一瞬间她有些恍惚，似乎穿越了当下的情境，回到当年所有男生女生都被迫穿着一模一样的情侣装的高中时光。她想象容婷化身为自己，而赵冬变为田抽，想象田抽能把这番话说给她听，最后她发现，自己大脑的迷茫源自于眼前的朦胧。

她流泪了。

说完最后一句话，她拭去已经流到脸颊的泪水，缓缓放下对讲机。

“你怎么了？”从厕所跑回来的田抽刚一进门，看到赵文这副模样，显得很慌张。赵文猜想，赵冬在肯德基里看到容婷泪流满面时，一定也是这副样子。男人啊，无论年龄多大，都不会变聪明，哪怕一点点。

“没事，不用给我买皮蛋瘦肉粥。”赵文努力让自己语气显得轻松一些。

“你做了什么？”田抽这才发现赵文手里攥着对讲机。

赵文带着眼泪哈哈大笑，回答道：“帮你把工作圆满完成了。”

过了一会儿，门口出现响动，杨八旦和王三抽的身影出现。

“哥们儿不赖啊，我之前还觉得可能性不大呢，没想到事成了！”王三抽还没进门，就激动地大喊，“哟，赵文姑娘怎么也来了。”

赵文点点头，马上背过身去，不让他们看到自己略显红肿的眼眶。

“这个是自然的。”田抽竟然大言不惭地接受了表扬。

“呵呵，”王三抽用笑声表示些许不屑，“本来我还想着，怎么画风突然一变呢，看到赵文姑娘我就明白了。”他对着赵文一个抱拳，“多谢姑娘及时出手，你是没看见那个情景，要多尴尬有多尴尬。”

“您客气了，不过我也劝您二位，以后别跟着他瞎闹。”

没想到王三抽在短短几天内就认清了田抽的真面目，赵文不禁心里暗爽。不过她还是适当地教育了一下王三抽。

“包括你也是，吃饱了撑的！”她又顺便批评起阉林来。

“这不是……这不是本来也觉得没什么希望么，毕竟姑娘都提分手了，”阉林还想反抗一下，“我估计她肯定是看上别人了。”

“你们这帮蠢……”赵文恨铁不成钢，但转念一想，觉得实在没必要与他们多费唇舌，“算了，反正你们这辈子都不会明白女人的，打一辈子光棍算了。”

“我在老家可有对象啊！”王三抽连忙把自己往外择。

“真没看出来。”

“先别说了，”田抽开口，“赵冬跟我发消息，两人正在往咱们店里来，二位老哥快避一避。”

“他们来干什么？”王三抽问。

“先别问了，劳驾二位到后面杂物间蹲会儿。”

阉林引着俩人进了后面隔开的杂物间，刚安顿好，大门就被打开了。三个人假装没事一般转过头去，发现一男一女两个青春洋溢的身影出现在门口，不问也知道是谁。

“听说，”小姑娘率先开口，小伙子在她身后半步，左边眼睛还肿着，冲他们又摆手又噘嘴地打暗号，“这个杯子是您这里帮忙修好的？”

“啊……我看看啊……”阉林明白，小伙子没对姑娘交代大作战的实情，只是提了焗瓷的事，赶紧配合演出，上前假装看看那个马克杯，“对对对，是我焗的，就是这小伙子送来的嘛！”

赵文发现阉林的表演功力还可以，不知道是不是从王三抽那里取的经。

“谢谢您啊，杯子这样还真好看，比原来还显得文雅一些。”小姑娘微笑着说。

“还是谢谢高科技吧。”身后的田抽突然搭话。

小姑娘一头雾水，问道：“这是高科技？”

“不不不，你别听他的，”赵文已经过去掐住田抽脖子，阉林长出一口气，摆摆手笑着回答，“这纯粹是老手艺，匠人精神传承，不过我的手艺不太好，瞎弄罢了。”又补充了一句，“对了，这个杯子以后最好不要用来喝水，这小伙子要得急，我为了焗得牢固一点，加了一些胶，对身体不好。”

“好的，”小伙子上前抢答，“我本来也没打算再用，打算拿回家以后放在柜子里供起来，一辈子也不动它。”

小姑娘看了他一眼，露出嗔怪的目光，在座的几人肉麻地起了一身鸡皮疙瘩。

“我们就是过来表示一下感谢，没什么事我们就先走了。”小姑娘转头对众人道别，转身离去。几个人都站起身跟着，把俩人送出店门。

到门口时，赵文突然开口：“那个，看你们俩人还都年纪轻轻的，不知道说这话合适不合适。你们未来路还长，既然在一块了还是要珍惜，好好的，比什么都强。”

小伙子和小姑娘都点点头，又对视一下，（大家又是一身鸡皮疙瘩），便转身离开了。赵文侧目，发现身旁田抽傻傻举起左手朝他们挥舞，做告别状，同时小声念叨着：“这阿杰下手真狠，简单来一下也就得了，肿成这样。”

赵文没在意他说的是什么意思，只注意到一根已经懈掉的黑色橡皮筋在田抽小臂上左右摇晃，十分突兀。

真蠢啊，这男人，赵文心想，摇摇头走回店里。

屋内电脑屏幕还闪着光，一个新的区块正在生成。

图书在版编目（CIP）数据

区块风波 / 魏审磨著. — 南京：江苏凤凰文艺出版社，2018.6
ISBN 978-7-5594-1458-8

Ⅰ. ①区… Ⅱ. ①魏… Ⅲ. ①长篇小说 – 中国 – 当代
Ⅳ. ①I247.5

中国版本图书馆CIP数据核字（2017）第295282号

书　　名	区块风波
作　　者	魏审磨
责任编辑	丁小卉　姚　丽
选题策划	李　娟
出版发行	凤凰出版传媒股份有限公司 江苏凤凰文艺出版社
出版社地址	南京市中央路165号，邮编：210009
出版社网址	www.jswenyi.com
经　　销	凤凰出版传媒股份有限公司
印　　刷	三河市中晟雅豪印务有限公司
开　　本	880毫米×1230毫米　1/16
字　　数	300千字
印　　张	19
版　　次	2018年6月第1版　2018年6月第1次印刷
标准书号	ISBN 978-7-5594-1458-8
定　　价	39.80元